Herbert Pelzer
Rosental

Vom Autor bisher bei *KBV* erschienen:

Es wird jemand sterben
Niemand

Herbert Pelzer, geb. 1956, lebt und schreibt auf dem platten Land vor den Toren Kölns. Zuletzt hat er bis zum Frühjahr 2020 in der Film- und Fernsehausstattung gearbeitet, daneben widmet er sich seit einigen Jahren dem Schreiben.

Seit 2008 verfasst er Beiträge zur Regionalgeschichte, 2017 erschien mit *Durch die Jahre* sein Debütroman. 2021 veröffentlichte er bei KBV *Es wird jemand sterben*, die erste Kriminalerzählung, die – wie viele seiner Texte – in die Nachkriegszeit seiner Heimat, der Voreifel, führt. 2022 folgte *Niemand*.

HERBERT PELZER

ROSENTAL

KRIMINALROMAN

Originalausgabe
© 2023 KBV Verlags- und Mediengesellschaft mbH, Hillesheim
www.kbv-verlag.de
E-Mail: info@kbv-verlag.de
Telefon: 0 65 93 - 998 96-0
Umschlaggestaltung: Ralf Kramp
unter Verwendung von © Martin Debus - stock.adobe.com
Lektorat: Volker Maria Neumann, Köln
Druck: CPI books, Ebner & Spiegel GmbH, Ulm
Printed in Germany
ISBN 978-3-95441-661-5

Für Helmut

Die Welt mag untergehen,
wenn ich mich nur rächen kann.
Cyrano de Bergerac

1. KAPITEL

Alles begann damit, dass das Mädchen in Gerti Aborowskis Auto gekotzt hat.

Blass und spindeldürr hatte sie mit hocherhobenem Daumen am Straßenrand gestanden, und weil Gerti nicht wollte, dass sie zu einem dieser Arschlöcher ins Auto stieg, hatte sie angehalten.

»Wo soll's denn hingehen?«, hatte sie gefragt, und das Mädchen hatte die Straße hinunter gezeigt und geantwortet: »In diese Richtung.«

Komische Antwort, aber Gerti war es eigentlich völlig egal, wohin dieses etwas verhuscht wirkende Wesen wollte, darum hatte sie nur gelacht und gesagt: »Na, dann komm, steig ein.«

Und das Mädchen war leicht wie eine Feder auf den Beifahrersitz gerutscht.

»Sag mal, wo kommst du eigentlich jetzt her? Hier draußen ist doch nichts.«

»Von da drüben«, die dünne Stimme des Mädchens passte zu ihrer fragilen Erscheinung. Der Zeigefinger ihrer schneeweißen Hand hatte zu den Feldern hinübergedeutet, aus denen sich, ein Stück von der Landstraße entfernt, der dichte Bewuchs rund um das Brasselsmaar erhob. Es war ein heißer Freitag im Juni, die Farbe der Ähren des Getreides wechselte gerade vom hellen Grün des Frühjahrs ins kräftige Goldgelb des Sommers. Gerti hatte das Radio leiser gestellt, weil sie dachte, dass sie vielleicht ein bisschen quatschen würden, doch das Mädchen hatte nur stocksteif dagesessen. Ihr Blick war stumm auf die Landstraße vor ihr gerichtet, und plötzlich hatte sie zu würgen angefangen. Blitzschnell hatte sie sich aufgerichtet, ihre Knie auseinandergedrückt, und einen Strahl übel riechender Kotze vor ihre Füße erbrochen.

»Was soll das denn?« Die Reifen hatten gequietscht, so hart war Gerti auf die Bremse gestiegen. »Bist du bescheuert? Kotzt mir hier ins Auto rein! Sag doch was, dann wär ich rechts rangefahren.«

Das Mädchen war noch blasser als vorher geworden, mit dunkel umrandeten Augen hatte es Gerti traurig angesehen, »Tschuldigung« geflüstert und sich mit ihrem dünnen Unterarm den Mund abgewischt.

»Also so was!« Gerti war vollkommen bedient gewesen. Doch was sollte sie machen? Sie war ausgestiegen, ums Auto herumgefegt, hatte die Beifahrertüre aufgerissen und die ganze Schweinerei auf der Fußmatte aus ihrem Auto herausbalanciert. Als sie weiterfuhren, war das Gras am Straßenrand mit Kotze verschmiert und die Fußmatte im Kofferraum auf dem Reservereifen gelandet.

Das Auto wieder sauber zu bekommen, war eine Heidenarbeit. Eigentlich hätte diese dumme Göre das machen sollen, doch die war verschwunden. Als sie den

Kreuzberg hinunter ins Dorf gefahren waren, gleich nachdem sie die Brücke über den Neffelbach passiert hatten, da hatte das blasse Mädchen ihre Umhängetasche gegriffen und gebeten, dass Gerti anhalten solle. »Danke schön«, hatte sie noch gehaucht, dann war sie eilig ausgestiegen und auf dem Weg hinüber zum Burgpark davongeeilt.

Fast hatte Gerti die Begegnung schon vergessen, als sie sich am folgenden Tag daranmachte, den Wagen zu waschen. Doch beim Öffnen der Fahrertür ihres Renault 16 schlug ihr der scharfe Geruch von vergorener Kotze entgegen, und sofort hatte sie wieder das Bild des blassen Mädchens auf dem Beifahrersitz vor Augen. Ihr R 16 war giftgrün, die Farbe erinnerte an einen Laubfrosch. Die albernen Witze ihrer Kollegen über diese zugegebenermaßen etwas gewagte Farbe ignorierte Gerti mittlerweile. Sie liebte dieses Fahrzeug, es war ihr erster eigener Wagen – und er war bezahlt. Aus diesem Grund stieg auch jetzt wieder der Ärger in ihr hoch. Warum hatte diese Göre nichts gesagt? Es wäre so einfach gewesen, kurz anzuhalten, damit sie sich aus dem Wagen lehnen konnte.

Mit einem entschlossenen Seufzer holte sie ihr Putzzeug aus dem Spind, ihre schärfsten Reinigungsmittel kamen zum Einsatz, und bald schon war der komplette Innenraum ihres giftgrünen R 16 mit einer dicken Schicht aus Seifenschaum überzogen.

Das Auto parkte am Straßenrand vor ihrem Haus, ein Stück die Grünstraße hinauf stand ein weiterer, und ganz oben stand der Wagen von Otto Rinkens. An fast allen waren Türen und Hauben geöffnet. Es war Samstagnachmittag, mit Putzeimern und Gartenschläuchen bewaffnet waren ihre Besitzer damit beschäftigt, dem Schmutz der vergangenen Woche auf ihren Autos den Garaus zu machen. Gewöhnlich schallten zu dieser Zeit die lauten Stimmen von aufgeregten Sportreportern aus den Autoradios. In den Fußballstadien der Nation kommentierten sie, unterlegt vom Lärm der Zuschauer, die Spiele der Bundesliga. Nur hin und wieder unterbrach ein Hit aus den aktuellen Musikcharts die Reportagen. Doch heute, am Nachmittag, sollte das DFB-Pokal-Endspiel in Düsseldorf ausgetragen werden, da wollten alle Männer natürlich vor dem Fernsehgerät sitzen, weshalb sie an diesem 23. Juni 1973 ihre ausgebreiteten Fensterleder sehr viel weniger liebevoll als sonst über den glänzenden Lack ihrer Lieblinge zogen.

Das allwöchentliche Ritual des Wagenwaschens, öffentlich vollzogen auf den Straßen des Dorfes Nörvenich, bedeutete so manchem nichts weniger als die verdiente Belohnung für das anstrengende Leben in einer Welt, die ganz und gar verrückt geworden zu sein schien. Da waren zum Beispiel die ständigen Reibereien zwischen den Politikern in Ost- und Westdeutschland. Sollte der Honecker doch hinter seiner Scheißmauer hocken und sich für den Größten halten. Daneben gab es die Gefahr für Leib und Leben unbescholtener Bürger durch diese durchgeknallten Mörder, die sich in der sogenannten RAF zusammengefunden hatten. Dann die jungen Leute, die lange Haare und hässliche Parkas trugen, Haschisch rauchten und sich in Köln auf dem Neumarkt versammelten, um »Ho Ho Ho Chi Minh« zu skandieren. Und in Bonn regierten die Roten! All das Ungute, das sich in die Welt geschlichen hatte, ließ sich am Samstagnachmittag für eine kurze Weile von den lauten, aufgeregten Stimmen im Autoradio verdrängen. Hoffentlich gewannen wenigstens die Kölner heute Nachmittag das Finale, dachten die einen, während die anderen mit gleicher Inbrunst für ihre Gladbacher den Sieg erhofften. Damit man wenigstens ein bisschen Freude erleben durfte in dieser verrückten Zeit. Bevor man sich am Montagmorgen schon wieder viel zu früh im frisch geputzten Wagen auf den Weg zu einer eintönigen Maloche nach Düren oder sonst wohin machen musste.

Der Kirchgang am Vormittag, der Schweinebraten mit Kartoffeln und Soße um zwölf Uhr, Mittagsschlaf, Kaffeetrinken mit Buttercremetorte und danach ein Spaziergang mit der Familie; der Sonntag verging so, wie fast alle Sonntage vergingen. In schläfriger Eintönigkeit. Als am Abend draußen vorm Dorf die letzten Ausflügler in ihren frisch geputzten Autos auf ihrem Weg von der Eifel zurück nach Hause über den Heerweg brausten, da saßen die meisten Dorfbewohner vor ihren Fernsehgeräten und schauten Karl-Heinz Köpke dabei zu, wie er die neuesten Nachrichten über den Besuch des großen KPdSU-Generalsekretärs Breschnew in den USA vom Blatt ablas.

In der Nacht zog ein heftiges Gewitter über Nörvenich hinweg. Vom Donnergrollen geweckt, stand Gerti Aborowski auf und ging hinüber zum Fenster, um es zu schließen. Keine Sekunde zu früh, denn kaum, dass sie wieder in ihrem Bett lag, prasselte lang anhaltender Starkregen gegen die Fensterscheiben. Am nächsten Morgen war die Luft kühl und rein, die bleierne Trägheit des Sonntags schien vom Regen in die Tiefen der

Kanalisation gespült worden zu sein. Eigentlich gute Bedingungen für den Start in eine neue Arbeitswoche. Schon früh waren etliche Dorfbewohner auf den Beinen, um sich auf den Weg zu ihren Arbeitsplätzen zu machen, und alle, die ihn sahen, wunderten sich über den Polizeiwagen, der mit hohem Tempo und eingeschaltetem Martinshorn ins Dorf hineinfuhr.

Menschen erschienen in geöffneten Fenstern und Türen, Köpfe wurden gehoben, Hälse gereckt, und das Blaulicht war noch eingeschaltet, als zwei Polizisten durch ein schmiedeeisernes Tor das Grundstück der Rinkens in der Grünstraße betraten.

Vor den Treppenstufen hinauf zur Eingangstür, verdeckt von einem halbhohen Rhododendronbusch, lag ein Mann von etwa sechzig Jahren rücklings auf dem Boden. In seiner Stirn klaffte ein dunkles Loch, unter seinem Hinterkopf glänzte eine wässrige Blutlache in der Morgensonne. Der Mann war tot, das erkannten die Polizisten sofort. Auf der oberen Treppenstufe stand eine Frau, sie war untersetzt, ihr geblümter Morgenmantel stand offen und gab den Blick auf ein blau gestreiftes Nachthemd frei. Starr vor Entsetzen sah sie die Polizisten an, dann gaben ihre Beine nach. Gerade eben noch gelang es ihnen, die Frau aufzufangen, bevor sie auf die Treppenstufen schlug.

* * *

Hinter Kriminalhauptkommissar Emil Glasmacher röchelte die Kaffeemaschine, das Brot war nicht mehr frisch, darum bestrich er die Scheibe mit einer dicken Schicht Erdbeermarmelade. Früher lief um diese Zeit schon das Transistorradio. Seitdem Rita ihn verlassen hatte, blieb es still an seinem Frühstückstisch. Nur der gedämpfte Lärm der erwachenden Stadt drang von der Holzstraße herauf in seine Wohnung im zweiten Stock.

Der Kaffee war bitter, die Marmelade zuckersüß. Er überflog die Schlagzeilen in der Tageszeitung: Breschnew in den USA. Günter Netzer schießt im Düsseldorfer Rheinstadion das Siegtor im Pokal-Finale. Kurz blieb er an der Wettervorhersage hängen, dann klatschte ihm ein Tropfen roter Marmelade auf das Zeitungspapier. Verdammt! Genervt faltete er die Zeitung zusammen, trank den letzten Schluck Kaffee und begann lustlos, den Frühstückstisch abzuräumen. Er musste los, ein Blick auf seine Armbanduhr zeigte ihm an, dass er spät dran war.

Gerade hatte er im Flur seine Jacke vom Haken genommen, als das Telefon klingelte. Der Apparat war grün, er hatte viel lieber das schlichte Postgrau haben wollen, aber Rita war nicht von dem grünen Endgerät abzubringen gewesen. Sie hätte das hässliche Ding einfach mitnehmen sollen. Beim dritten Klingeln nahm er den Hörer ab: »Glasmacher.«

Die Stimme am anderen Ende der Leitung klang aufgeregt.

»Sind Sie sicher?«, hakte er nach. Und dann: »Jaja, schon gut. Wo ist das, sagen Sie?« Er versuchte seinen linken Arm in den Jackenärmel zu schieben.

»In Nörvenich. Okay, bin unterwegs.«

Die Luft war klar an diesem Morgen. In der Nacht hatte es geregnet, nasse Blätter von jungen Akazienbäumen klebten auf seinem Wagen. Es herrschte bereits reger

Verkehr auf den Straßen, trotzdem kam er gut voran, viel weniger Autos fuhren aus der Stadt heraus, als in sie hineinströmten. Vor zwei Monaten hatte Kriminalhauptkommissar Emil Glasmacher seinen 58. Geburtstag gefeiert. Die Feier hatte aus einem Besuch im Dalmatiner bestanden, wo er sich alleine an einen Tisch im hinteren Bereich gesetzt und einen Grillteller bestellt hatte. Trotz seines Alters und obwohl er deftiges Essen mochte, war er immer noch schlank, am Morgen seines Geburtstags hatte er seine schwarzen Haare vorm Spiegel auf graue Stellen untersucht und zu seiner Freude nur einige wenige an den Schläfen gefunden. Dazu ließ ihn seine schlanke Figur jünger erscheinen, als er war. Niemand konnte behaupten, dass Glasmacher einen unzufriedenen Eindruck mache. Die Kollegen wussten, dass er seinen Beruf liebte, die jüngeren bewunderten ihn dafür, wie er es immer wieder schaffte, den ganzen Dreck, mit dem sie sich tagein, tagaus beschäftigen mussten, einfach nicht an sich heranzulassen. Als trüge er so etwas wie einen unsichtbaren Leidzerbröseler mit sich herum, der alles, was tagtäglich auf ihn einströmte, in Sekundenschnelle in mikroskopisch kleine Fitzelchen pulverisierte. Darüber hinaus schien er die Arbeit und sein Privatleben messerscharf voneinander trennen zu können. »Das wird mir wohl nie gelingen«, hatte Mike Matzerath gestöhnt. Matzerath war Glasmacher als Assistent zugeteilt worden, eigentlich war sein Vorname Michael, doch alle, außer Glasmacher, nannten ihn Mike.

Jetzt verließ er über die Kölner Landstraße die Stadt Düren, in der er nun schon seit mehr als dreißig Jahren Verbrecher jagte. Die ganze Palette der Widerwärtigkeiten, zu denen die Menschen fähig sind, war ihm schon untergekommen. Schlimme Fälle, verdammt schlimme Fälle, die verbunden waren mit furchtbarem Leid für die Opfer, waren darunter gewesen. Er hatte sie alle routiniert und, in den Augen der Kollegen, mit einer bewundernswerten Distanz bearbeitet. Dabei war die Quote seiner gelösten Fälle beachtlich, sie war sogar unverschämt hoch, was ihm jede Menge Anerkennung im Kollegenkreis einbrachte.

Und jetzt fuhr er hinaus zur nächsten Widerwärtigkeit. Im Dorf Nörvenich war eine Leiche gefunden worden, und Glasmacher hätte nicht sagen können, um das wievielte Opfer es sich dabei in seiner Laufbahn handelte.

Die Grünstraße sah aus wie all die anderen Straßen in der Region, die etwa zwanzig Jahre zuvor bebaut worden waren. Einfamilienhäuser mit quadratischem Grundriss, die Giebelwand zur Straßenseite hin ausgerichtet, und Vorgärten, in denen Rosen und Margeriten in sauber geharkten Beeten blühten.

Das eingeschaltete Blaulicht am geparkten Wagen der Kollegen zeigte Glasmacher den Einsatzort an. Rechts und links der Straße waren zahlreiche Autos abgestellt worden, vermutlich Schaulustige, denn eine ziemlich große Menschenmenge hatte sich drüben beim Blaulicht versammelt. Ein gutes Stück vom Haus entfernt hielt er hinter zwei abgestellten Fahrrädern, die ihm die Weiterfahrt versperrten. Er sah seinen Assistenten Matzerath, der bereits hinter der Polizeiabsperrung stand und sich mit einem uniformierten Kollegen unterhielt. Als er sich ihnen näherte, erkannten sie ihn. Der Uniformierte hob das Absperrband an, Matzerath trat eine Zigarette aus und wendete sich seinem Chef zu. Wie fast alle Menschen um ihn herum, so überragte Michael Matzerath auch den Uniformierten um eine Kopflänge. Das blonde Haar reichte ihm fast bis auf die Schultern, der üppige Schnurrbart endete erst unterhalb der Mundwinkel. Diese modischen Langhaarfrisuren, wie sie derzeit viele Männer trugen, behagten Emil Glasmacher nicht. Er fand sie unpraktisch, und den meisten Männern standen diese Mähnen auch nicht. Sie sahen damit aus wie die pubertierenden Halbstarken, die hässliche Parkas trugen und auf dem Kölner Neumarkt »Ho Ho Ho Chi Minh« brüllten. Doch Matzerath war ein guter Kriminalist, darum hatte Glasmacher beschlossen, sich mehr damit zu beschäftigen, was in Matzeraths klugem Kopf vor sich ging, als damit, was darauf wuchs.

»Morgen, Chef«, grüßte Matzerath knapp, dabei wies er schon auf die männliche Leiche, die am Ende des Plattenwegs vor der Treppe lag. »Otto Rinkens«, fuhr er fort, »57 Jahre alt, lebte mit seiner Frau alleine hier im Haus. Sieht verdammt nach Kopfschuss aus, aufgesetzt.«

Glasmacher nickte Matzerath und dem Uniformierten zu, der beiseitetrat, um den schmalen Weg freizugeben. Rinkens Leiche zeigte keinerlei Spuren von Gegenwehr. Fast sah es so aus, als ob der Mann schliefe, nur sein rechter Arm war abgewinkelt, als hätte er noch in letzter Sekunde nach etwas greifen wollen.

Glasmacher beugte sich ein wenig zu dem Toten hinab, nein, hier hatte tatsächlich kein Kampf stattgefunden, der Mann war dem Anschein nach überrascht worden.

»Wer hat ihn gefunden?«, wollte Glasmacher wissen.

»Seine Frau«, erklang die Stimme des Uniformierten in seinem Rücken. »Elfriede Rinkens, sie ist drinnen, sitzt im Wohnzimmer auf der Couch. Der Rettungswagen ist unterwegs.«

Mit einem unterdrückten Ächzen richtete sich Glasmacher wieder auf, die Kollegen von der Spurensicherung waren eingetroffen, auch sie begrüßte er nur mit einem freundlichen Kopfnicken, dann drückte er sich am Rhododendronbusch vorbei und stieg die Treppe hinauf zum Hauseingang. Im Wohnzimmer saßen zwei Frauen eng beieinander auf dem Sofa. Über ihnen hing die gestickte Darstellung einer alpinen Landschaft in einem üppig profilierten Goldrahmen an der Wand. Die etwas kleinere der beiden Frauen musste Elfriede Rinkens sein, dachte Glasmacher. Mit einem blütenweißen Taschentuch betupfte sie sich das Gesicht. Die Frau neben ihr sah sie traurig an, während sie Elfriede die Hand auf die Schulter legte.

»Würden Sie uns bitte einen Moment alleine lassen?«, sprach Glasmacher sie an, die Frau schaute ein wenig beleidigt zu ihm auf, verließ dann aber, ohne zu zögern, den Raum. Glasmacher stellte sich vor, fragte, ob sie sich setzen dürften, er und der Kollege Matzerath, und obwohl Frau Rinkens keine Reaktion zeigte, nahmen sie auf den Sesseln gegenüber der Couch Platz. Die Frage, ob sie ihr ein paar Fragen stellen dürften, beantwortete die Frau mit einem kaum wahrnehmbaren Kopfnicken. Sie stand eindeutig unter Schock, stellten die Polizisten fest, darum hielten sie die Befragung kurz. Gerade konnte Frau Rinkens noch die Frage, ob sich ihr Mann in den letzten Tagen anders als sonst verhalten habe, mit einem knappen »Nein« beantworten, als zwei Sanitäter mit schweren Notfallkoffern in den Händen den Raum betraten. Sofort baten sie die Polizisten, die Befragung zu beenden, worauf Matzerath sein Notizbuch zuklappte und seinem Chef hinaus in den Flur zum Ausgang folgte. Glasmacher stand in der offenen Haustür und beobachtete die Kollegen der Spurensicherung. Dieser Fall schien ein dickes Ding zu sein. Ein Mann war vor seinem eigenen Haus erschossen worden, anscheinend ohne sich zur Wehr gesetzt zu haben.

Die Menge der Schaulustigen hinter dem schmiedeeisernen Gartentor war noch größer geworden, Kollegen hatten bereits damit begonnen, die Nachbarn zu befragen, als einer der Sanitäter hinter ihm das Haus verließ, um eine Trage für Frau Rinkens aus dem Rettungswagen zu holen. Kriminalhauptkommissar Glasmacher stieg die Treppe hinab, er musste mit dem Leiter der Spurensicherung sprechen.

Am Nachmittag fuhren sie gemeinsam in Glasmachers Wagen zurück zur Polizeistation nach Düren. Matzerath hatte sein Notizbuch aufgeklappt und tippte mit seinem Kugelschreiber auf seinen Aufzeichnungen herum. »Da ist ja nicht viel zusammengekommen«, sagte er. »Die Nachbarn waren ein Totalausfall, niemand hat etwas gehört oder gesehen.« Er begann, in dem abgegriffen Büchlein zu blättern, blieb an einer Seite hängen und fuhr fort: »Die Rinkens lebten dem ersten Eindruck nach so unscheinbar wie zwei Grashüpfer auf einer abgelegenen Wiese. Da kommt noch ein Batzen Arbeit auf uns zu.«

Glasmacher fand den Vergleich komisch, er schaute seinen Kollegen an, wollte etwas sagen, doch dann fiel sein Blick an dem üppigen Schnurrbart vorbei nach draußen auf die Gymnicher Burg, die sie gerade passierten. Davor war ein Park angelegt worden, bequeme Sitzbänke unter ausladenden Bäumen, asphaltierte Spazierwege zwischen gepflegten Rasenflächen, und an den Eingängen standen große Schilder, auf denen aufgelistet war, welche Verbote bei der Nutzung des Parks zu beachten waren. Die Burg dahinter machte einen etwas heruntergekommenen Eindruck, irgendwie passten Burg und Park nicht zueinander.

Während Matzerath weiterredete, gingen Glasmachers Gedanken zurück in die Vergangenheit. Vor vielen Jahren war er schon einmal hierhin gerufen worden, damals ging es um den Fall Hubert Hüsch, der tot im Rosenbeet vor der Gymnicher Burg gelegen hatte. Der alte Harff war sein Vorgesetzter gewesen, und obwohl Harff von Anfang an erhebliche Zweifel an Glasmachers Theorie vom kleinen Ganoven Kaspar Niemand als Täter hatte, war er durch nichts davon abzubringen gewesen. Wie vernagelt hatte sich sein Hirn allen anderen Optionen verschlossen. Doch Harff hatte recht behalten, Niemand war nicht der Täter, und Glasmacher hatte reichlich belämmert dagestanden.

Es war einer der ersten Fälle in seiner Laufbahn, und es war ein mieser Einstieg als Ermittler gewesen, dachte Glasmacher, als das Ortsschild von Nörvenich vor ihnen auftauchte. Viele Jahre lang war die Erinnerung an den Fall Hüsch tief vergraben gewesen unter dem riesigen Berg von Erinnerungen an zig heikle Fälle. Nach seiner Meinung hätte sie dort auch für alle Ewigkeit bleiben können, doch jetzt holte sie ihn in aller Klarheit wieder ein. Das schmerzte, und Emil Glasmacher schwor sich, hier kein weiteres Waterloo zu erleben.

»… das sollten wir zuallererst überprüfen«, hörte er Matzerath wie aus der Ferne sagen.

»Unbedingt«, antwortete Glasmacher, »so machen wir es.«

* * *

Hinter ihr röchelte die Kaffeemaschine. Sie saß an dem alten, verkratzten Tisch in ihrer Küche, wie sie oft über Stunden dasaß, wenn der Monat sich wieder einmal grässlich langsam seinem Ende näherte. Auf dem Tisch stand nichts für ein Frühstück bereit, nur eine Schachtel Zigaretten lag dort neben einem Stapel alter Boulevardzeitungen und zerfledderter Illustrierten, in denen bereits jedes Kreuzworträtsel gelöst war. Die Schachtel war schon zur Hälfte leer, sie würde bald schon wieder zu Skopins hinübergehen müssen, um einige von den starken Filterlosen zu schnorren, die der Alte immer begleitet von schmierigen Anzüglichkeiten herausrückte.

Kaffee und Tabak, das war ihr täglich Brot, ohne sie würde sie keine Woche überleben. Und Bier natürlich, neben dem Stapel alter Zeitungen drängelten sich einige leere Flaschen auf dem kleinen Tisch, eine fette Fliege setzte sich auf einen Flaschenhals und krabbelte unruhig darauf herum.

Das Haus, in dem sie wohnte, gehörte ihr nicht, es war eines von einer ganzen Reihe eingeschossiger Häuser, die vor Jahren von der Stadt im Rosental errichtet worden waren. Hier waren Leute, die keinerlei Ansprüche zu stellen hatten, in sogenannten Einfachstwohnungen untergebracht worden. Keine Badewanne, keine Dusche, ein Herd in der Küche, der mit Kohle oder Holz befeuert werden musste, dazu die lärmende Bundesstraße und die stinkende Zuckerfabrik nur einen Steinwurf entfernt. Die Alfred-Nobel-Straße war keine gute Adresse, Leute ohne Arbeit, Sozialhilfeempfänger und Geringverdiener lebten hier dicht gedrängt neben Kleinganoven und Autoschiebern. Hier wohnten die Mädchen, die die knappsten Hotpants, und die Jungs, die die Hosen mit dem weitesten Schlag trugen. Über Leonid Iljitsch Breschnew und die KPdSU wusste hier kaum jemand etwas, schon gar nicht, warum dieser komische Kauz gerade in den USA weilte.

Mit den Jahren war das Viertel zum Schandfleck der Stadt Euskirchen geworden. Alles hier war heruntergekommen, renovierungsbedürftig. Doch hier renovierte schon lange niemand mehr.

Arko von schräg gegenüber schlug an. Wütend zerrte der Hund an seiner Kette und verbellte den dicken Baggerfahrer, der gerade hinüber zu seinem Caterpillar schlurfte. Ein neuer Arbeitstag begann, heute würde er dem Haus von Jablonskis den Rest geben. Die Familie war ausgezogen, sie wohnte jetzt im fünften Stock einer Mietskaserne am anderen Ende der Stadt. Das Haus wurde abgerissen, so wie alle Häuser abgerissen wurden, deren Bewohner bereits umgesetzt worden waren, wie das im feinsten Behördendeutsch genannt wurde.

Gisela Langhoff goss sich den ersten Pott Kaffee ein an diesem Tag. Die würden sie hier niemals rauskriegen, dachte sie bei sich. Niemals, dafür war es jetzt zu spät.

Draußen vor ihrem Fenster stieg Staub auf, der Greif-
arm des Baggers riss die Wände von Jablonskis Haus
um, als wären sie aus Pappe gefertigt. Sie wendete den
Blick ab und schlürfte vom heißen Kaffee, er schmeckte
bitter wie Galle. So saß sie, wie sie so oft dasaß, an ihrem
alten, verkratzten Küchentisch. Über Stunden, freudlos
und ohne jeden Antrieb. Sie starrte auf das schwarze
Rund in ihrer schmutzigen Tasse, und wie beinahe an
jedem Tag, so gingen auch jetzt ihre Gedanken wieder
zurück zu jenem Tag im September 1955. Sie verspürte den Reiz, die volle Tasse mit Wucht an die Wand zu
knallen.

2. KAPITEL

Otto Rinkens war mit einem Kopfschuss getötet worden. Die Waffe war aufgesetzt und sehr wahrscheinlich mit einem Schalldämpfer bestückt worden. Deutlich erkennbare Schmauchspuren auf seiner Stirn ließen keinen anderen Schluss zu.

Seine Ehe mit Elfriede war kinderlos geblieben, es war kaum acht Wochen her, dass sie ihren fünfundvierzigsten Hochzeitstag gefeiert hatten. Rinkens betrieben ein Busunternehmen, sie waren erfolgreich, fünf Busse standen auf dem Betriebsgelände am Dorfrand. Touren in den Schwarzwald und an die Nordsee gehörten zu ihrem Angebot. Auf jedem ihrer Busse prangte der Werbeslogan in gefälliger Schönschreibschrift: *Mit Rinkens Reisen sorglos reisen!*

Die zugezogenen Vorhänge an den Fenstern ihres Büros tauchten den Raum in ein grelles Gelborange. Kriminalhauptkommissar Emil Glasmacher und sein Assistent Michael Matzerath saßen sich an ihren Schreibtischen gegenüber und fassten zusammen, was sie über das Mordopfer wussten.

»Ein absolut unauffälliges Leben haben diese Leute geführt«, sagte Matzerath. »Kaum vorstellbar, dass sie Feinde hatten.«

Trotz der zugezogenen Vorhänge war es schon am Morgen warm in ihrem Büro, die Sonne stand bereits hoch am Himmel, das Polizeipräsidium war ihr schutzlos ausgeliefert.

»Einen Raubüberfall würde ich ebenfalls ausschließen«, fuhr Matzerath fort, »warum sollte jemand sein Opfer mitten in der Nacht vor das Haus locken und es dort erschießen, ohne sich danach irgendeine Beute anzueignen?«

Die Überlegungen seines Assistenten waren wie immer präzise. Glasmacher nickte zustimmend mit dem Kopf. Guter Mann, dachte er.

»Also: Die Rinkens verbringen den Abend gemeinsam vor dem Fernsehgerät«, Matzerath zählt die Punkte seiner weiteren Ausführung an den Fingern ab, »sie geht als Erste zu Bett, das war gegen 22:30 Uhr. Sie bekommt noch mit, wie er ihr folgt, sie schaut auf den Wecker, es ist exakt 22:49 Uhr. Dann schläft sie ein. Ihr Schlaf ist bewundernswert tief, dafür ist sie dankbar. Nur einmal, nämlich um 4:12 Uhr, wird sie wach und bemerkt, dass das Bett neben ihr leer ist. Mehrmals steht Otto in der Nacht auf, um aufs Klo zu gehen. Seine Blase, eine Altmännerblase, man kennt das ja. Am Morgen wird sie wach, es ist 6:57 Uhr, Otto liegt nicht in seinem Bett. Das ist ungewöhnlich, fast immer schläft er länger als sie, darum richtet sie sich auf und ruft nach ihm. Sie vermutet ihn schon im Bad, doch da ist er nicht. Das Licht im Treppenhaus ist eingeschaltet, auch das ist ungewöhnlich. Sie geht hinunter, ruft mehrmals nach ihm, doch sie bekommt keine Antwort. Unruhe steigt in ihr auf. Sie zieht die Rollläden an der Terrassentür hoch und schaut in den Garten. Nichts, Otto ist nicht zu sehen. Dann geht sie zurück in den Flur, durch die Buntglasscheiben in der Haustür erkennt sie schemenhaft etwas Ungewöhnliches, vorsichtig öffnet sie und sieht Otto rücklings auf dem Boden vor der Treppe liegen.« Matzerath ist zum dritten Mal bei seinem rechten Daumen angekommen. »Irgendjemand oder irgendetwas muss ihn in der Nacht, noch vor 4:12 Uhr, aus dem Haus gelockt haben, wo er auf seinen Mörder gestoßen ist«, beendet Matzerath seine Zusammenfassung.

Na prima, dachte Glasmacher, so weit, so gut, aber aus all dem ergab sich für ihn nichts, rein gar nichts, woran sie ansetzen konnten. »Dass Frau Rinkens ihren Mann im Haus erschossen und danach nach draußen geschleppt hat, können wir, glaube ich, ausschließen. Dafür gibt es keinerlei Anhaltspunkte.«

»Sehe ich genauso«, stimmte Matzerath zu, »so eine ist die nicht, auch wäre sie zu schwach, eine Leiche durchs Haus zu schleppen. Darüber hinaus haben wir nicht den kleinsten Hinweis dafür gefunden.«

Gut, die Frau war raus, dachte Glasmacher, das schien immerhin sicher zu sein, doch blöderweise hatte der Regen in der Nacht draußen, beim Fundort der Leiche, alle Spuren verwischt. Sie mussten anders an den Fall herangehen. Morgen würde die Zeitung darüber berichten, einschließlich der Bitte an die Bevölkerung, verdächtige Beobachtungen der Polizei zu melden. Vielleicht hatten sie ja Glück, und es kam etwas Brauchbares rein. Aber wie oft war ihm schon das Glück bei der Lösung eines Falls zu Hilfe gekommen? Er konnte sich nicht an ein konkretes Beispiel erinnern. Gedankenverloren schaute Glasmacher zu Matzerath hinüber, dessen Gesicht in das leuchtende Gelborange der sonnenbeschienenen Vorhänge getaucht war, während er konzentriert in seinem Notizbuch blätterte.

Sie würden nach Nörvenich fahren müssen, Familienangehörige, Mitarbeiter, wenn es sein musste, jeden Dorfbewohner mussten sie befragen. Das würde wieder eine Ochsentour werden. Viel Gequassel für vielleicht nichts. Doch es ging nicht anders.

»Wen, hatten Sie gesagt, sollten wir zuerst überprüfen? Die Mitarbeiter?« Matzerath schaute von seinem Notizbuch auf. »Nein, zuerst noch einmal die Nachbarschaft, dann die Familienangehörigen und dann natürlich auch dringend die …«

»Schon gut«, unterbrach Glasmacher seinen Assistenten, »legen wir los, aber die Mitarbeiter sollten wir uns auch vorknöpfen.«

»… Mitarbeiter«, beendete Matzerath seinen Satz begleitet von einem angedeuteten Kopfschütteln. Irgendwie angespannt war der Chef in den letzten Stunden. Das war man gar nicht gewohnt von ihm.

Die Polizeihauptwache in Düren befand sich in einem schlichten Zweckbau. Gleich neben der schönen alten Villa, in der Emil Glasmacher seine Karriere bei der Kripo begonnen hatte, war sie vor Jahren in kürzester Zeit hochgezogen worden. Ein rechteckiger Kasten mit Flachdach und ohne jeden Charme, wie Glasmacher fand. Überhaupt war die Stadt gerade in einem Höllentempo dabei, ihr eben erst erworbenes Flair einer schnieken Fünfzigerjahrestadt wieder zu verlieren. Nackter Beton, kalte Glasfronten und viel zu viele Quadratmeter Waschbetonplatten verunstalteten jetzt sein schönes Düren. Er fragte sich, was sich die Herren und Damen Architekten wohl dabei dachten, wenn sie in einem Gebäude wie der Polizeihauptwache 75 Fenster einbauen ließen. In einer Front! Die nach Südosten ausgerichtet war! Er konnte sich lebhaft vorstellen, wie ein junger Architekt seinen Planungsentwurf dem Dürener Stadtrat vorstellte. Frisch von der Uni, in brauner Cordhose und grünem Rollkragenpullover, würde er sich nervös wie ein Teenager vor seinem ersten Rendezvous erheben und verkünden: »Die Südostseite ist mit der maximal verglasten Fläche optimal für die bestmögliche Lichtausbeute ausgestattet. Außerdem gilt es längst als erwiesen, dass eine erhöhte Sonneneinstrahlung ursächlich ist für die vermehrte Ausschüttung des körpereigenen Glückshormons Serotonin. Was wiederum bedeutet, dass die Beamten zukünftig mit deutlich gesteigerter Motivation ihrer für uns alle so wichtigen Arbeit nachgehen werden.«

Im Stadtrat werden sie schwer beeindruckt von diesem Redeschwall mit den Köpfen genickt haben. Die modernen Zeiten ließen sich eben nicht mehr aufhalten, verbeulte Dienstwagen und verbeulte Schreibtische in den Büros waren passé. Nun sollte alles heller, bunter und irgendwie poppiger werden. Da konnte man leicht auf die schön geschwungenen Neonreklamen über den

Geschäften in der Innenstadt und das heimelige Blausteinpflaster der öffentlichen Plätze verzichten. Und schließlich hing ja vor jedem Fenster auf der Wache ein Vorhang aus gelborangefarbenem Synthetikmaterial, der zwar pflegeleicht war und eine enorm positive Grundstimmung verbreitete, aber weder Licht noch Wärme von den Büros fernhielt. In Nörvenich gab es sogar noch Fachwerk. Das Bürgermeisteramt oder das schöne alte Haus gegenüber der Burg waren so recht nach Glasmachers Geschmack.

In der Grünstraße hatten sie Glück, auf dem Nachbargrundstück der Rinkens stand eine Frau im Vorgarten und unterhielt sich mit einer weiteren Frau. Es ging um den Vorfall in der Nacht von Sonntag auf Montag, das erkannte Glasmacher sofort. Keine zwei Tage waren seitdem vergangen, die Suppe kochte noch, und das war ihm ganz recht. »Na, dann los«, sagte er zu Matzerath, »hoffen wir mal, dass bei dem Gequassel etwas Substanzielles dabei ist.«

War es aber nicht. Nein, die Frauen hatten nichts gehört, außer dass es stark geregnet hatte in dieser Nacht. Da waren sie sich einig. Das so etwas heutzutage überhaupt möglich war! Erschossen vor dem eigenen Haus! Mitten in der Nacht und das sogar hier bei ihnen auf dem Dorf. »Wie in Schikajo«, sagte die Nachbarin.

Glasmacher wollte gerade das Gespräch beenden, als er einen Mann hinter seinem Rücken wahrnahm. Ausgestattet mit heftigen O-Beinen und einem Paar abgelaufener Schuhe an den Füßen, war er nahe bei ihnen stehen geblieben. Die blanke Neugier stand ihm ins verschwitzte Gesicht geschrieben. Über die Schulter trug er eine schwere lederne Tasche, der Mann war offensichtlich der Postbote hier.

»Ja bitte«, sprach Glasmacher ihn an, »kann ich Ihnen helfen?«

»Mir? Äh, nee. Ich meine, ja, doch. Ich wollt fragen, ob Sie schon wissen, wer das getan hat.« Mit einem Kopfnicken deutete er hinüber zu Rinkens Haus.

»Die Ermittlungen dauern noch an«, antwortete Glasmacher knapp. Schon wollte er sich wieder abwenden, als er dann doch fortfuhr: »Sie sind hier der Postbote, nehme ich an?«

»Ja, genau. Rey, Willibert mein Name, ich bin jeden Tag hier. Die Rinkens kriegen ja jeden Tag Post, und nicht nur einen einzigen Brief. Das ist oft ein ganzer Packen, Rechnungen, amtliche Sachen, auch viel Privates. Die kriegen Post aus der ganzen Welt, also aus ganz Deutschland. Erst letzte Woche war ein Brief dabei, der …«

»Jaja, schon gut«, unterbrach Glasmacher ihn. Aber sagen Sie, Herr …«

»Rey, Willibert.«

»Sagen Sie mal, Herr Rey, ist Ihnen vielleicht etwas Besonderes aufgefallen in der letzten Zeit?«

»Mir? Nee, was soll mir denn aufgefallen sein?«

»Das fragen wir Sie, ist doch nicht schwer zu verstehen, oder?« Mike Matzerath hielt sein offenes Notizbuch in der Hand. Hier sollte doch verdammt noch mal wenigstens ein winzig kleiner Hinweis rauszuholen sein.

»Ja, also mir«, wiederholte Rey und sah dabei Rinkens Nachbarin an, »also mir ist echt nichts Auffälliges aufgefallen, oder, Roswitha, uns ist hier doch nichts aufgefallen, was für die Herren wichtig sein könnte?«

Du lieber Gott, dachte Glasmacher, was für ein Typ. Das konnte ja heiter werden. Für den Fall, dass Herrn Rey doch noch etwas einfallen sollte, forderten sie ihn auf, umgehend in der Polizeiwache in Düren anzurufen. Dann verabschiedeten sie sich und gingen hinüber zum Haus der Rinkens.

Elfriede Rinkens öffnete selbst. Sie war alleine im Haus, anscheinend hatte sie sich schon wieder etwas gefangen. Im Krankenhaus hatte man sie untersucht, jedoch nichts gefunden, was eine Einweisung zur stationären Behandlung gerechtfertigt hätte. Darum war sie mit dem Taxi schon am Nachmittag wieder zurück nach Nörvenich gefahren worden. Eine Nachbarin schaute jetzt zweimal täglich nach ihr. Eine gewisse Frau Körfer von gegenüber kümmerte sich nun um sie.

Zu dem, was sie bereits ausgesagt hatte, konnte Frau Rinkens heute nichts hinzufügen. Darum nur ein paar letzte Fragen noch, dann würde man sie auch schon wieder in Ruhe lassen. Doch, ja, ihre Ehe würde sie als eine glückliche bezeichnen. Otto sei ja ein viel beschäftigter Mann gewesen, da sei er halt nicht so oft zu Hause gewesen. Am Anfang habe sie darunter gelitten. »Aber man gewöhnt sich mit der Zeit an so Vieles«, sagte sie. Und nein, wirtschaftlich hätten sie keine Probleme. Das Geschäft sei gesund, sie hätten keine Verbindlichkeiten. Einmal im Jahr machten sie eine große Urlaubsreise. Otto fahre leidenschaftlich gerne weg, er sei immer unternehmungslustig gewesen. Das sei ja aber auch wichtig fürs Geschäft, auf ihren Reisen testet er gerne das ein oder andere mögliche Ziel für ihre beliebten Fahrten. *Mit Rinkens Reisen sorglos reisen,* das war nicht nur so ein Werbespruch, da war Otto ganz gewissenhaft, da wollte er immer ganz genau wissen, was er den Kunden anzubieten hatte.

Ganz früher, in den Anfangsjahren ihres Geschäfts, da sei er auch hin und wieder mal alleine losgefahren. Aber das sei schnell wieder vorbei gewesen, sagte Elfriede, er habe sie dann immer dabeihaben wollen, weil Frauen mit ganz anderen Augen zum Beispiel auf die Sauberkeit in einem Hotel achteten.

Glasmacher und Matzerath sahen sich an. Der eine klappte sein Notizbuch zu, der andere unterdrückte einen leisen Seufzer.

Die Verwandtschaft der Rinkens war überschaubar. Elfriedes Schwester und ihr Mann wohnten in Mechernich. Zwei echte Eifeler Mädchen waren sie, wovon die jüngere nach Nörvenich weggeheiratet worden war, wie Elfriede sich ausdrückte. Daneben gab es noch Ottos Schwester, die aber bereits verstorben war. Der Witwer wohnte in Düren, ihn würde Glasmacher am nächsten Tag aufsuchen, während er Matzerath nach Mechernich schicken wollte.

Das Betriebsgelände von *Rinkens Reisen* befand sich am Ortsrand. Ein simpler Backsteinbau mit verglasten Falttüren, die weit offen standen, als sie dort vorfuhren. Auf dem Hof parkten zwei Reisebusse, beide blitzblank geputzt. Einen weiteren konnten sie in der Halle ausmachen, woraus sie schlossen, dass zwei Busse der Flotte zurzeit auf Tour waren.

Die Halle war erfüllt vom Motorgeräusch des Busses, der über einer Montagegrube geparkt war. Es roch stark nach Abgasen, der Hallenboden war mit einer schwarzen, öligen Schicht bedeckt. Eine Werkbank unter Glasbausteinen an der rechten Wand, gestapelte Ersatzreifen, ein Ölkabinett zur Linken und daneben ein Werkzeugbrett, das mit einer Auswahl chromeglänzender Schraubenschlüssel und Zangen ausgestattet war, die so manchen Autohausbesitzer in Staunen versetzt hätte. Glasmacher und Matzerath traten an die offene Tür des Busses heran.

»Guten Tag, wir sind von der Polizei«, rief Glasmacher den Mann an, der am Steuer saß, »würden Sie wohl kurz den Motor abstellen?«

Wie in Zeitlupe wendete sich der Angesprochene ihnen zu, musterte sie und tat dann, worum er gebeten wurde.

»Dürfen wir Ihnen ein paar Fragen stellen? Es geht um den Überfall auf Ihren Chef in der Nacht auf Montag.«

Schwerfällig wuchtete sich der Mann vom Fahrersitz herunter, sein bulliges Gesicht war ziemlich rot angelaufen. Der Kerl hatte ganz klar einen viel zu hohen Blutdruck, dachte Glasmacher, während er den Mann jetzt auf der untersten Stufe des Einstiegs in den Bus stehen sah. Hose und T-Shirt waren mit Ölflecken übersät, seine Haare zu lang und extrem fettig. Ein Fleisch gewordenes Altölfass, mit Schmerbauch und gelben Zähnen.

Peter Müllenmeister war Rinkens Werkstattmeister. »Sie können ruhig Pitter zu mir sagen, ich hab das alles hier unter mir.«

»Also gut, Herr Pitter, wir sind gekommen, um Ihnen ein paar Fragen zu stellen.«

»Is gut, schießen Sie los.«

Glasmacher wollte wissen, wie Otto Rinkens war, als Mensch und natürlich auch als Chef. Wie das Betriebsklima war, was die Kollegen über ihn dachten. All diese Sachen eben, die man mitbekam, wenn man jeden Tag zusammenarbeitete.

Pitter blies seine dicken Backen auf, dann schnaufte er ein paar Mal, bevor er sehr langsam zu reden begann. »Der Chef war ein Superkerl, da gibt es nichts. Der hat nie rumgebrüllt oder einen runtergemacht. Super war der, ehrlich. Nur die Bezahlung ist ein bisschen mau. Okay, die Fahrer bekommen ja ihr Trinkgeld von den Reisegästen, aber ich hier in der Werkstatt, ich bekomme eben nichts davon.« Aber über Tote solle man ja nicht schlecht reden, fügte er an. Könne er eigentlich ja auch nicht, denn auf der anderen Seite sei der Chef verdammt spendabel gewesen. »Was glauben Sie, was wir für Weihnachtsfeiern hatten? Pah! Das waren richtige Orgien. Dann fuhr der Chef mit uns nach Köln, zuerst essen gehen, aber nicht an der Frittenbude. Nein, das waren Restaurants mit einer Spitzenküche, in die wir dann gingen. Und danach in die Altstadt. Mannomann, da gab's dann High Life in allen Gassen! Trinken, bis der Arzt kommt. Und alles auf seine Kappe, auch die Weiber, die er dann an unseren Tisch holte, für alles hat er bezahlt. Da war der Alte noch mal so richtig in seinem Element.«

Also nein, Rinkens sei schon in Ordnung gewesen, und dass der Feinde gehabt haben könne, das konnte Pitter sich nun wirklich nicht vorstellen.

»Was glauben Sie denn, Herr Pitter, wie es nun weitergeht mit der Firma?« Mike Matzerath war mit dem Schreiben kaum nachgekommen, doch diese Frage musste unbedingt noch gestellt werden.

»Das weiß ich nicht. Ich vermute, Frau Rinkens wird den Laden jetzt führen. Hoffe ich jedenfalls, sie hat ja sowieso schon viel gemacht, im Büro und so.«

Am nächsten Morgen blieb das grüne Endgerät auf seiner Flurkommode zum Glück still. So konnte er in Ruhe frühstücken. Emil Glasmacher hatte das Fenster geöffnet und lauschte dem Vogelgezwitscher, das von den Dächern der Holzstraße zu ihm in die Küche drang. Ansonsten war es ruhig um ihn herum, und an diesem Morgen war der Zustand ausnahmsweise mal genau das Richtige. In der Nacht hatte er gut geschlafen, doch jetzt sprangen ihn die vielen offenen Fragen im Fall Rinkens mit voller Wucht an. Von Anfang an war ihm klar gewesen, dass das eine schwierige Kiste sein würde. Was für ein hammerharter Mord an einem stinklangweiligen Zeitgenossen. Wo war das Motiv? Von wem? Es musste noch mehr Menschen in Rinkens Umfeld geben, als ihnen bisher bekannt war. Viel mehr, und es würde sie eine Menge Zeit und auch Nerven kosten, all diese Leute ausfindig zu machen.

In solche Gedanken versunken ging er hinüber zur Polizeiwache, der Himmel war wolkenverhangen an diesem Tag, die gelborangefarbenen Vorhänge in ihrem Büro waren immer noch zugezogen. Mike Matzerath saß schon an seinem Schreibtisch, er hatte was, das erkannte Glasmacher sofort an dem bedeutungsschwangeren Grinsen in dessen Schnurrbartgesicht.

»Morgen, Michael, was gibt's, haben wir den Täter?«, versuchte Glasmacher einen Scherz, doch Mike ging darüber hinweg.

»Heute Morgen steht der Artikel zum Fall Rinkens in der Zeitung, und was glauben Sie, wer daraufhin schon angerufen hat?«

»Keine Ahnung, sagen Sie schon.«

»Willibert Rey, der Postheini.«

»Ach was. Der, der sich gestern an nichts Auffälliges erinnern konnte?«

»Genau der«, grinste Matzerath, »jetzt ist ihm doch noch was eingefallen. Er sagte, es sei wahrscheinlich nichts weniger als der todsichere Hinweis auf den Täter, wie er es nannte.«

* * *

Solange sie sich erinnern konnte, hatte sie Angst gehabt. Als sie ein Kind war, hatte sie Angst vor den älteren Jungen, die frech und laut waren. Die nach den Mädchen schlugen, weil sie sie nicht in ihrer Nähe haben wollten. Sie hatte Angst vor den Männern im Rosental, die immer Bier tranken und genauso frech und laut wie ihre Söhne waren. Angst vor den Kettenhunden an jeder Ecke, vor den dunklen Schuppen und den schmuddeligen Gassen zwischen den verschachtelten Häuschen. Fast alles im Rosental hatte ihr Angst gemacht. Nur ihr Großvater, der alte Langhoff, machte ihr keine Angst. Zu ihm rannte sie, wenn die Jungen hinter ihr her waren. Er war es, der die kläffenden Hunde zur Ruhe brachte, wenn sie an seiner Hand durch das Rosental ging. Im Sommer strömte der strenge Geruch von Tabak und Zwiebeln von ihm aus, weil er ständig die Piepen, wie er das nannte, die Zwiebeln aus seinem Garten, aß. Im Winter roch er nach Tabak und Erkältungssalbe, aber immer war er für sie da. Auch wenn Mama mal wieder für mehrere Tage verschwunden war, weil sie mit einem neuen Hasadeur rummachte. Hasadeur war wie Piepen eines der lustigen Wörter, die der Großvater benutzte. In Monikas Vorstellung war ein Hasadeur ein Mann, der mutig gegen seine Feinde kämpft und in einer Burg lebt. Später hatte sie Angst vor dem Mathematiklehrer in der Schule. Dann vor der Frau vom Jugendamt, die sich mit knallroten Lippen und hellgrünem Lidschatten aufgedonnert hatte und dicke Brillengläser trug. Der Frisörmeister Klein und der Metzgermeister Dickmeis hatten ihr Angst gemacht. Sie waren nacheinander ihre Lehrmeister gewesen, und beide hatten sie zum Glück bald schon wieder weggeschickt. Mama hatte getobt und aus ihrer Bierflasche getrunken. Der Großvater hatte sie traurig angesehen und Mama gesagt, sie solle aufhören zu schreien.

Eine Zeit lang hat sie Werbeheftchen ausgetragen, dann Zeitungen, aber sie hatte Angst, frühmorgens im Dunkeln durch Euskirchen zu laufen. Die gleichaltrigen Mädchen, die auf der bröckeligen Mauer im Rosental hockten und ihr nachriefen, sie sei eine Schlampe, machten ihr Angst. Im Jahr zuvor war der Großvater gestorben, und Monika fürchtete sich davor, dass nun niemand mehr da war, der sie beschützen konnte. Dabei war er zum Schluss nur noch ein schrumpeliges, altes Männlein gewesen, das niemandem hätte wehtun können. Aber er war da gewesen, und jetzt war nur noch Mama da, die auch Angst hatte, genauso wie sie. Dass Mama Angst hatte, erkannte Monika dann, wenn sie Mama weinend an ihrem alten Küchentisch sitzen sah. Mit hängendem Kopf und hängenden Schultern. Vor leeren Bierflaschen und einem vollen Pott Kaffee. Mehr brauchte Mama nicht, Bier und Kaffee, ja, und Zigaretten, die gab es auch immer in ihrem Haus, sogar dann noch, wenn es nur noch Toastbrot und Rübenkraut zu essen gab. Die Hasadeure kamen schon längst nicht mehr zu Mama, niemand kam und kümmerte sich jetzt noch um sie, und Monika wusste nicht, ob sie sich deswegen freuen oder fürchten sollte.

Ein paar Wochen nach Großvaters Tod hatte sie eine Arbeit als Putzfrau in der Tuchfabrik Ruhr-Lückerath angenommen. Zuerst hatten ihr die alten Fabrikhallen ein wenig Angst gemacht, dann fand sie sich besser zurecht in dem ganzen Wirrwarr aus Gängen, Treppenhäusern und Hallen. Sie war zum Reinigen der Klos und Waschräume eingeteilt worden, ihr Vorarbeiter hieß Giovanni und war sehr freundlich zu ihr. Einmal stand er plötzlich vor ihr und fasste ihr an den Busen. Ohne zu zögern, schlug sie ihm mit voller Wucht ins Gesicht. Das Blut spritze, es lief ihm in Strömen aus der Nase, er stieß einen spitzen Schrei aus und ließ von ihr ab. Als er hinaus in das Treppenhaus rannte, glaubte sie ihn laut weinen zu hören. Das war der Moment, der ihre blöde Angst zum Schmelzen brachte. Sie konnte sich wehren! Sie war stark. Zur Fabrik ist sie nicht wieder hingegangen, zu Hause im Rosental hatte sie den Mädchen auf der Mauer zugerufen, sie sollten ihre Fresse halten, und die Mutter gefragt, warum sie so war.

»Wie, warum bin ich so?« Gisela Langhoffs Blick war vom Alkohol getrübt, sie schien nicht zu verstehen, was Monika von ihr wollte.

»Warum weinst du so oft?«, versuchte das Mädchen seiner Mutter auf die Sprünge zu helfen. »Sitzt nur hier rum und machst gar nichts. Das ist doch nicht normal.«

»Und was tust du?« Gisela war laut geworden und sofort in einen Hustenanfall verfallen.

Monika wartete, bis die Mutter wieder bei Atem war, dann hakte sie nach. Irgendetwas in ihr sagte ihr, dass sie das jetzt tun musste. Was wusste sie eigentlich über ihre Familie, die gar keine richtige Familie war? Nichts wusste sie darüber. Gar nichts, selbst der Großvater hatte dazu geschwiegen, und heute war es so weit, heute würde sie ein Fenster öffnen, um endlich erkennen zu können, was da Komisches war mit ihrer Familie. Doch das Fenster ließ sich nur schwer öffnen. Ihre Mutter reagierte erschreckend barsch auf ihre Fragen. Schrie sie an, sie sei nur ein blödes Gör, das nichts wisse vom Leben. Und Monika schrie ihre Mutter an. Ihr Geschrei drang bis nach draußen auf die Straße, drang hinüber in Skopins Wohnung, doch das war Monika so was von egal. Sie schrie, wie sie noch niemals zuvor geschrien hatte, und ihre Mutter schrie zurück, trank zwischendurch aus der Flasche, steckte sich die nächste Kippe in den Mund, hustete, trank vom kalten Kaffee und brach dann zusammen. Von einem Weinkrampf geschüttelt, schlug sie die Hände vors Gesicht, vornübergebeugt saß sie da, und ihre Schultern zuckten im Takt ihres Schluchzens.

Monika war nicht in der Lage, sich ihr zu nähern, sie gar zu berühren. Regungslos blieb sie stehen, den Blick fest auf ihre weinende Mutter gerichtet, wartete sie, bis das Schluchzen nach und nach versiegte. Minuten vergingen, von draußen drangen die bekannten Geräusche des Rosentals zu ihnen herein, dann richtete Gisela Langhoff sich ein wenig auf. Ihr von Tränen getrübter Blick ging hinüber zur Bierflasche, doch sie rührte sie nicht an.

»Also«, Monika war der Meinung, sie habe jetzt lange genug gewartet, »warum sind wir so?«, forderte sie die Mutter mit eiskalter Stimme auf, endlich zu reden.

Es dauerte ein paar Sekunden, ihre Mutter schluckte, dann räusperte sie sich, ihre Stimme klang rau wie die eines Mannes, dann wurde es besser. Fast eine Stunde lang sprach Gisela Langhoff. Eine Stunde, die Monika später vorkam, als wären es gerade mal fünf Minuten gewesen.

3. KAPITEL

»Einen Staubsaugervertreter?« Kriminalhauptkommissar Emil Glasmacher war vor Matzeraths Schreibtisch stehen geblieben. »Und das fällt diesem Rey erst heute Morgen ein? Erst, nachdem er über den Fall in der Zeitung gelesen hat?«

»Er sei gestern noch ganz durcheinander gewesen, hat er gesagt. Bei dem ganzen Buhei wegen dem Mordfall in seinem Zustellbereich sei ihm das glatt durchgegangen.«

Glasmacher ging hinüber zu seinem Schreibtisch, die Unordnung, die er am Vorabend hier zurückgelassen hatte, störte ihn. Was, wenn da jetzt eine wichtige Notiz in dem Chaos verloren ging? Und warum hatte Matzerath eigentlich diese gelborangefarbenen Lappen vor den Fenstern noch nicht zurückgezogen? Der Tag fing nicht gut an.

»Rey ist also ein Staubsaugervertreter aufgefallen, der vergangene Woche in der Grünstraße von Haus zu Haus gegangen ist. Hat er denn auch gesehen, ob dieser Kerl sich dem Haus der Rinkens genähert hat? Hat vielleicht noch jemand ihn gesehen?« Glasmacher setzte sich an seinen Platz, sehr darauf bedacht, das Chaos nicht noch zu vergrößern.

»Ob der Vertreter auch bei Rinkens geklingelt hat, das konnte Rey nicht sagen«, berichtete Matzerath, »er hielt es jedoch für sehr wahrscheinlich. Ob jemand diese Beobachtung bestätigen konnte, habe er Rey natürlich auch gefragt, vielleicht diese Roswitha, mit der er so gut konnte. Roswitha könnten sie vergessen, hatte der geantwortet. Die Trulla würde viel reden, wenn der Tag lang sei, aber wenn's darauf ankomme, dann wär die für nichts zu gebrauchen.«

»Das hat er gesagt?«

Matzerath nickte und konnte sich ein Grinsen dabei nicht verkneifen.

»Trulla? Hat Rey wirklich Trulla gesagt?« Glasmacher schaute abwechselnd vom Chaos zu den Vorhängen und wieder zu Matzerath zurück.

»Genau das hat er gesagt.«

Diesen Rey mussten sie sich noch einmal ganz genau anschauen, dachte Glasmacher. Dann wollte er wissen, ob auch bekannt sei, für welches Unternehmen der Vertreter tätig war.

»Klar«, sagt Matzerath, »für den Marktführer natürlich, bin schon dran.«

Das Klopfen an ihrer Bürotür war ein kräftiges, fast schon forderndes Klopfen.

»Herein.« Mit Schwung wurde die Türe aufgerissen, und ein mittelgroßer, pummeliger Mann von etwa vierzig Jahren trat mit einnehmenden Schritten vor.

»Keutmann, Franz, Sie hatten mich herbestellt.«

»Herr Keutmann, schön dass es geklappt hat. Telefonisch sind Sie ja kaum zu erreichen. Sie sind sicher viel unterwegs?«

Keutmanns rundes Gesicht schien von einem Dauerlächeln befallen zu sein. »Ja, ich weiß, schwerer zu erreichen als der Papst, ha-ha-ha«, lachte er, wobei sein Doppelkinn wackelte. In seiner Rechten hielt er einige Broschüren, Matzerath erkannte das Firmensignet darauf und richtete sich ein wenig auf in seinem Stuhl. »Sagen Sie, Sie haben uns doch jetzt nicht etwa ein paar dieser Werbeheftchen für Ihre Staubsauger mitgebracht, oder doch?«

»Klopfsauger, bitte schön, Klopfsauger. Der Kobold 115 ist unser bestes Pferd im Stall, ha-ha-ha. Ihre Frauen werden begeistert sein.«

»Herr Keutmann«, ging Glasmacher dazwischen, »bitte nehmen Sie Platz, es dauert nicht lange, wir haben nur ein paar Fragen an Sie zu Ihrem …«, Glasmacher überlegte, dann fiel ihm ein passendes Wort ein, »zu Ihrem Auftritt in Nörvenich in der vergangenen Woche.«

»Auftritt ist gut, hahaha«, das Kinn vibrierte wie Wackelpudding.

Was für ein nerviger Kerl, dachte Glasmacher, vermutlich war das so eine Art Berufskrankheit. Um das Spektakel so kurz wie möglich zu halten, stellte er die erste Frage. Keutmann antwortete spontan, dabei wollte das Lächeln einfach nicht aus seinem Pfannkuchengesicht verschwinden. Ja, er sei in Nörvenich gewesen, vergangenen Donnerstag, und am Freitag noch einmal. Klar, die Grünstraße. Kenne er. Feine Häuschen da und keine armen Leute dort. Ha-ha-ha. Rinkens? Rinkens, nein, an diesen Namen könne er sich nicht erinnern, nur an die, mit denen er gesprochen hat, habe er eine vage Erinnerung. Bei Rinkens werde ihm wohl niemand geöffnet haben. Komme auch vor, leider.

Auf die Frage, ob ihm etwas Besonderes aufgefallen sei, in der Grünstraße, antwortete er erst nach einigem Zögern. »Nein«, sagte er dann, »Nein, nicht dass ich wüsste.« Das Lachen blieb diesmal aus.

Es war an der Zeit, konkret zu werden. Glasmacher berichtete, warum sie ihn herbestellt hatten, und als er seine Ausführungen beendet hatte, da war es plötzlich verschwunden, das Lächeln aus Keutmanns Pfannkuchengesicht. »Das ist ja furchtbar«, sagte er ohne jede Fröhlichkeit in der Stimme.

»Herr Keutmann, ich muss Sie das jetzt fragen, Routine, Sie verstehen. Wo waren Sie in der Nacht von Sonntag, dem 24., auf Montag, den 25. des Monats?«

Keutmann überlegte keine Sekunde. »Zu Hause natürlich, wo soll ich denn sonst gewesen sein?«

»Kann das jemand bezeugen?«

»Natürlich.«

»Wer ist der Zeuge? Ihre Frau?«

Keutmann schwieg. Kein Lächeln, kein Ha-ha-ha. Glasmacher und Matzerath sahen sich an. Musste er nachdenken, oder was war da los?

»Herr Keutmann, wenn Sie nicht antworten wollen, befragen wir Ihre Frau oder Ihre Lebensgefährtin bei Ihnen zu Hause. Sie wohnen doch zusammen, oder nicht?«

Es war ganz und gar erstaunlich anzuschauen, wie aus dem dauergrinsenden Pfannkuchengesicht ein wehleidiges, lang gezogenes Gurkengesicht wurde. »Es ist keine Frau«, sagte er schließlich, »aber er ist volljährig, und wir stehen auch nicht in einem Abhängigkeitsverhältnis zueinander.«

Bis zum Ende der Woche kamen nur noch zwei weitere Hinweise auf mögliche Verdächtige rein. Zum einen war da der Kerl, der mit einem struppigen Lama an der Leine vor dem Supermarkt in der Burgstraße gestanden und um Spenden für Tierfutter gebettelt hatte. Der Anrufer wollte auch gesehen haben, wie der Kerl später durchs Dorf gelaufen sei und an Haustüren geklingelt habe. Und dann war da noch die Frau, die im vergangenen Jahr mit *Rinkens Reisen* in den Schwarzwald gefahren war, an den Titisee, und dort im Hotel nicht wie vereinbart ein Zimmer mit Seeblick, sondern eines nach hinten raus zum Hof bekommen hatte.

Keutmanns Lebensgefährte war 38 Jahre alt, gertenschlank und ziemlich verlegen, als er den Beamten gegenüber Keutmanns Aussage bestätigte. Der Kerl vor dem Supermarkt gehörte zu einem heruntergekommenen Wanderzirkus, der auf der zugigen Wiese neben dem Sportplatz im Nachbardorf gastierte. Das Lama war ein Alpaka, und die ganze Truppe dort war derart einfältig und antriebslos, dass Glasmacher und Matzerath ihnen ein solches Verbrechen, wie es an Rinkens begangen worden war, irgendwie nicht zutrauten.

»Ein abgerissener Zirkusfritze und ein schwuler Staubsaugervertreter.« Glasmacher saß an seinem Schreibtisch, der jetzt sauber aufgeräumt war, und fasste zusammen: »Toll! Ein im Großen und Ganzen zufriedener Werkstattmeister und eine liebende Ehefrau, völlig unspektakuläre verwandtschaftliche Beziehungen und ein nicht vorhandenes Privatleben. Wirklich toll, unsere Ermittlungsergebnisse.« Diese blöden Vorhänge waren immer noch zugezogen, wieso fiel ihm das eigentlich immer erst dann auf, wenn er sich an seinem Schreibtisch niedergelassen hatte?

»Und ein Mordopfer, das mit einer 9-mm-Kanone aus nächster Nähe erschossen wurde. Das passt doch alles vorne und hinten nicht zusammen«, ergänzte Matzerath.

»Schon eine Woche ist rum, und wir haben nichts! Gar nichts!« Glasmacher war sauer, das erkannte man daran, dass er sich wiederholt durch sein Haar fuhr. »So wird das nichts, Michael. Das ist alles nur Kokolores bisher, wir müssen ganz anders an die Sache rangehen. Wir müssen alles noch mal ganz genau durchleuchten. Die Familie, die Firma, die Geschäftspartner, seine Bankkonten, das persönliche Umfeld. Alles muss überprüft werden. Einfach jedes kleinste Fitzelchen müssen wir uns ansehen. Für heute lassen wir es gut sein, aber morgen früh machen wir weiter. Mit Hochdruck, haben Sie verstanden, Michael? Mit Hochdruck!«

»Klar, Chef, morgen, mit Hochdruck.« Emil Glasmacher war ein guter Kriminalist, und er war ein guter Chef, daran hatte Michael Matzerath nicht den geringsten Zweifel. Allerdings wunderte er sich ein wenig, dass Glasmacher in diesem Fall so ungeduldig war. Ziemlich angespannt in letzter Zeit, der Alte, dachte er bei sich, stand dann auf, ging zu den Fenstern hinüber, zog die Vorhänge zurück und verließ mit einem knappen »Bis morgen dann« das Büro.

Unterdessen war die Grünstraße in Nörvenich zu so etwas wie einem Pilgerort geworden. Nahezu jeder aus dem Ort war schon hier gewesen, war bis zum Haus der Rinkens spaziert, dort stehen geblieben, um einen Blick auf den Vorgarten zu werfen, in dem jetzt nicht mehr das kleinste Anzeichen für das kapitale Gewaltverbrechen auszumachen war, das hier vor Kurzem verübt wurde. Väter hatten ihre Kinder hochgehoben, Frauen ihre alten Mütter am Arm hierhergeführt, zu dem Mordhaus, an dem den ganzen Tag lang die Rollläden heruntergelassen blieben. Willibert Rey klingelte vergeblich, um die tägliche Post persönlich zu übergeben. Enttäuscht stopfte er sie in den Briefkasten und zog dann zögernd weiter, jedoch nie, ohne ein paar Worte mit Roswitha zu wechseln, die nebenan gar nicht mehr aus ihrem Vorgarten herauskam.

Leute aus den Nachbardörfern kamen, aus Düren und sogar aus den Nachbarkreisen, wie man unschwer an den Nummernschildern erkennen konnte. Zeitungsreporter, Fotografen, Hobbyermittler, Allesbesserwisser, ja sogar der Pastor war schon hier gewesen, und Frau Körfer von gegenüber hatte an ihrem Blumenfenster gestanden und die arme Frau Rinkens bedauert, die wie eine Gefangene in ihrem eigenen Haus belagert wurde.

Einmal, Gerti Aborowski war eben von der Arbeit nach Hause gekommen, gerade hatte sie ihren grünen R 16 abgeschlossen, als sie von einem ihr fremden Mann angesprochen wurde. Er sei von der Presse, hatte er gesagt, und sie könne ihm doch ganz gewiss etwas zu den Verhältnissen bei den Rinkens erzählen. Gerti hatte stumm den Kopf in den Nacken geworfen und war rasch in ihrem Haus verschwunden. Was erlaubte sich dieser Kerl! Sie hier auf offener Straße anzusprechen. Durch ihr Küchenfenster hatte sie beobachtet, wie der Mann die Grünstraße hinaufgeeilt war, mit seiner Scheißkamera um den Hals gehängt, und sie hatte gedacht: Gut so, verschwinde, Aasgeier. Geh rüber zur Roswitha, die wartet auf solche Typen wie dich.

Bis in die Boulevardpresse hatte es der Fall Rinkens sogar schon geschafft. Die Schlagzeilen in dem Blatt mit den großen Buchstaben, das in Gertis Augen ein Drecksblatt war, hatten in dieser Woche gelautet: *BENZINPREIS EXPLODIERT BALD 1 MARK, DER WINTER WIRD FURCHTBAR TEUER, MANN BEIM ABWASCH ERTRUNKEN*, und dann, unter einem Foto von Otto Rinkens, *KOPFSCHUSS IN FINSTERER NACHT.*

Wer wollte in diesen Tagen noch etwas über Breschnews Besuch bei den Amis lesen? Oder über die hungerstreikenden RAF-Mitglieder in den bundesrepublikanischen Gefängnissen? In Nörvenich und drum herum nur wenige. Langweiliger Einheitsbrei war das im Vergleich mit der gesellschaftlichen Sprengkraft, die in dem heimtückischen Mord an Otto Rinkens lag. Denn genau das war es: ein heimtückischer Mord an einem unbescholtenen Bürger. Konnte es jeden von ihnen treffen? War die Welt tatsächlich noch sehr viel verrückter geworden, als man bisher geglaubt hatte? Die Zeit der schläfrigen Eintönigkeit am Sonntag schien jedenfalls vorüber zu sein. Heerscharen von Neugierigen tauchten auf im Dorf. Manche bogen auf ihrem Weg zum Sonntagsausflug in die Eifel ab von der B 477, um einen kleinen Abstecher in das Morddorf zu machen. Einmal im frisch geputzten Wagen die Grünstraße hinauf und hinunter fahren. Die quengelnden Kinder auf dem Rücksitz, schnell ein Foto machen und dann weiter an den Rursee zum Märchenwald.

Das wöchentliche Ritual des Wagenwaschens am Samstag reichte nicht mehr aus, um sich vom anstrengenden Leben in einer scheinbar völlig verrückt gewordenen Zeit zu erholen. Da konnten die Ledertücher noch so hingebungsvoll über den glänzenden Lack der vierrädrigen Lieblinge gezogen werden; es herrschte Verunsicherung im Dorf! Rinkens war tot! Und der Mörder lief immer noch frei herum. Zwei Wochen nach der Tat standen am Samstagabend zwar wieder sauber geputzte und polierte Wagen an den Straßenrändern und in aufgeräumten Garagen. Schlimm war, dass der geldgierige Fußballlegionär Günter Netzer schon bald sein Können auf den Fußballplätzen Spaniens zelebrieren würde. Passte aber irgendwie zu diesem langhaarigen Verräter. Sehr viel schlimmer, ja geradezu beängstigend, war jedoch die Tatsache, dass die Polizei bei ihren Ermittlungen in dem an Grausamkeit kaum zu überbietenden Mord an einem der Ihrigen immer noch nicht vorangekommen war. Was machten die eigentlich den lieben langen Tag in ihrer supermodernen Polizeiwache in Düren? Schließlich ging es um ihre Sicherheit, konnte man ausschließen, dass die Mordlust dieses brutalen Killers schon gestillt war?

So konnte es nicht weitergehen, dachte Glasmacher. Keine Frage, sie mussten etwas finden, irgendetwas, das sie auf eine Spur führen würde. Dieser Fall war wirklich ein verdammt dickes Ding! Glasmacher hatte es gewusst, von Anfang an, und wenn das so weiterging, dann würde aus dem dicken Ding noch ein richtiger Scheißfall werden. So einer wie damals, als er zusammen mit dem alten Harff den Fall Hüsch hier in diesem Kaff aufzuklären hatte. Es stimmte, Emil Glasmacher war wirklich verdammt angespannt in diesen Tagen, und die Anspannung wäre wahrscheinlich noch in den unerträglichen, feuerroten Bereich katapultiert worden, wäre da nicht dieser Anruf von Frau Körfer gewesen. Es war schon spät am Abend, zum wiederholten Mal hatten sie im Büro die jämmerlich unergiebigen Zeugenaussagen gesichtet, als sie vom Schrillen des Dienstapparats aufgeschreckt wurden.

»Ja, Frau Körfer«, hörte Glasmacher seinen Kollegen sagen, »aber nein, das macht doch nichts. Aber sehr gerne kommen wir zu Ihnen. Gleich morgen früh, wenn's recht ist. Nein, es macht überhaupt keine Umstände. Ja, sicher, also bis morgen dann.« Matzeraths Grinsen glich dem eines Kindes, dem man vor einem Zuckerwarenladen gesagt hat, dass es hineingehen und sich nehmen dürfe, was immer es wolle.

»Nun sagen Sie schon, Michael, was gibt's?«

»Das war Frau Körfer aus Nörvenich …«, manchmal war Matzerath schon ein wenig umständlich.

»Ja, verdammt, hab ich mitbekommen. Was hat sie gesagt?«

»Sie hat gesagt, dass sie und Frau Rinkens noch eine wichtige Information für uns hätten.«

Sein Gang war der eines gut gelaunten Menschen. Aufrecht, mit federnden Schritten überquerte Emil Glasmacher den Hof hinter der Polizeiwache, der im gleißenden Licht der schon tief stehenden Sonne lag. Er war auf dem Nachhauseweg, an der Ecke Goethestraße/Holzstraße hielt ihm auf einer Plakatwand ein Kerl in feinem Zwirn ein Gläschen Kräuterlikör entgegen, Typ biederer Finanzbeamter, *Ich trinke Jägermeister*, verkündete er dämlich grinsend, *weil ich am liebsten im Wald und auf der Heide meine Freude suche.* Hinter der Plakatwand erhob sich das massive Gebäude des Dürener Finanzamtes in den Abendhimmel. Der passte aber wie die Faust aufs Auge hierhin, dachte Glasmacher und konnte sich ein stilles Lächeln nicht verkneifen.

Ja, er war guter Dinge, die Erwartung des Gesprächs mit Frau Körfer am nächsten Morgen stimmte ihn tatsächlich zuversichtlich. Er überquerte die Goethestraße, ging hinein in die obere Holzstraße. Das schöne, alte Straßenpflaster glänzte silbern in der Abendsonne. Harmonische Hausfassaden aus der Gründerzeit, gebogene Fensterstürze, hier gab es das alles noch, hier in seiner Straße. Das Haus, in dem er wohnte, war zwar erst nach dem Krieg errichtet worden, dennoch wirkte es kein bisschen wie ein Fremdkörper. Dieser Architekt verstand sein Handwerk, das musste Glasmacher ihm lassen, und plötzlich hatte er das Gefühl, dass die Welt es sehr gut mit ihm meinte an diesem Abend.

Vor seiner Haustüre kramte er in den Tiefen seiner Hosentasche nach dem Schlüssel, als er ein fröhliches Lachen vernahm. Es drang aus der Gaststätte *An der Holzpoez* zu ihm herüber, die Eingangstüre stand offen, und Glasmacher überkam das plötzliche Verlangen nach einem kühlen, frischen Bier. Warum eigentlich nicht? Seine Armbanduhr verriet ihm die Uhrzeit: 21:15 Uhr, das war eine sehr gute Zeit für ein Feierabendbier.

Alle netten Menschen dieser Stadt schienen sich an diesem Abend in der Holzpoez versammelt zu haben. Entspannte Musik bei angenehmer Lautstärke waberte aus der Musikbox, das Bier war perfekt gezapft, goldgelb blitzte es in dem leicht beschlagenen Glas, und Glasmacher trank mit vollem Genuss. Auf Frau Körfer und auf die Gesundheit aller Finanzbeamten dieser Welt!

* * *

Am Abend war sie nicht mehr weggegangen. Entsetzt über das, was ihre Mutter ihr erzählt hatte, war sie in ihr Zimmer gestürmt und hatte sich auf das Bett geworfen. Die Bettwäsche war mit blauen Schlümpfen bedruckt, auf der Bettkante thronte eine Schlumpfinchen-Figur von der Kirmes. Kinderträume in der rauen Welt des Rosentals. Monika war speiübel, sie wollte weinen, doch sie konnte nicht. Als wäre der Damm eines Stausees gebrochen, so waren die Worte aus Gisela Langhoffs Mund herausgeflossen. Die Erinnerung war scheinbar kein bisschen verblasst in all den Jahren. Alles war noch da, der Ort, der Tag, die Uhrzeit, die verschwitzten Gesichter, der Klang der Stimmen, das ausgelassene Lachen, der Geruch von Zigarettenrauch, Rasierwasser und Alkohol. Sogar das Wetter an diesem Tag war Gisela noch in Erinnerung geblieben. Das alles war noch so präsent, als wäre es gestern geschehen.

War immer dagewesen, in Giselas Kopf, in ihrem Herzen, das ihr seit diesem Tag schmerzte, als wäre es von rostigem Eisen umhüllt.

Und nun waren sie zu zweit. Nun war auch Monikas Kopf voll von der Erinnerung an diese schrecklichsten Minuten im Leben ihrer Mutter. Nun schmerzte auch ihr Herz, das sich eigentlich nie gut angefühlt hatte, aber nun kannte Monika den Grund dafür. Regungslos hatte sie auf der Schlumpfenbettwäsche gelegen und an die Decke gestarrt. Bis die Dämmerung hereinbrach, die schließlich von der Dunkelheit verdrängt worden war. Sie hatte nicht weinen können, die ganze Zeit war keine einzige Träne in ihren Augen erschienen. Stattdessen war dort die wachsende Entschlossenheit zu erkennen gewesen. Aus ihrer Angst, die ihr schon jetzt beinahe albern vorgekommen war, war allmählich Wut erwachsen. Wut, die schwer wie Blei auf ihrer Seele lastete, und Monika hatte plötzlich gewusst, wie sie sich dieser Last entledigen konnte. In diesem Moment hatte sie begonnen zu hassen. Und es fühlte sich verdammt gut an.

Am nächsten Morgen verließ sie ohne Frühstück, das sowieso nur aus Toastbrot und Rübenkraut bestanden hätte, das Haus. Sie musste raus aus dieser armseligen Bude, weg von all dem Traurigen, Schmutzigen, dem Verfall hier im Rosental. Sie brauchte Luft zum Atmen, damit sie nachdenken konnte. Nachdenken darüber, wie sie ihren Hass dazu nutzen konnte, das zu tun, was seit gestern Abend als Gedankenfragmente wie Meteoriten in der Erdatmosphäre in ihrem Kopf herumschwirrte.

Die Schlunzen auf der bröckeligen Mauer starrten sie dämlich grinsend an. Das war ein Fehler, das hätten sie nicht tun sollen, nicht an diesem Tag. Monikas Schlag landete mitten im Gesicht der Oberschlunze, die nach hinten von der Mauer fiel. Sofort sprangen die anderen Mädchen auf und rannten davon, die knallgelben Hotpants der Oberschlunze waren versaut vom schmutzigen Morast hinter der Mauer. Ohne sich umzudrehen, ging Monika weiter, verließ die Alfred-Nobel-Straße und gelangte schließlich an die Erft, wo sie sich auf eine Bank unter einer alten Pappel setzte. Der warme Wind ließ die Blätter über ihr leise rauschen, im gemächlich fließenden Wasser des Flusses blitzten Sonnenstrahlen auf. Sie war alleine, ihr Pulsschlag hatte sich etwas beruhigt. Jetzt wusste Monika, warum ihre Mutter so war. Sie hatte verstanden, wahrscheinlich wäre sie genauso, wenn sie an Mutters Stelle wäre. Jetzt wusste sie, was das Komische war an ihrer Familie, die eigentlich gar keine Familie war. Und es war gut, das alles zu wissen. Allerdings fragte sie sich, warum ihre Mutter es ihr nicht schon früher erzählt hatte. Das hätte es ihr leichter gemacht, ganz sicher hätte es das. Aber andererseits war es noch nicht zu spät. Sie, Monika, die Tochter der alleinerziehenden Gisela Langhoff, hatte die Chance, für Gerechtigkeit zu sorgen. Sie war jung, und sie war entschlossen. Zu allem. Sie würde alle Konsequenzen tragen, ohne zu zögern. Wenn nur der Schmerz fortginge, der Schmerz, der ihre Mutter fast in den Wahnsinn getrieben hatte und der es mit ihr ganz genauso machen würde. Aber das würde sie nicht zulassen. Leute aus dem Rosental hatten genauso ein Anrecht auf Gerechtigkeit wie jeder andere Mensch auch. Und sie würde dafür sorgen, dass diese verdammte Gerechtigkeit hergestellt wurde.

Ja, ich hasse euch, dachte sie, mein Hass reicht von hier bis ans Ende der Welt, und er wird mir helfen, diesen verdammten Schmerz loszuwerden.

Ihre Gedanken waren glasklar jetzt, so klar, wie sie noch niemals zuvor gewesen waren. Monika Langhoff schaute hinauf zu den zappelnden Blättern der Pappel über ihr. Hier und da meinte sie sogar, schon ein verwelkendes Blatt zu entdecken. Der Hauch eines Lächelns zeigte sich in ihrem Gesicht. Ganz sicher würde sie es schaffen, das wusste sie jetzt. Als Erstes brauchte sie Geld, vermutlich viel Geld, und dann dachte sie darüber nach, woher sie es nehmen sollte.

4. KAPITEL

Früh am Morgen rief Kriminalhauptkommissar Emil Glasmacher seinen Kollegen Matzerath an. Er solle zu Hause bleiben, Glasmacher werde ihn dort abholen. Nur noch eine Tasse Kaffee, dann sei er bei ihm.

Die drei Bier am Vorabend in der Holzpoez waren ihm gut bekommen, er hatte tief und fest geschlafen, und nun war er voller gespannter Erwartung auf ihr Gespräch mit Frau Körfer. Der Kaffee brachte ihn in Schwung, die Schlagzeilen in der Zeitung waren rasch überflogen. Als er im Flur seine Jacke vom Haken nahm, fiel sein Blick auf das grüne Endgerät auf der Kommode, und Glasmacher entschied sich spontan, noch heute bei den Kollegen von der Post anzurufen und um die Montage eines anderen Geräts zu bitten. Eines dieser neumodischen Tastengeräte würde er beantragen, in Grau!

Die Zeit während der Fahrt raus nach Nörvenich verbrachten sie schweigend. Erst hinter der Schönen Aussicht gelang es Glasmacher, den Bus der Dürener Kreisbahn zu überholen. Nur ein kurzes Stück weiter hingen sie aber schon wieder fest, diesmal hinter einem

Treckergespann, doch Glasmacher blieb entspannt, so wie es der Treckerfahrer vor ihnen auch zu sein schien, der erst an der letzten Kreuzung vor Nörvenich rechts abbog und damit endlich die Straße freigab.

Frau Körfer hatte sie schon erwartet. Der Esstisch hinter ihrem Blumenfenster war eingedeckt, Kaffeetassen, Kaffeekanne, eine Schale mit Keksen, alles vom gleichen Service. Arzberg, Modell *Blaue Blume*. Glasmacher erkannte es sofort, Rita hatte dieses Service auch besessen – und mitgenommen.

Frau Rinkens saß bereits am Tisch, sie trug dunkle Kleidung, die ihre blasse Haut noch blasser erscheinen ließ. Mit einem stummen Nicken begrüßte sie die beiden Polizisten. Als alle Platz genommen hatten, schenkte Frau Körfer Kaffee aus, ein feines Kaffeekränzchen mit zwei alten Damen an einem sonnigen Vormittag. »Bitte greifen Sie doch zu«, sagte Frau Körfer und schob Glasmacher die Schale mit Gebäck hin. Doch der lehnte ab, die Schale wanderte Richtung Matzerath, und Glasmacher eröffnete das Gespräch.

»Frau Körfer«, sagte er in freundlichem Ton, »was sind das für Informationen, die Sie uns noch geben können?«

Frau Körfer nippte mit gespitzten Lippen an ihrem Kaffee, setzte die Tasse ab und betupfte ihren Mund, der beinahe gänzlich farblos erschien, mit einer Serviette. »Nun«, hob sie an, »es ist nichts Großes, es ist nur eine weitere Person aus Ottos einstigem Bekanntenkreis, die wir«, hier sah sie verständnisvoll lächelnd zu Frau Rinkens hinüber, »dummerweise bisher vergessen hatten.«

Aha, dachte Glasmacher, jetzt kommt es, der mysteriöse Verdächtige aus grauer Vorzeit. Enttäuschung stieg in ihm hoch, er hatte auf etwas Handfesteres gehofft.

»Aber gestern ist er uns wieder eingefallen. Es ist eben nicht so leicht, seine Gedanken zu ordnen in diesen Tagen. Es handelt sich um einen ehemaligen Kompagnon des Geschäfts. Sein Name ist Wynand Weinbrenner, aber den Rest erzählst jetzt wohl besser du.« Mit einem auffordernden Lächeln sah sie Elfi Rinkens an.

Hinter Frau Rinkens fiel Glasmacher ein gesticktes Bild in einem opulenten Goldrahmen an der Wand auf. Ein kräftiger Rothirsch auf einer Wiese vor dunklen Tannen, über denen sich ein gewaltiges Bergmassiv erhob. In seiner Art ähnelte es sehr stark dem Bild über dem Sofa in Rinkens Haus, dachte Glasmacher, schien eine Spezialität einer der beiden Freundinnen zu sein. Altmodische Heimatverklärung, wie alte Leute sie mochten. Das und die ihnen bekannten Lebensumstände passten so ganz und gar nicht zu der Ausführung des Verbrechens, das hier verübt worden war. Mit einem unterdrückten Seufzen sah er zu Mike Matzerath hinüber, der beherzt beim angebotenen Gebäck zugriff.

Brav kam Elfi Rinkens der Aufforderung ihrer Freundin nach, mit ruhiger Stimme begann sie zu sprechen: Damals, als ihr Otto die Idee gehabt habe, ein eigenes Unternehmen zu gründen, da habe ihnen natürlich das Geld für den ersten Bus gefehlt. Kredite seien teuer gewesen damals, aber Otto habe viele Leute gekannt. »Also dachten wir darüber nach, bei wem wir uns etwas leihen konnten. Schließlich kam Otto auf die Idee, es bei Wynand zu versuchen, die beiden kannten sich seit ewigen Zeiten, und Wynand war mit dem Abbruch alter Häuser und dem Transport von allen möglichen Baumaterialien zu Geld gekommen. Drei LKW hatte er damals schon laufen.«

Zum Glück kürzte Frau Rinkens ihren Bericht ab, Glasmacher war überhaupt nicht scharf darauf, sie allzu sehr in Details schwelgen zu lassen. Matzerath schrieb und schrieb, wenn das so weiterginge, würde sein Notizbuch nie und nimmer ausreichen.

Weinbrennner jedenfalls, hörte er Frau Rinkens jetzt sagen, sei der Bitte Ottos nachgekommen, er habe ihnen Geld gegeben, allerdings nicht, ohne einen gewissen Anteil am Unternehmen dafür zu verlangen. Nun, ihr Geschäft sei gut gelaufen, von Anfang an, und schon bald habe Otto darüber nachgedacht, Weinbrenner auszuzahlen. »Wissen Sie«, sagte Elfi, »Weinbrenner war kein Mann, der mit Leuten umgehen konnte. Schutt und Kies transportieren, ja, das war sein Metier, aber Reisegäste in den Schwarzwald zu fahren und sie dabei zu unterhalten, nein, das lag Wynand Weinbrenner einfach nicht.«

»Können Sie uns sagen, wo dieser Weinbrenner jetzt lebt?« Matzerath stellte die Frage mit vollem Mund.

»Nein, das kann ich Ihnen beim besten Willen nicht sagen«, antwortete Elfi, »damals hat er in Düren gewohnt, aber das ist ja jetzt auch schon wieder …«, in Gedanken schien sie die Jahre zu zählen, »so viele Jahre her.«

Es bereitete Mike Matzerath später keine Mühe, die aktuelle Adresse Wynand Weinbrenners herauszufinden. Er war immer noch im Transportwesen tätig, allerdings hatte er den Firmensitz nach Euskirchen verlegt.

»Im Veilchenweg sitzt der Vogel jetzt«, Mike schaute auf die Uhr, »das ist ein Katzensprung, was meinen Sie, Chef? Schauen wir ihn uns gleich einmal an?«

Glasmacher meinte, das sollten sie tun. Bei Zülpich erreichten sie die ersten Hügel der Voreifel, es war um die Mittagszeit, und die Sonne strahlte von einem wolkenlosen Himmel auf eine schön geschwungene Landschaft herab. Matzerath biss in sein Hefeteilchen, das ihm das entgangene Mittagessen ersetzen sollte. Dick mit Zuckerguss bestrichene Krümel rieselten herab auf den Sitz, Glasmacher schaute verärgert zu ihm rüber, während Matzerath genüsslich kauend seinen Blick schweifen ließ. Euskirchen hätte die kleine Schwester Dürens sein können. Genauso nichtssagend, genauso provinziell begrüßte die Stadt Ankömmlinge. Über die Kommerner Straße hielt Glasmacher auf das Zentrum zu, vor sich erkannten sie den nadelspitzen Turm der Herz-Jesu-Kirche. Dann wandten sie sich nach Süden, unterquerten die Bahngleise und bogen links ab. In der oberen Alfred-Nobel-Straße wurde ihr Wagen von dichten Staubwolken umhüllt, gleich neben der Straße fraß sich ein Bagger zwischen eng beieinanderstehenden Häuschen durch einen Schutthaufen.

Glasmacher hustete und kurbelte die Scheibe in der Fahrertür hoch. »So eine Sauerei«, schimpfte er, und Matzerath deutete mit der zerknüllten Bäckertüte in der Hand nach vorne. »Weiter geradeaus, Chef, dort müsste es gleich sein.«

Bei der zweiten Straßenkreuzung erreichten sie den Veilchenweg, sie entdeckten den Betriebshof Weinbrennrs sofort. *W. W. Transporte* stand auf den geparkten Kipplastern, der gleiche blaue Schriftzug, wie er an der Fassade eines modernen Bürogebäudes aus rotem Klinker angebracht war. Die Büros befanden sich in der ersten Etage, hinter der Tür mit der Aufschrift *ANMELDUNG* saß eine nicht mehr ganz junge Blondine mit hellblauem Lidschatten hinter einem Tresen und begrüßte sie freundlich. Nein, sie seien nicht angemeldet, erklärte Glasmacher ihren Besuch. Sie seien von der Kripo Düren und hätten ein paar Fragen an Herrn Weinbrenner zu richten.

Die Blondine beugte sich vor, drückte auf einen Knopf an einer Apparatur und säuselte in ein Mikrofon: »Die Kripo für Sie, Herr Weinbrenner.« Es klang so beiläufig, als würde sie sagen: Das Essen ist fertig, Schatz.

In der Apparatur folgte ein Knacken, dann ein Rauschen, dazwischen ein knappes »Ja«, und die Blondine wies auf die Türe zu ihrer Linken. »Bitte, Herr Weinbrenner erwartet Sie.«

Weinbrenners Büro war riesig. Das Mobiliar in Palisander-Optik gehalten, eine Sitzgruppe in Chrom und schwarzem Leder in der Ecke, hochgewachsene Zimmerpflanzen in braunen Kunststoffkübeln. Hinter dem Schreibtisch ein Gemälde in Öl im Querformat; ein Fuhrwerk, schwer beladen mit Bierfässern, gezogen von vier stämmigen Kaltblütern.

Darunter Weinbrenner, Zigarre paffend, rotgesichtig und beinahe kahlköpfig.

»Was haben wir denn?« Ein weißes Hemd spannte sich über Weinbrenners mächtigen Bauch.

»Wir haben ein paar Fragen an Sie, Herr Weinbrenner.«

Glasmacher stellte sich und den Kollegen Matzerath vor und nannte den Grund ihres Erscheinens.

Weinbrenner paffte und beobachtete ihn durch eine dicke Rauchwolke hindurch. »Tja«, hob er dann an, »der gute Rinkens in Nörvenich. Hab davon gehört, natürlich, und ich muss Ihnen sagen, das ist mir wirklich nahegegangen.«

»Herr Weinbrenner«, Glasmacher wedelte demonstrativ mit der Hand vor seiner Nase, dieser Qualm hier in der Bude war ja unerträglich, »wir wüssten gerne, wie Sie zu Herrn Rinkens gestanden haben in jüngster Zeit.«

»Gestanden? Wir zueinander? Gar nicht.«

»Ich meine, hatten Sie noch Kontakt zueinander? Sie waren doch einst Kompagnons.«

»Du liebe Zeit«, Weinbrenner besaß genug Anstand, die Zigarre in den Aschenbecher zu legen, wo ihre dünne Rauchfahne nicht mehr allzu viel Schaden anrichten konnte, »das ist so lange her, das ist ja schon gar nicht mehr wahr.« Ein Lächeln huschte über sein Gesicht.

»Sie hatten Rinkens Geld geliehen, damals. Sie waren Geschäftspartner, aber schon bald trennten sich Ihre Wege wieder.«

Weinbrenner sah Mike Matzerath an, sein Blick bohrte sich tief in dessen Augen. »Ja, so war es, junger Mann. Wir waren Kompagnons und haben, lassen Sie mich kurz nachdenken, ich meine, es war ein knappes Jahr später, eine blitzsaubere Trennung vollzogen. Ich hab mein Geld zurückbekommen, inklusive Zinsen und Rückkauf meiner Anteile, und dann ist jeder seiner Wege gegangen.«

»Und da gab es nichts, was im Nachhinein doch noch für Unmut gesorgt hätte?«, hakte Glasmacher nach.

»Unmut? Im Nachhinein? Hören Sie, meine Herren, wie ich bereits sagte, eine blitzsaubere Trennung war das. Was glauben Sie denn? Einwandfrei ist das damals gelaufen. Rinkens hat weiter seine Leutchen durch das Land gekarrt und ich von da an nur noch totes Material.« Wieder dieses Lächeln in seinem Gesicht. »Schutt, Abraum, Kies, Lava, alles, was Geld brachte. Für die rheinischen Lavawerke, für Rheinbraun, für jeden, der mich bezahlen konnte. Unmut! Wir hatten uns nichts, gar nichts vorzuwerfen, Otto und ich.«

Glasmacher glaubte dem Mann. Eigentlich schade, aber auch dieser Hinweis schien ein Rohrkrepierer zu sein.

Nachdem er noch einige Fragen zum Umfang seiner Beteiligung an Rinkens Unternehmen und Weinbrenners aktueller Geschäftssituation gestellt hatte, die dieser alle, ohne zu zögern, glaubwürdig beantwortete, kam Glasmacher zum Schluss der Befragung.

»Herr Weinbrenner«, sagte er, »was meinen Sie, wer könnte hinter dem Mord an Rinkens stecken? Fällt Ihnen da spontan jemand ein?«

»Nee«, schoss es aus Weinbrenner heraus, der wieder die Zigarre in die Hand genommen hatte, »da fällt mir überhaupt gar niemand ein. Ich weiß doch überhaupt nicht, mit wem Otto in letzter Zeit in Kontakt stand. Außerdem kenne ich auch niemanden, dem ich so eine Schweinerei, wie sie da in Nörvenich passiert ist, zutrauen würde. Tut mir leid, meine Herren, ich glaube, ich kann Ihnen nicht helfen. Aber ich wünsche Ihnen viel Erfolg, hoffentlich kriegen Sie den Kerl bald. Damit er für immer hinter schwedischen Gardinen verschwindet!«

Mit den letzten Worten hatte er sich hinter seinem Schreibtisch erhoben. Die Zigarre steckte in seinem Mundwinkel, als er ihnen seine fleischige Pranke zum Abschied entgegenstreckte. Seine Zeit war knapp bemessen, dafür mussten sie Verständnis haben.

* * *

Ernst Grotewohl schloss das etwa mannshohe Tor und schob den Riegel vor. Wieder lag ein langer Tag hinter ihm, für heute war Schluss, spät genug war es ja. Müde vom Tag, müde von der Woche ging er hinüber zum Lager und warf einen letzten Blick hinein. Alles war so, wie es sein sollte. Ja, er war müde, so wie er eigentlich an jedem Abend müde war, aber auch zufrieden, und das war ein sehr schönes Gefühl, wie er meinte.

Der Firmenwagen war wie immer gleich neben dem Hauseingang geparkt, die Mitarbeiter hatten sich ins Wochenende verabschiedet, jetzt nur noch rauf in die Wohnung, und dann die Füße hochlegen. Sein Großvater hatte hier noch Landwirtschaft betrieben. Ein bisschen Ackerbau, bisschen Vieh, zwei Kühe, drei Schweine. Wo sich jetzt Farbeimer und Lackdosen stapelten, war damals der Stall gewesen. Später ein Trecker mit 21 PS und immer der Misthaufen unterm Küchenfenster. Schuften bis zum Tod, für ein paar Mark auf der Raiffeisenkasse. Sein Vater ist Bergmann geworden. Tagebau, Schichtdienst. Gutes Geld, aber Scheißarbeit, wie Ernst meinte. Darum hat er eine Ausbildung zum Maler und Lackierer absolviert. Pinselquäler, hat der Vater gespottet, aber Ernst gefiel die Arbeit. Nach der Gesellenprüfung hat er die Meisterprüfung abgelegt, alles mit Bestnote, und jetzt plante er noch zehn Jahre zu arbeiten, bis er sich zur Ruhe setzen wollte. Großvaters Bauernhof war jetzt sein Betriebsgelände. Mit sauber verputzter Fassade, reinweiß gestrichen, mit grauem Sockel und Geranien vor den Fenstern. Das alte Hoftor war entrostet, grundiert und perfekt lackiert. Ohne eine einzige Nase, Farbton RAL 6009, Tannengrün. Noch ein letztes Mal schaute er hinüber zum Tor, dann zum Lager, dann betrat er die Waschküche durch den Nebeneingang, wo er seine Arbeitskleidung gegen den Trainingsanzug tauschte, in die Hausschuhe schlüpfte und hinauf in die Wohnung ging.

Christa saß im Wohnzimmer, der Fernseher lief. Der WDR sendete *Hier und Heute*, in Farbe. Als sie ihn an der Wohnungstür hörte, stand sie auf, um ihm das Essen aufzuwärmen. Ihre Kinder waren längst aus dem Haus und kamen nur noch selten zu Besuch. Ernst und Christa lebten schon seit Jahren alleine in ihrem Haus in Nörvenich in der Maarstraße. Sie hatten sich eingerichtet, ohne viele Worte zu machen. Ihr Leben lief in absolut verlässlicher Routine, so gleichmäßig wie einst der 21-PS-Motor in Großvaters Trecker.

Sein Essen verzehrte Ernst im Wohnzimmer auf der Couch sitzend, in *Hier und Heute* trieb gelber Schaum auf dem kackbraunen Wasser der Emscher. Nach der *Tagesschau* stand Christa auf und schaltete um, im zweiten Programm wurde *Der Kommissar* ausgestrahlt.

»Warum sagst du nicht, dass du noch zu ihr gegangen bist?«, wollte eine alte Frau von ihrem Sohn wissen, den Erik Ode in ihrem Wohnzimmer verhörte. Spießige Bude, verklemmter Typ, langweilige Handlung. »Du kannst es doch sagen, da ist doch nichts dabei.« Die Alte gab keine Ruhe. »Herr Kommissar, mein Sohn ist an diesem Abend noch zu der Frau gegangen.« Ode zog an seiner Zigarette, der Sohn knetete verlegen seine Hände, und Ernst Grotewohl schlief vor dem Fernseher ein.

Der Samstagvormittag gehörte der Büroarbeit. Rechnungen, Angebote, alles auf der Schreibmaschine getippt. Grotewohl quälte sich, aber weil Christa sich weigerte, für ihn die Sekretärin zu spielen, wie sie das nannte, blieb diese Arbeit an ihm hängen. Am Nachmittag wusch er ihren Wagen, das Autoradio war eingeschaltet, und das grüne Hoftor stand weit offen. *Sportschau, Tagesschau, Ziehung der Lottozahlen*, er beendete den Samstag schlafend auf der Couch vor dem Testbild im Fernsehen und begann den Sonntag mit einem gemeinsamen Frühstück mit Christa, bei dem sie ein weich gekochtes Ei löffelten und wenig miteinander sprachen. Es folgten der Kirchgang am Vormittag, der Schweinebraten mit Kartoffeln und Soße um zwölf Uhr, Mittagsschlaf, Kaffeetrinken mit Buttercremetorte und danach ein gemeinsamer Spaziergang.

»Guten Tag, Frau Aborowski.«

»Guten Tag zusammen. Nutzen Sie auch das noch schöne Wetter aus? Es soll ja Regen geben, nächste Woche.«

Das Kleid hätte ruhig ein wenig länger sein dürfen, dachte Christa, als sie noch einmal zurückblickte zu

Gerti, und sie bemerkte, dass auch Ernst sich umschaute, sagte aber nichts dazu.

Am Abend trug Karl-Heinz Köpcke ein gelbes Hemd unter einem braunen Jackett. Ernst dachte an das kurze Kleid von Gerti Aborowski, war dann aber schon wieder bei seiner Arbeit, die in wenigen Stunden beginnen sollte. Im Nachbardorf mussten sie ein Wohnzimmer tapezieren. Rautenmuster, riesiger Rapport, für Ernst kein Problem, nur der Lehrling tat sich hierbei noch ein wenig schwer, da musste er ein Auge drauf haben. Wie an jedem Sonntagabend ging er früh schlafen. Keine Viertelstunde später kam auch Christa ins Bett, sie las noch ein wenig, Konsalik, *Liebe am Don*. Ernst las nie, dazu war er einfach zu müde.

Mitten in der Nacht wurde er von einem Geräusch geweckt. Die phosphoreszierenden Zeiger seines Weckers standen auf exakt 3:30 Uhr, neben ihm drang Christas leises Schnarchen aus den Kissen. Das Geräusch wiederholte sich, und plötzlich war Ernst hellwach. Sofort wusste er, was da vor sich ging; jemand machte sich am Tor zu schaffen. Als er durch die Gardinen nach draußen linste, nahm er unten im Hof eine Gestalt wahr, die sich in gebückter Haltung vom Tor entfernte. Der Einbrecher schlich auf das Haus zu, Ernsts erster Impuls war, die Polizei zu rufen, doch er tat es nicht. Stattdessen stieg er in seine Pantoffel und ging hinunter. Ohne das Licht einzuschalten, betrat er die Waschküche. Den Kerl kauf ich mir, dachte er, und griff nach dem Kehrblech, das neben der Tür zum Hof an der Wand hing. Mit angehaltenem Atem lauschte er, nicht das kleinste Geräusch drang zu ihm herein. Er würde leise die Türe öffnen, und sobald er den Kerl entdeckt hatte, wollte er ihm das Blech über den Schädel ziehen, dass ihm Hören und Sehen verging. Er musste ihn überraschen, dachte Ernst, dann hatte der Lump nicht den Hauch einer Chance. Noch immer blieb es still draußen, durch das kleine Fenster zum Hof hinaus konnte Ernst nichts erkennen, die Straßenlaterne stand zu weit weg, um ihren Hof auszuleuchten. Ernst zwang sich zur Ruhe, er hatte nur einen Versuch, das wusste er, ihm wäre wohler gewesen, wenn er gewusst hätte, wo sich der Kerl gerade aufhielt. Noch zwei Atemzüge, dann drehte er vorsichtig den Schlüssel in der Tür und drückte langsam die Klinke runter. Immer noch Stille ringsum. Durch den ersten Spalt blickte er in die Dunkelheit. Der Spalt wurde größer, die Dunkelheit blieb. Dann schob er langsam seinen Körper nach draußen, schaute nach rechts und sah nichts außer den geparkten Firmenwagen. Dann wandte er seinen Blick nach links; das kleine, schwarze Loch vor seinen Augen erkannte er als die Mündung einer Pistole, und in dem verschwommenen Gesicht dahinter blitzte ein entschlossenes Augenpaar. Scheiße, konnte Ernst noch denken. Während das Kehrblech scheppernd zu Boden fiel, fühlte er das kalte Eisen des Pistolenlaufs auf seiner Stirn, und dann spürte er für die Zeit eines Wimpernschlags einen tonnenschweren Druck im Kopf.

* * *

Die Tür zu Skopins Wohnung war nicht verschlossen. Nur kurz zögerte Gisela, dann trat sie ein. »Hallo!«, rief sie, ohne dass ihr jemand antwortete. Ihr Haus war das letzte in der Reihe, rechts die Eingangstür zu Langhoffs, links die zu Skopins Wohnung. Die Zarge war mit mehreren Schrauben wieder in Fasson gebracht worden, vor drei Monaten hatten Einbrecher die Türe aufgebrochen, als Skopins in der Kneipe am Bahnhof waren. Die ganze Wohnung war durchwühlt worden, gestohlen hatte man nichts. Seitdem verschlossen Skopins ihre Tür einfach nicht mehr, ging auch gar nicht, alles daran war krumm und schief.

Die Mauer, die die beiden Wohnungen voneinander trennte, war dünn wie eine Zeitung. Täglich hörte Gisela wie Skopin hustete, rülpste, furzte. Früher hatte sie auch noch gehört, wenn er sich über Meggie hergemacht hat. Das Grunzen und Stöhnen hatte jedes Mal das ganze Haus erfüllt, doch Meggie war eine fette Matrone geworden, und Skopin war nur noch ein versoffenes, dünnbeiniges Männlein mit einer dicken, verschrumpelten Nase. Der fiel schon lange nicht mehr über seine Meggie her. An der Giebelseite des Hauses schloss sich eine holprige Freifläche an. Sie reichte bis zum löchrigen Maschendrahtzaun, hinter dem ein schmales Rübenfeld lag, das bis hinüber zur Zuckerfabrik reichte. Früher hatte es hier einen Garten gegeben, in dem Kartoffeln und Gemüse angebaut wurden. Jetzt standen hier Schrottautos. Nur ein Wagen schien noch fahrbereit zu sein, ein weißer Opel Kadett, unter dessen Vorderrädern sich jedoch ein fetter, schwarzer Ölfleck ausgebreitet hatte. Der Wagen gehörte Skopin, genauso wie die Schrottkarren auch. Das war sein Geschäft, Gebrauchtwagenhandel, auf einer ölverschmierten, vertrockneten Wiese in der hintersten Ecke des Rosentals.

»Hallo«, rief Gisela noch einmal. Aus dem Wohnzimmer drang ein schmatzendes Geräusch, sie durchquerte den winzigen Flur und lugte vorsichtig um die Ecke. Meggie saß auf ihrem Sofa von undefinierbarer Farbe. Die Beine weit gespreizt, der mächtige Bauch reichte bis auf ihre Oberschenkel, stopfte sie etwas fettig Glänzendes aus einer Aluschale in sich hinein.

»Ist Rudi hier?«

»Nee.«

Meggie aß mit offenem Mund, ihr Schmatzen schien den ganzen Raum, die ganze Wohnung zu erfüllen. Dummheit frisst, das Schmatzen war todsicher bis hinüber in Giselas Wohnung zu hören.

»Ist er weggegangen?«

»Nee, draußen.«

»Weißt du, ob er noch Kippen hat?«

»Glaub schon, geh raus, frag ihn.« Mit der Gabel deutete Meggie hinüber zum Schrottplatz, ein Stückchen vom Essen fiel zwischen ihre Knie auf einen Teppich aus braun-gelber Kunstfaser.

Mit einem rostigen Auspuff in der Hand kam Skopin auf sie zu. Ölverschmierte Hände, ölverschmierte Hose, Hemd und Kappe. Alles an ihm war schmutzig, sogar seine mächtigen Koteletten schienen ölverschmiert zu sein.

»Dass du dich hertraust! Donnikowski!« Skopin warf den Auspuff in den offenen Kofferraum eines der Schrottautos, dann wendete er sich Gisela zu. »Kannst gleich dableiben, die Bullen müssen jeden Moment hier sein, dann kannst du denen verraten, wo sich das Flittchen verkrochen hat.«

Drüben zerrte Arko wütend an seiner Kette und bellte ohne Unterlass. So hatte sie nicht alles verstanden von dem, was der alte Säufer gebrabbelt hatte. Polizei? Flittchen verkrochen? »Was ist los? Ich bin nur hergekommen, weil ich nichts mehr zu rauchen habe. Wieso quatschst du von der Polizei und so?«

Skopin war noch näher an sie herangetreten, wie immer ließ er seine unverschämten Blicke über ihren Körper wandern. Sie war nicht mehr die Jüngste, klar, die besten Jahre lagen längst hinter ihr. Aber verglichen mit der fetten Meggie auf ihrem durchgesessenen Sofa war sie immer noch eine Verlockung für einen Mann wie Skopin.

»Jetzt tu nicht so, du weißt genau, wovon ich rede.«

»Nee, weiß ich nicht, ist mir auch egal. Was hab ich mit deinem Scheiß zu tun?«

Er sollte endlich zwei, drei Kippen rausrücken und sie in Ruhe lassen, dachte Gisela. Jedes Mal dieses Theater.

»Verdammt viel hast du damit zu tun«, Skopins Stimme klang rau und aggressiv. »Dein Täubchen hat mich nämlich beklaut! Alles weg!«

»Wie beklaut?« Gisela lachte laut auf. »Was gibt es bei dir denn zu klauen? Einen rostigen Auspuff, oder was?«

»Lach nur, blöde Kuh. Werden wir ja sehen, wie lange noch. Hab's heute Morgen entdeckt, 830 Mark, aus der Dose hinterm Kühlschrank. Da wusste keiner was von, nicht mal Meggie, und heute Morgen war alles weg. 830 Mark! Hab gleich die Bullen angerufen, weiß gar nicht, wo die bleiben.« Ungeduldig schaute Skopin hinüber zur Alfred-Nobel-Straße. Arko bellte immer noch wie verrückt, und dann mischte sich das Geheul eines Martinshorns unter das Gebell.

5. KAPITEL

Obwohl die Morgendämmerung gerade erst angebrochen war, befanden sich bereits einige Schaulustige auf der Straße. Eine Frau stand in ihren Morgenmantel gehüllt vor ihrem Haus, ein Mann in karierten Filzpantoffeln redete auf sie ein. Kriminalhauptkommissar Emil Glasmacher parkte direkt vor dem halb geöffneten, grünen Tor, das eingeschaltete Blaulicht des Streifenwagens spiegelte sich auf der Hausfassade. Im Hof drängten sich die Kollegen um eine am Boden liegende Person. Sogar die Spurensicherung war schon da, Kollege Matzerath beugte sich neben einen Fotografen, der vor der Person in die Hocke gegangen war. Als er seinen Chef erkannte, richtete er sich auf und ging auf ihn zu.

»Ernst Grotewohl«, begann er seinen Bericht, »wohnte alleine mit seiner Frau hier im Haus. Sie ist durch ein Geräusch geweckt worden, hat bemerkt, dass ihr Mann nicht im Bett lag. Darum ist sie aufgestanden, zum Fenster gegangen, und hat ihn hier liegen gesehen.« Präzise, wie man es von Matzerath gewohnt war.

Glasmacher nickte verstehend und beugte sich dann ebenfalls hinab zu dem Toten. Denn dass der Mann tot war, das war unschwer zu erkennen. Bekleidet mit Schlafanzughose und Unterhemd lag er da, halb auf die Seite gedreht, die Beine leicht angewinkelt, das Gesicht zum Himmel gerichtet. Wand und Türrahmen hinter ihm waren mit Blut bespritzt. Der Boden unter ihm, das Kehrblech an seiner Seite, alles um den Toten herum war voller Blut. Glasmacher betrachtete das Gesicht, und zuckte zurück. Auf der Stirn, genau zwischen den Augen, klaffte ein kleines, dunkles Loch, ringsherum waren deutliche Schmauchspuren zu erkennen.

»Aber das ist ja«, stammelte er, und deutete auf den Kopf, »das ist ja dieselbe Scheiße wie bei Rinkens.«

»Ganz genau«, bestätigte Matzerath, »aufgesetzter Kopfschuss, vermutlich mit Schalldämpfer und vermutlich auch das gleiche Kaliber.«

Glasmacher fuhr sich mit der Hand durch die Haare. Hatte man so was schon erlebt? Zwei Männer, etwa im gleichen Alter, wurden im gleichen Ort auf die gleiche Weise getötet. Wieder in der Nacht von Sonntag auf Montag.

»Wann ist der Mann getötet worden?«

Matzerath blickte in sein Notizbuch. »Der Techniker meint, das ist noch nicht lange her, vor neunzig Minuten vielleicht. Höchstens zwei Stunden.«

Sogar die Tatzeit war ähnlich. Glasmacher sah nicht gut aus, als er seinen Assistenten beiseitezog. Ziemlich blass um die Nase herum, er atmete stoßweise. »Michael«, raunte er ihm zu. »das hier ist ein ganz dickes Ding. Ist Ihnen das klar? Ich meine, wir können nicht davon ausgehen, dass es sich hier um einen Zufall handelt, ganz sicher ist es das nicht. Zwei Männer werden auf die gleiche Weise getötet. Im gleichen Ort. So viele Zufälle gibt's ja gar nicht. Das riecht verdammt nach ein und demselben Täter.« Aufgekratzt blickte Glasmacher zu dem Toten hinüber und sah dann wieder Michael an.

Der meinte, etwas im Blick seines Chefs zu erkennen. Etwas, das er zuvor noch nie dort wahrgenommen hatte. War es Verzweiflung? Oder gar Angst? Begriffe wie Serientäter oder Auftragskiller kamen ihm in den Sinn. Glasmacher hatte recht, das hier war ein dickes Ding, ohne jeden Zweifel. Noch nie hatte Matzerath in einem ähnlich gelagerten Fall ermittelt, er war jung, seine Laufbahn hatte gerade erst begonnen. Aber Glasmacher, der alte Hase. Der schlaue Fuchs. Der bewunderte Kriminalist mit dem untrüglichen Gespür für das Wesentliche bei ihrer Arbeit. Dieser Emil Glasmacher schaute ihn jetzt an wie ein Schuljunge, der nach vorne an die Tafel gerufen wird, wo er auf die mit Kreide geschriebene Aufgabe starrt und sie nicht lösen kann. Ein leises Unbehagen beschlich Mike Matzerath.

Wieder wanderte Glasmachers Blick zu dem Toten hinüber, das Blitzlicht des Fotografen zuckte unablässig, im grellen Lichtschein erkannte Matzerath ein paar Schweißperlen auf der Stirn seines Chefs. Dann riss der sich los, fuhr sich noch einmal durchs Haar und sagte: »Also los, gehen wir, befragen wir die Ehefrau.«

Christa Grotewohl war in Tränen aufgelöst. Man kümmerte sich um sie, eine Sanitäterin hatte ihre Hand auf Christas Schulter gelegt, als sie ihr ein frisches Taschentuch reichte. »Sie können es versuchen«, beantwortete sie Matzeraths Frage, ob sie Frau Grotewohl ein paar

Fragen stellen dürften. »Aber nur kurz bitte, Sie sehen ja selbst …«

Mit leiser Stimme stellte Glasmacher sich vor, versprach, dass es nicht lange dauern werde, dass jedoch einige offene Fragen dringend geklärt werden müssten, damit man gegebenenfalls rasch handeln könne.

Christa schaute ihn mit tränennassem Gesicht an und nickte. Sie musste stark sein jetzt. Nachdem sie an dem Glas Wasser genippt hatte, das ihr die Sanitäterin reichte, begann sie zu sprechen. Sie sei von einem Geräusch geweckt worden. Das Geräusch sei von draußen gekommen und habe metallisch geklungen. Dann habe sie bemerkte, dass Ernst nicht in seinem Bett lag, sie habe einen Moment der Orientierung gebraucht, sei dann aufgestanden und zum Fenster gegangen. Zuerst habe sie nichts erkennen können, sich dann aber weiter vorgebeugt, bis sie Ernst daliegen sah. Vor der Waschküchentür. Sonst sei niemand zu sehen gewesen, es sei mucksmäuschenstill im Hof gewesen. Sie habe das Fenster geöffnet und ihn angerufen, aber er habe nicht reagiert. Darum sei sie runtergegangen, obwohl sie Angst gehabt habe. Unten habe sie sich ihm vorsichtig genähert und zuerst an einen Herzinfarkt oder so etwas gedacht, dann sei ihr das viele Blut aufgefallen, weshalb sie sofort zum Telefon gelaufen sei, um die Polizei zu rufen.

»Sie haben vollkommen richtig gehandelt, Frau Grotewohl«, lobte Glasmacher sie, »trotzdem muss ich Sie fragen, ob Sie irgendetwas Verdächtiges bemerkt haben. War noch jemand außer Ihnen im Hof? Das Geräusch, können Sie es präziser beschreiben? Haben Sie noch etwas anderes gehört? Ein davonfahrendes Auto? Fremde Stimmen?«

Wieder sah Christa ihn an. »Nein«, antwortete sie, »soweit ich mich erinnern kann, war da nichts, und das Geräusch kam, glaub ich, vom Tor.« Dann schnäuzte sie sich geräuschvoll in ein frisches Taschentuch, tupfte sich die Tränen aus den Augen und sagte: »Ernst war ein guter Mensch.«

Die sofort eingeleitete Ringfahndung erbrachte keinerlei Ergebnis. Wonach sollten sie auch suchen? Ohne jeden Hinweis auf den oder die Täter. Unterdessen war Verstärkung eingetroffen, alle verfügbaren Einsatzkräfte waren vor Ort. Alle Ausfallstraßen wurden besetzt, jedes Fahrzeug kontrolliert. Sämtliche Anwohner der Maarstraße wurden befragt, der Zeitungsbote, der Brötchenjunge. Später erschienen Grotewohls Mitarbeiter, ein untersetzter Geselle und ein Lehrjunge mit pickeligem Gesicht. Auch sie wurden befragt und dann wieder nach Hause geschickt, der Betrieb blieb vorübergehend geschlossen, bis auch der letzte Pinsel in diesem Laden untersucht worden war.

Dickes Ding, Scheißfall, alle gebräuchlichen Attribute passten. Mike Matzerath erfand die Kurzbezeichnung »Kopfschuss« für diesen Fall. Sie ermittelten jetzt im »Fall Kopfschuss«, und die Vehemenz, mit der der Täter vorging, erschreckte sogar die erfahrensten Ermittler im Team.

Die Spurensicherung erbrachte keinen einzigen verwertbaren Hinweis. Nichts, keine Fingerabdrücke, keine Patronenhülse, keine Fußspuren. Nur am Hoftor, auf der Straßenseite, etwa in einem halben Meter Höhe, war ein blasser Schuhabdruck zu erkennen. Das Tor war scheinbar sorgfältig abgewischt worden, diese Stelle hatte der Täter offensichtlich übersehen. »Es ist nicht viel«, sagte der Kollege und deutete mit dem Finger darauf, »hier hat sich der Täter mit seinem Fuß abgedrückt, als er über das Tor geklettert ist. Leider ist kein Profil zu erkennen.«

Glasmacher betrachtete die Stelle aus nächster Nähe. »Aber dennoch verrät uns die Spur etwas«, fuhr der Kollege fort, »es handelt sich um eine kleine Schuhgröße, ich würde sagen, nicht größer als 39. Höchstens.«

Die Befragung der Anwohner in der Maarstraße und den angrenzenden Straßen verlief auch diesmal wieder enttäuschend. Niemand konnte einen relevanten Hinweis geben. Niemand hatte etwas gehört. Niemandem war etwas aufgefallen. Manche Befragte antworteten sogar einsilbig: »Nein«, oder auch: »Nichts.« Andere zeigten sich tatsächlich genervt von der Polizei. Viel Gequassel für nichts, Glasmacher reagierte mürrisch auf die Berichte der Kollegen. Andererseits war ihm auch klar, dass die Leute nichts aussagen konnten, wenn sie nichts wussten. Offensichtlich ging der Täter planvoll vor. Planvoll und konzentriert. Hier war jemand am Werk, der wusste, was er tat, ihm ging es nicht um Raub, sondern ausschließlich darum, seine Opfer ins Jenseits zu befördern.

»Kommt mir fast vor wie ein Rachefeldzug«, überlegte Matzerath laut. Aber wer sollte sich an Rinkens und Grotewohl rächen wollen? Und vor allem, warum? Gab es eine Verbindung zwischen den beiden? So viele Fragen und so viel Druck. Der Staatsanwalt in Aachen rief an, und der erste Kriminalhauptkommissar Theo Müllejans in Düren schwitzte am Telefon, weil sie praktisch nichts hatten. »Jawohl, alle verfügbaren Kräfte«, wiederholte er, natürlich, er hatte verstanden, »mit Hochdruck!«

Ein Fernsehteam des WDR erschien in der Maarstraße. Der Kameramann, dem die fettigen Haare bis über die Schultern reichten, baute seine riesige Kamera mitten auf der Straße auf, zoomte auf das grüne Tor, schwenkte dann rüber auf die Fassade, zu den Geranien vor den Fenstern, um dann die junge Reporterin zu erfassen, die mit einem riesigen Mikro in der Hand direkt vor ihm auf der Straße stand. »Hinter diesem Tor hat sich in der Nacht ein furchtbares Verbrechen abgespielt …«, begann sie ihre Reportage. Unter den Schaulustigen stieß ein alter Mann seinen Nebenmann an. »Die kenn ich aus dem Fernsehen«, raunte er ihm zu, »da sieht die aber viel schlanker aus.«

»Haben Sie schon von den Typen gehört?«, sprach Willibert Rey Mike Matzerath an. Der Kerl war wohl immer genau dort anzutreffen, wo gerade etwas Ungewöhnliches geschah. Mit seinen krummen Beinen kam er die Maarstraße heruntergewatschelt und steuerte direkt auf Matzerath zu.

»Von welchen Typen reden Sie?«

»Na die, die in der vergangenen Woche durchs Dorf gezogen sind.« Rey tat gerade so, als wäre das die wichtigste Information überhaupt, die der Polizei bisher allerdings schon wieder entgangen war.

Das war doch wieder so eine Geschichte wie die von dem Staubsaugervertreter, dachte Matzerath. Er wollte Rey einfach stehen lassen, aber dann besann er sich.

»Also gut, Herr Rey, was war mit den Typen?« Demonstrativ schaute er auf seine Armbanduhr.

»Also, dass Sie davon noch nichts gehört haben! Die waren merkwürdig, gingen immer zu zweit durch die Straßen, einer auf der linken und der andere auf der rechten Seite.« Erwartungsvoll starrte Rey Matzerath an, doch der blieb zunächst noch stumm. Also fuhr Rey einfach fort: »Die sind an jede Haustür gegangen und haben geklingelt oder geklopft, es hat ja nicht jeder 'ne Klingel, unten bei Schuhmacher zum Beispiel, da muss man gegen das Tor hämmern, denn die alte Frau Schuhmacher ist …«

»Herr Rey, bitte«, Matzerath verdrehte die Augen, »was war mit den Typen?«

»Was mit denen war?«, wiederholte Rey, er fühlte sich seinem Gesichtsausdruck nach zu urteilen nicht ausreichend ernst genommen vom Kommissar. »Nix war mit denen. Sind eben an jeder Tür gewesen, und ich hab auch gesehen, dass mancher denen geöffnet hat.«

»Und das bedeutet was?«

»Was das bedeutet? Nix vielleicht. Vielleicht aber doch, denn das waren solche Zeitungswerber. Verstehen Sie? Komisches Volk eben.«

Dieser Willibert Rey war offensichtlich einer von der Sorte, die Mike Matzerath überhaupt nicht leiden konnte. Typischer Drecksblattleser, zu viel *Nepper, Schlepper, Bauernfänger* geguckt. Überbordende Fantasie. Matzerath seufzte vernehmlich. »Okay, Herr Rey, vielen Dank für den Hinweis, wir gehen der Sache nach.«

Jetzt grinste Rey zufrieden und zog auch gleich noch das nächste Ass aus dem Ärmel: »Die Truppe ist übrigens im Eggersheimer Hof abgestiegen.«

Mike Matzerath verspürte wenig Lust, zu diesem Gasthof zu fahren, um dort Reys Verdächtigungen nachzugehen.

Seinem Chef, Emil Glasmacher, erging es genauso, nachdem er ihm von der Aussage des Postboten berichtet hatte. »Ja, Sie haben recht, vermutlich ist das wieder so eine Geschichte wie die von dem Staubsaugervertreter. Nichts dran, nur dummes Gequassel.« Glasmacher dachte nach, dann entschied er: »Aber dennoch sollten wir uns die Truppe mal ansehen. Das machen Sie, Michael. Nehmen Sie einen Kollegen mit. Ich befrage derweil noch einmal Frau Grotewohl.«

Es war bereits Abend, als sie zu der Befragung im Eggersheimer Hof aufbrachen. Matzerath fand einen Parkplatz direkt bei der Eingangstür zum Gasthof, auf den Feldern gegenüber waren die Bauern noch damit beschäftigt, das reife Getreide zu ernten. Goldgelb leuchtete es in der tiefstehenden Sonne, Mähdrescher zogen eine Staubfahne hinter sich her, hemdsärmelige Männer standen am Feldrand und beobachteten die Szenerie. Glasmacher traf Christa Grotewohl beim Abendessen an, sie bat ihn ins Esszimmer, sie aß nie auf der Couch vorm Fernseher sitzend.

Im Eggersheimer Hof hielt sich nur eine Handvoll Männer auf, wackere Thekenhocker, die jeden Abend hier hockten und jetzt neugierig die Hälse reckten, um aufzuschnappen, warum die Polizisten hier waren. Die Drückerkolonne bewohnte die ersten beiden Zimmer links in der ersten Etage.

Sie lungerten im ersten Zimmer herum, vier Männer, alle jünger als vierzig, gezeichnet vom Leben, das es augenscheinlich nicht immer gut mit ihnen gemeint hatte.

»Guten Abend, meine Herren«, Matzerath wusste sofort, dass hier nichts zu holen war, »wir hätten nur rasch ein paar Fragen an Sie.«

Ihre Ausweise und der Reisegewerbeschein waren in Ordnung. Auf dem Tisch vorm Fenster stand ein Elektrokocher, darauf blubberte eine geöffnete Dose Eierravioli.

»Lassen Sie sich nicht beim Essen stören«, sagte Matzerath, »es dauert nicht lange.«

Frau Grotewohl wollte nicht weiteressen, Kartoffelpüree mit Spiegelei und Spinat. Es schmecke ihr sowieso nicht, sagte sie und schob den Teller beiseite.

Nein, Ernst habe keine Freunde gehabt, wenn man das im Sinne von ständigen Treffen im Kegelclub oder abends in der Wirtschaft meinte. Er sei kaum noch ausgegangen, und wenn, dann zu einem Spaziergang mit ihr gemeinsam. Keine Freunde und natürlich auch keine Feinde. Er habe nur noch seine Arbeit gekannt. Otto Rinkens kannten sie, natürlich. Ganz furchtbar, was da geschehen sei, aber in Kontakt hätten sie nicht mit den Rinkens gestanden.

Mario Hintersteiner, der Chef der Drückertruppe, nahm die Ravioli vom Kocher, reichte sie einem milchgesichtigen Schlaks und stellte eine weitere Dose auf den Kocher. »Wir können uns ein Essen unten in der Wirtsstube nicht leisten«, erklärte er und nahm einen Schluck aus seiner Bierflasche. Ja, sie seien zurzeit in der Gegend aktiv. Abonnentenwerbung, das sei ihr Beruf. Immer unterwegs, das ganze Jahr hindurch. Ja, in Nörvenich seien sie in der vergangenen Woche gewesen, habe nicht viel gebracht. »Zehn Abos, oder, Chris?«

»Nee, zwölf«, antwortete der Glatzkopf, der jetzt die Dose in der Hand hielt und darin herumstocherte.

Zehn Jahre habe Ernst noch arbeiten wollen, sagte Frau Grotewohl. Zehn Jahre, dann sollte Schluss sein. Dann wollten sie reisen, sich was gönnen. Nein, Streit mit Kunden hätten sie nicht gehabt. Nie, Ernst habe immer äußerst akkurat gearbeitet, da habe es nichts zu reklamieren gegeben. Doch, die Kinder seien informiert, der Sohn wollte am nächsten Tag anreisen, es gehe nicht früher. Ihre Tochter schaffe es erst zum Wochenende, wenn die Kinder nicht mehr zur Schule müssten, sie sei ja jetzt auch alleine mit ihren beiden Jungens. Wer Ernst so etwas antun würde, konnte sie sich beim besten Willen nicht vorstellen. »Ernst war ein guter Mensch«, brachte sie noch hervor, bevor sie zu weinen begann.

Ja klar, die Maarstraße, dort seien sie auch gewesen, bestätigte Hintersteiner. Sie gingen zu jedem Haus, mussten sie ja, und in der Maarstraße hatten sie sogar ein Abo verkauft. *Das goldene Blatt*, an eine Oma, die keine Klingel am Haus hatte und fast taub war. Daran konnten sie sich noch erinnern, aber an Familie Grotewohl? Nein, keine Erinnerung, kein Abo. In der Nacht von Sonntag auf Montag? Da seien sie hier gewesen, auf ihren Zimmern. »Alle besoffen«, kicherte der Glatzkopf, und dann lachten sie alle vier.

Natürlich, Frau Grotewohl versprach es, sobald ihre Kinder angereist waren, würden sie sich bei ihm melden. Natürlich, das würde sie ihnen ausrichten. Emil Glasmacher fand den Weg nach draußen alleine. Ein wirklich verdammt dickes Ding war er, der Fall Kopf-schuss.

Später trafen sie sich in ihrem Büro im Polizeirevier. Die gelborangefarbenen Vorhänge waren immer noch nicht wieder zugezogen, am tiefschwarzen Nachthimmel leuchteten Tausende Sterne. Mürrisch berichteten sie von ihren Befragungen, von denen es eigentlich nichts zu berichten gab. »Das war der berühmte Schuss in den Ofen«, sagte Matzerath, »ein paar arme Teufel, die sich durch den Verkauf von Zeitschriftenabos über Wasser halten. Wenn die bei Grotewohl eingebrochen wären, dann hätten sie ihn ausgeraubt. Hätten sich danach aus dem Staub gemacht, auf und davon, zum nächsten Beu-terevier. Aber Grotewohl erschießen und dann seelen-ruhig im Eggersheimer Hof sitzen und Ravioli aus der Dose mampfen? Nee, Chef, die können wir streichen von unserer Liste.«

Emil Glasmacher nickte zustimmend. Michael hat-te recht, sie würden die Aussagen protokollieren und dann sauber abheften. Vertane Zeit, sinnloses Gequas-sel. Er berichtete kurz von seinem Besuch bei Frau Grotewohl. Merkwürdig kam ihm vor, dass keines der Kinder sofort nach Nörvenich gereist war. Vielleicht gab es da etwas, das ihnen weiterhalf, ein Zwist zwischen Vater und Sohn oder Vater und Tochter? Sie würden die beiden befragen müssen.

»Aber das ist alles nichts Dolles«, sagte er, während er sich von seinem Schreibtischstuhl erhob und sich an-schickte, nach Hause zu gehen, »mittlerweile bin ich mir sicher, dass es einen Zusammenhang zwischen den beiden Fällen geben muss. Ganz ohne Zweifel muss es da etwas geben, irgendetwas, was Rinkens und Grotewohl verbindet.«

Dem Typen auf der Plakatwand, der ihn mit der Kräuterlikörflasche in der Hand blöd anlächelte, gelang es an diesem Abend nicht, Glasmacher ein Grinsen zu entlocken. Auch konnte ihn der Lärm aus der Holzpoez nicht verleiten, dort einzukehren. Er war zu müde, zu deprimiert, der Fall Kopfschuss war leider genau zu dem geworden, was Glasmacher unter gar keinen Umständen hatte haben wollte. Er war verleitet, gegen die Mülltonne zu treten, die am Straßenrand stand, aber er tat es nicht, noch nicht.

Bedächtig und langsam war das Leben im Dorf gewesen. Über viele Jahre hinweg, alles war seinen Gang gegangen. Es gab die Alteingesessenen und die Zugezogenen, von denen sich manche schneller und manche langsamer und andere wiederum gar nicht annäherten. Es gab die Fußballmannschaft, die in die nächsthöhere Spielklasse aufstieg und im folgenden Jahr wieder abstieg. Im Winter gab es den Prinz Karneval und im Sommer den Schützenkönig. Rings um Nörvenich herum gab es Felder und Wiesen, es gab den Wald, und um die träge Beschaulichkeit perfekt zu machen, floss durch das Dorf ein Bach, auf dem Stockenten schwammen, während über dessen Brücken hinweg die Menschen am Sonntagnachmittag hinauf in den Wald spazierten. Hier und da gab es ein kleines Skandälchen, Futter für die Quasselstrippen und Klatschmäuler. Heimelige Geborgenheit, allenfalls gestört von der Nachricht, wem man für wie lange den Führerschein wegen Trunkenheit am Steuer entzogen hatte.

Und jetzt gab es diese beiden Toten im Dorf. Erschossen vor ihren eigenen Häusern. Aus nächster Nähe. Das letzte Mordopfer im Dorf war dieser junge Kerl gewesen, der tot im Rosenbeet vor der Burg gelegen hatte. Der Polizei war es damals nicht gelungen, den Mörder zu überführen, der war nur deswegen hinter Schloss und Riegel gekommen, weil er sich gestellt hatte. Das war vor beinahe 25 Jahren, zu der Zeit, als von heimeliger Gemütlichkeit noch keine Rede sein konnte. Und nun, so wollten manche erfahren haben, war einer der damaligen Ermittler wieder ins Dorf gekommen. Es war der hoch aufgeschossene, schlanke Kerl, der diesmal ganz offensichtlich die Ermittlungen leitete. Schon einmal hatte er versagt, und jetzt sollte ausgerechnet er diese grauenvollen Verbrechen, die hier mitten unter ihnen geschehen waren, aufklären.

»Wie in Schikajo«, wiederholte Roswitha aus der Grünstraße. »Oder in Italien, bei der Mafia.« Gerti Aborowski konnte es immer noch nicht fassen. »Das muss man sich mal vorstellen«, erzählte sie ihren Kollegen in der Mittagspause, »am Nachmittag habe ich ihn noch getroffen. Unten am Bach, wo ich die Enten gefüttert habe. Er ging spazieren, zusammen mit seiner Frau. Wir haben noch ein paar Worte gewechselt, und er hat sich noch nach mir umgeschaut, als sie schon ein Stück weiter weg waren.« Einer der Kollegen grinste anzüglich, doch diesmal ging Gerti darüber hinweg, sie konnte es einfach nicht fassen. »Und ein paar Stunden später hat man ihn erschossen. Vor seinem Haus.«

Als die Woche zu Ende ging und Gerti und viele anderen ihre Wagen wieder auf der Straße wuschen, da war es ruhig geworden in der Grünstraße. Keine Auswärtigen, keine Ausflügler tauchten jetzt noch vor Rinkens Haus auf. Die Gaffer bevölkerten nun die Maarstraße, glotzten auf das tannengrüne Tor. Fotografierten das Haus mit den Geranien vor den Fenstern. Angestachelt wurden sie von den Schlagzeilen in der Boulevardpresse. *DAS PHANTOM MORDET WEITER,* hieß es da. Am Samstag lautete die Schlagzeile unter einem Foto von Grotewohls Haus: *DIE POLIZEI TAPPT IM DUNKELN!*

Drecksblatt, hatte Gerti gedacht, als sie die Schlagzeile bei ihrem Einkauf am Morgen im Supermarkt in der Burgstraße gelesen hatte. Roswitha hatte eine Zeitung gekauft und den dürftigen Artikel unter der fetten Schlagzeile gleich draußen vor dem Geschäft gelesen. Mittlerweile hatten die Ereignisse in Nörvenich es sogar geschafft, die Mitglieder der RAF von den Titelseiten zu verdrängen. Die saßen in den bundesdeutschen Gefängnissen ein und waren in den Hungerstreik getreten, aber sonst blieb es ruhig um die linken Terroristen. Da brauchten sie sich nicht zu wundern, dass die Presse sich nicht mehr für sie interessierte.

* * *

Es war so einfach gewesen. Der Einzige, dem sie zutraute, Geld zu haben, war Skopin. Mehr Geld als ein paar Mark in der Tasche, vielleicht sogar mehr als sie am Monatsanfang vom Sozialamt bekamen. Und sie hatte recht behalten. Skopin war draußen zwischen seinen Schrottkarren beschäftigt, er hat sie nicht bemerkt. Die Tür zum Haus war nicht abgeschlossen, im Wohnzimmer saß die fette Meggie auf der Couch, das Transistorradio war eingeschaltet. Sie wollte sich ins Schlafzimmer schleichen, Kommoden durchwühlen, unter Matratzen fassen, doch dann hatte sie einen Blick in die Küche geworfen. In diesem Moment war der Motor des Kühlschranks angesprungen, und während aus dem Wohnzimmer Julio Iglesias Schnulzenstimme erklang, »... *wird in uns'ren Träumen, ganz genau wie heute, nur die Sonne scheinen*«, war ihr das merkwürdige Gerappel aufgefallen. Es kam vom Kühlschrank, und es klang anders als der Motor an ihrem Kühlschrank zu Hause. Sie war zu dem über und über mit albernen Aufklebern verunstalteten Gerät hingegangen, hatte mit der Hand an die Türe gefasst, und das Geräusch hatte sich verändert. Dann hatte sie den Druck ihrer Hand verstärkt, und das merkwürdige Geräusch war verschwunden. Ein Blick hinter den Kühlschrank hatte gereicht, um zu erkennen, dass da etwas war, was da nicht hingehörte. Die Blechdose klemmte ganz unten, zwischen Motor und Wand. Zuerst hatte Monika geglaubt, sie sei unbemerkt hinter den Kühlschrank gefallen, doch so, wie die Dose da steckte, musste sie dort jemand deponiert haben. Sie hatte den Kühlschrank ein wenig von der Wand weggerückt, die Dose gegriffen, den Deckel abgenommen – und hätte fast einen Freudenschrei ausgestoßen. Das musste eine Menge Geld sein! Sie hatte es gewusst; dass es jedoch so einfach war, damit hatte sie nicht gerechnet. Während Iglesias zum Ende seiner Schnulze kam, »... *ein Jahr geht bald vorbei, Adiós cariño*«, war sie aus dem Haus geschlichen, mit dem Geld in ihrer Faust. Skopins Beine hatten unter dem Opel Kadett hervorgelugt, er hatte sie nicht bemerkt.

Doch die Sache wäre fast aufgeflogen. Am nächsten Tag hatte sie in ihrem Zimmer auf der Schlumpfenbettwäsche gelegen, hatte nachgedacht, als sie von draußen laute Stimmen vernahm. Ihre Mutter und der fiese Skopin hatten sich angeschrien, er hatte ihr gedroht. Das war nichts Ungewöhnliches, ständig giftete Skopin rum, aber dann hatte sie das Martinshorn gehört. Sofort war ihr klar geworden, was da vor sich ging, und sie hatte sich gezwungen, ruhig zu bleiben. Keinen Millimeter sollte die Angst sich ihr nähern dürfen, Monika hatte sich gezwungen, ihren Hass wachzuhalten, er sollte sie stark machen, und als ihre Mutter mit den beiden Polizisten im Schlepptau in ihrem Zimmer aufgetaucht war, da hatte sie sich so stark gefühlt wie der Hefti-Schlumpf.

Als Letzter war Skopin im Türrahmen aufgetaucht. »Da ist sie, die kleine Schlampe«, hatte er geschrien und mit seinen schmutzigen Fingern auf sie gezeigt, »die hat mich beklaut!« Ein Polizist hatte ihn zurückgedrängt, er solle jetzt endlich mal still sein. Der andere war zu ihr ans Bett getreten, hatte ihr bedeutet aufzustehen und dann gesagt, warum sie hier waren.

»Das stimmt nicht«, hatte Monika behauptet, »ich war's nicht.« Skopin hatte weiter getobt, war von den Polizisten zurückgedrängt worden. Ihre Mutter hatte gekreischt, sie sollten ihre Tochter in Ruhe lassen, und dann hatte der andere Polizist begonnen, in ihren Sachen rumzuwühlen.

»Sag es lieber gleich, wenn du es warst«, hatte er gesagt. »Wir finden es ja doch.«

Aber sie haben nichts gefunden, obwohl sie ihre Zimmer sogar zu zweit auf den Kopf gestellt hatten. »Das dürfen Sie nicht«, hatte ihre Mutter geschrien, doch die beiden Polizisten hatten einfach weitergemacht, bis alles durchwühlt war.

»Hier ist nichts«, der ältere Polizist hatte sich an Skopin gewendet. »Wir nehmen jetzt Ihre Anzeige auf, und dann sehen wir weiter.«

Als sie alle ihr Zimmer verlassen hatten, hing noch der üble Geruch, den Rudi Skopin ständig verströmte, in der Luft. Es war wie eine Drohung, die Skopin zwar nicht ausgesprochen hatte, die er jedoch in Form des Geruchs zurückgelassen hatte. Monika wusste, der Kerl würde keine Ruhe geben. Und er würde nicht zimperlich sein bei dem Versuch, sein Geld wiederzubekommen. Wenn die Polizei ihm nicht helfen wollte, dann würde er das eben selbst in die Hand nehmen!

Sie musste verschwinden, so schnell wie möglich. Wie gut, dass sie schon eine Weile mit Grobi ging. An diesem Abend nahm sie einen Zehner von Skopins Geld und ging hinunter in die Stadt, wo sie sich im Porto Bello an die Theke setzte und eine Cola bestellte. Grobi hatte Dienst, so wie an fast jedem Abend, er zwinkerte ihr zu, und sie schenkte ihm ein Lächeln dafür. Bis zum Schluss, bis Grobis Dienst beendet war, blieb sie dort sitzen. Sie sagte dem hässlichen Kerl, der sich neben sie hockte und ihr eine Zigarette anbot, er solle verschwinden. Lehnte Porkys Aufforderung zum Tanzen ab. Porky schien im Porto Bello zu wohnen. Immer war er hier, und immer spürte sie, wie seine Blicke auf sie gerichtet waren. Sie bestellte eine weitere Cola bei Grobi, der ein wenig mit ihr flirtete, als er ihr die schwarze Brause servierte.

Später verließen sie zusammen das Porto, die Nacht war warm und sternenklar. Grobi nahm sie in die Arme, küsste sie auf den Hals und fragte, ob sie noch mit zu ihm nach Hause kommen wollte. Klar, wollte sie. So leise es ging, schlichen sie hinunter in seine Wohnung, und hinterher, als sie in seinen Armen lag, flüsterte sie ihm ins Ohr: »Wenn du willst, dann bleibe ich für immer hier.«

»Das wär schön«, antwortete Grobi, doch als sie sagte, dass sie morgen nur noch rasch ein paar Sachen von zu Hause holen wolle, da erwachte er schlagartig aus seinem honigsüßen Liebesrausch. »Wie jetzt? Echt? Einfach so?«, stammelte er. Monika fuhr ihm durchs Haar, küsste ihn auf die Stirn und flüsterte: »Nicht einfach so. Weil wir jetzt zusammen sind, und wenn man zusammen ist, dann sollte man auch zusammen wohnen.«

Grobi schluckte. Er schien nachzudenken, dann sagte er: »Gut.« Nur dieses eine Wort sagte er. »Gut«, nicht mehr, und das war Monika sehr viel lieber, als noch lange rumzuquatschen. Grobi war ein Schatz, ein Engel, der zur richtigen Zeit in ihr Leben getreten war.

In dieser Nacht träumte sie, sie liefe durch einen dunklen Wald. Der Klang von brechendem Unterholz hallte in den Baumwipfeln. Vögel kreischten und hinter jedem Baum meinte sie eine finstere Gestalt auszumachen. Sie war auf der Flucht vor etwas Undefinierbarem. Eine körperlose Bedrohung verfolgte sie. Sie wollte schneller laufen, noch schneller, doch ihre Beine gehorchten ihr nicht. Schließlich blieb sie erschöpft stehen und sah direkt vor sich eine helle, von Blumen bewachsene Lichtung. Mit letzter Kraft schleppte sie sich darauf zu, ließ sich auf einen Baumstumpf nieder und spürte, wie ihr die warmen Sonnenstrahlen neue Kraft verliehen. Plötzlich tauchte ein Einhorn auf. Langsam löste es sich aus einem glühenden Feuerball und kam auf sie zu. Doch Monika verspürte keine Angst mehr, ruhig saß sie da und beobachtete das Fabelwesen, dessen weißes Fell und lange Mähne in der Sonne glänzten. Als es direkt vor ihr stehen blieb, schauten sie sich in die Augen. Monika war, als sähe sie dort eine ihr fremde, friedliche Welt voller Farben und Schönheit. Das Einhorn kniete sich auf seine Vorderbeine und legte sanft seinen Kopf in Monikas Schoß. Sie spürte die Kraft des Fabelwesens, spürte seine Wärme, hörte den leisen Atem, und dann schreckte sie auf aus ihrem Traum.

Plötzlich war sie hellwach, sie richtete sich auf, erahnte Grobis Körper neben sich, betastete das Bett, den Nachttisch daneben, bis sie realisierte, wo sie war. Erleichtert legte sie sich wieder hin und schloss die Augen, doch der Traum war verschwunden, das Einhorn kehrte nicht wieder zurück.

In ihrem Haus im Rosental traf sie ihre Mutter am Küchentisch sitzend an. Der Kaffeepott halbvoll, eine einzelne Zigarette neben den leeren Bierflaschen und ein Blick, der Monika zwischen Mitleid und Verachtung schwanken ließ. Warum hatte ihre Mutter in all den Jahren nichts unternommen? Warum hatte sie sich nicht aufgerappelt und war gegen die vorgegangen? Ihre Mutter hätte sie anzeigen können. Ihnen die Hasardeure auf den Hals hetzen können. Rache, Vergeltung, ihre Selbstachtung wiedererlangen. Warum hatte ihr Großvater nichts unternommen. Die Piefen der Zwiebeln fressen und Erkältungssalbe auf den welken Leib schmieren, das hatte er gekonnt, der alte Langhoff, aber seiner Tochter zur Seite stehen, dazu war er nie fähig gewesen.

Hass konnte etwas Schönes sein. Ein Antrieb von nie gekannter Wucht. War es zu spät für eine Strafe? Konnte man mit einer gerechten Strafe noch irgendetwas zum Guten wenden? Jetzt, nach so langer Zeit? Diese Fragen hatte sich Monika wohl hundertmal gestellt in den letzten Tagen. Eher tausendmal, und die Antwort war jedes Mal: »Ja!« Es durfte nicht zu spät sein, diese Aufgabe musste erledigt werden, auch jetzt noch. Ohne das würde sie enden wie ihre Mutter. Plötzlich sah sie sich an diesem verkratzten Tisch sitzen, der nie eine glückliche Familie gesehen hatte. Nie das unbeschwerte Lachen gehört hatte, das in den Häusern von glücklichen Familien zu hören war. Ihre Mutter sah sie aus müden Augen an, Monika ging zu ihr, küsste und umarmte sie.

Nein, sie würde nicht werden wie ihre Mutter. Sie war stärker, ihr Hass war stärker, und den mochte sie schon jetzt mehr noch als Grobi.

»Du musst aufpassen, wenn er dich erwischt, dann schlägt er dich tot.« Gisela Langhoff hatte jetzt auch ihre Arme um ihre Tochter geschlungen. Das hatte sie schon lange nicht mehr getan, eine Weile wiegten sie sich ganz leicht hin und her. Zwei Menschen in inniger Umarmung, einander zugewandt, still verharrend, das wirkte in diesem Haus so seltsam, geschah so unerwartet wie ein Schneeschauer mitten im August. Dann löste Monika sich. »Der kriegt mich nie, der alte Trottel«, sagte sie, doch sie befürchtete, dass ihre Mutter das leichte Zittern in ihrer Stimme bemerkt hatte. »Skopin hat ja auch nicht mitgekriegt, dass ich hergekommen bin, von dem war weit und breit nichts zu sehen. Ich glaube, er ist gar nicht zu Hause.«

Gisela nickte, Monika war anders als sonst. Seitdem sie es ihr erzählt hatte, war das Mädchen anders. Gisela nippte an ihrem Kaffee, der schon wieder kalt geworden war, und hätte nicht sagen können, was da anders war an ihrer Tochter. Irgendwie war sie nicht mehr so ängstlich, dachte sie und goss vom warme Kaffee in ihre Tasse.

»Hör mal, ich muss weg von hier«, sagte Monika jetzt, »sofort, und ich weiß nicht, wann ich wiederkomme.«

Gisela nahm die Zigarette vom Tisch, zündete sie an, inhalierte den Rauch und schaute ihre Tochter an. War das Gleichgültigkeit in ihrem Blick? Hatte es diese innige Umarmung vorhin, diese Zugewandtheit wirklich gegeben? Nichts davon war jetzt noch zu spüren. Bei Langhoffs war man eben so.

»Ist gut«, sagte Gisela und verfiel in einen dröhnenden Raucherhusten.

In ihrem Zimmer packte Monika ein paar Sachen zusammen. Wäsche, T-Shirts, eine Jeans, die alte Regenjacke, aus der sie schon fast herausgewachsen war. Zahnputzzeug, Waschzeug und ein Handtuch. Sie stopfte alles in ihre Umhängetasche, auf die sie mit Filzstift das Peace-Zeichen gemalt hatte. Schlumpfinchen blieb auf der Bettkante sitzen, das war Kinderkram, Monika zog jetzt in den Kampf, da war kein Platz für Kinderkram.

Zurück in der Küche, bei dem verkratzten Tisch, dem Nikotinfilm auf der Tapete und dem kalten Kaffee, zurück bei ihrer Mutter inmitten all dieser Trostlosigkeit, da war es Monika, als würde sie von einem Weinkrampf überwältigt werden. Doch sie biss sich auf die Lippen, sagte: »Scheiße, verdammt!« Sie legte den 50-Mark-Schein vor ihrer Mutter auf den Tisch, den sie sich zu diesem Zweck eingesteckt hatte. Gisela schaute auf das Geld, sagte jedoch nichts, auch nicht, als Monika leise »Tschüss, Mama« hauchte und dann das Haus verließ.

An der Haustüre hielt sie kurz inne, schaute nach rechts und nach links, ob sie Skopin irgendwo entdecken konnte, doch er war nirgendwo zu sehen. Da rückte sie noch einmal den Riemen der Umhängetasche zurecht und wollte davoneilen, als sie brutal am Arm gepackt wurde.

»Hab ich dich erwischt, Schlampe!« Rudi Skopin hatte ihr aufgelauert, hatte hinter seiner kaputten Haustür gewartet, sie konnte ihm nicht entkommen. Er war besoffen, schmutzig, und er stank. Verzweifelt versuchte Monika, sich loszureißen, doch der Kerl war stärker als sie. Viel stärker. Ihre Kraft reichte einfach nicht aus, sich gegen ihn zu wehren. Wild zerrte er an ihr herum, zog sie mehr und mehr in sein Haus hinein, Monika schrie auf, doch schon waren sie im Wohnzimmer angekommen. Meggie saß auf der Couch und schrie, er solle ihr eine verpassen, damit sie das Maul hielte. Monika kreischte und Skopin brüllte, er werde sie fertigmachen. Draußen kläffte Arko wie verrückt und zerrte an seiner Kette.

Plötzlich vernahm Monika die Stimme ihrer Mutter hinter sich, die ebenfalls schrie und auf Skopin losging. Der wehrte sie mit dem freien Arm ab, machte einen Schritt auf Gisela zu, und in diesem Moment trat Monika ihm mit aller Kraft zwischen die Beine. Durch die schmutzige Hose spürte sie seine Weichteile, Skopin fiel auf die Knie und prustete wie ein Walross. Fast wäre Monika über ihre Mutter gestolpert, die hinter sie getreten war, doch sie fing sich, riss ihre Mutter mit, und beide stürmten sie nach draußen.

6. KAPITEL

Klaus Grotewohl saß im Wohnzimmer seines Elternhauses auf der Couch. Er wirkte kein bisschen angespannt oder gar traurig. Die Beine locker übereinandergeschlagen, den Ellenbogen auf die Armlehne gestützt, so empfing er Mike Matzerath zum vereinbarten Termin. In seiner Cordhose und dem langärmeligen Hemd sah er aus wie ein Buchhalter. Wie ein mit sich und der Welt zufriedener Buchhalter. Sein Teint war der eines Menschen, der wenig Zeit im Freien verbringt, seine Hände so feingliedrig wie die einer Kostümschneiderin.

»Bleiben Sie nur sitzen«, begrüßte Mike Matzerath ihn, trat vor die Couch und schüttelte Grotewohl die Hand. »Es tut mir leid, was mit Ihrem Vater geschehen ist.« Matzerath zog einen Stuhl zu sich heran, setzte sich und kramte das Notizbuch aus seiner Jackentasche. »Vielen Dank, dass Sie sich bei uns gemeldet haben, es geht auch ganz flott, ich habe nur noch rasch ein paar Fragen an Sie.«

Grotewohl legte die Hände in seinem Schoss zusammen und sah Matzerath beinahe provozierend gleichgültig an. Auf dessen Frage antwortete er, dass er in Essen auf der Zeche Zollverein arbeite. Sein Vater hätte es zwar gerne gesehen, dass der Sohn in das Geschäft eingestiegen wäre, aber »das eintönige Wändebepinseln und Tapetenkleben tagein, tagaus« sei überhaupt nichts für ihn gewesen. Stattdessen habe er Geoingenieurwesen studiert, der Fortgang der Kohleförderung auf der Zeche hänge zu einem Großteil von seiner Arbeit ab. Er leite eine Abteilung von 27 Mitarbeitern, das sei auch der Grund, warum er nicht sofort nach Nörvenich habe anreisen können. Zu dem Vorfall, er sagte tatsächlich »Vorfall«, in jener Nacht könne er natürlich keine Angaben machen. Auch habe er keine Vorstellung davon, wer oder was dahinterstecken könne. Nein, er sei der Polizei vermutlich keine große Hilfe, das sei ihm aber von vorneherein klar gewesen. Aber natürlich verstehe er, dass die Polizei ihn befragen müsse. »Wir machen ja alle unsere Arbeit.« In der Nacht, als es passierte, habe er neben seiner Frau im Bett gelegen, in ihrem Haus in Bredeney. Selbstverständlich würden sie zusammen zur Beerdigung anreisen, aber bis dahin sei sie leider in der Klinik unabkömmlich.

Matzeraths Notizen füllten kaum eine Seite im Block. Uninteressant, der Mann. Eine letzte Frage noch, dann war er froh, diesen eiskalten Karriereheini verlassen zu können. »Herr Grotewohl, hat es in der letzten Zeit Streit zwischen Ihnen und Ihrem Vater gegeben?«

Da zuckte nichts in Grotewohls Gesicht. Da regte sich keine Hand, unbeweglich wie eine Puppe saß er auf dem Sofa und antwortete: »Nein, Streit gab es nicht, nie.«

Am Sonntagnachmittag traf er Grotewohls Tochter an. Der Unterschied zu ihrem Bruder hätte nicht größer sein können. Mitte zwanzig, das lockige Haar genauso wirr wie ihr Blick, ein langes Kleid mit Blumenmuster unter einer Strickjacke, die so verfilzt war wie ein Schaffell kurz vor der Schur. Typ Hippietante auf Dauertrip.

Ihre Kinder, vielleicht fünf und sechs Jahre alt, sprangen auf dem Sofa herum, während ihre Mutter seelenruhig einen Löffel in ihrer Tasse Tee kreisen ließ. Die Großmutter ermahnte die Kinder, nicht so doll zu toben, die Kinder sprangen weiter und kreischten dabei ausgelassen, sodass Mike Matzerath laut werden musste, damit er es schaffte, mit seinen Fragen zu der Hippietante durchzudringen. Ihre Antworten waren abstrus, sie sprach von der Vorsehung und vom Ende der Welt, das ihnen allen bald drohe, falls sie nicht endlich ablassen würden von Imperialismus und Kapitalismus.

Du lieber Gott, dachte Matzerath und steckte den Kugelschreiber ein. Noch rasch die Fragen nach dem Alibi und eventuell existierenden Streitigkeiten, dann würde er drei Kreuze machen und blitzschnell verschwinden.

Klar, Alibi, hatte sie. Sie lachte. »Chucky war bei mir, aber da weiß ich grad nicht, wo ich den erreichen kann.«

Und Streit? Nee, Streit sei schlecht fürs Karma, sie versuche jedem ihren Frieden und ihre Liebe zu schenken, das sei ihre Vorstellung von einer Welt ohne …

»Vielen Dank, Fräulein Grotewohl«, Matzerath sprang auf, verabschiedete sich freundlich, aber zügig und meinte, noch im Auto sitzend, vom beißenden Geruch von Patschuli und wer weiß noch was umgeben zu sein.

»Totalausfall«, Emil Glasmacher sah erstaunt auf, als sich sein Kollege erschöpft und sehr geräuschvoll auf den Stuhl hinter seinem Schreibtisch fallen ließ. »Absolut nichts Verwertbares«, fuhr der fort. »Klaus Grotewohls Alibi können wir natürlich noch überprüfen, aber ganz ehrlich, Chef, ich glaube, auch da wird nichts zu holen sein für uns.«

Missmutig blätterte Matzerath in seinem Notizbuch herum, dabei schüttelte er unentwegt seinen Kopf. Nein, da war tatsächlich nichts zu finden, was sie weiterbringen könnte. »Es ist, als würden wir eine hohle Nuss nach der andern knacken! Verdammt, so kommen wir einfach nicht weiter.«

Emil Glasmacher teilte Michaels Auffassung in dieser Hinsicht voll und ganz. Alle Hinweise, denen sie bisher nachgegangen waren, waren ohne Ergebnis geblieben. Rohrkrepierer, verdammte. Was sie jetzt brauchten, war ein neuer Ansatz. Sie mussten den Fall unter einem völlig anderen Gesichtspunkt betrachten. Sie mussten etwas finden, das die beiden Mordopfer verband, etwas, das vermutlich in der Vergangenheit zu finden war.

Emil Glasmacher stand auf und zog die gelborangefarbenen Vorhänge zurück. Er hasste es, wenn diese hässlichen Lappen den Blick nach draußen verwehrten. Im hellen Sonnenschein tanzten Milliarden Staubkörner, Glasmacher hustete demonstrativ, doch Matzerath schenkte dem Drama, das sich da vor ihren Bürofenstern abspielte, keinerlei Beachtung. 75 Fenster in der Südfassade der Polizeiwache, was für ein Irrsinn! Die Nachmittagssonne erfasste Matzeraths Schreibtisch, sein Gesicht, verfing sich in der blonden Mähne, die jetzt die Farbe des gedroschenen Strohs draußen auf den Feldern angenommen hatte.

Glasmacher kehrte zu seinem Schreibtisch zurück, setzte sich hin und blickte zufrieden hinaus in den blauen Himmel, während Matzerath sich von seinem Platz erhob und hinüber zur Wand ging, wo er vor einer Karte des Kreises Düren Stellung bezog.

»Also«, begann er in gequältem Tonfall, »beide Opfer wohnen im gleichen Ort. Sie sind wohlbekannt, aber nicht auffällig. Durchschnittsbürger unter Durchschnittsbürgern. Keine Feinde, keine Neider, keine verdächtigen Personen in ihrem Umfeld. So weit, so schlecht.« Hier unterdrückte er ein Lachen. »Im Abstand von vier Wochen werden beide auf die gleiche Weise getötet. Jeweils in der Nacht von Sonntag auf Montag. Jeweils mit aufgesetztem Kopfschuss. Direkt vor ihren Wohnhäusern. In beiden Fällen scheiden die Ehefrauen als Täter aus. Opfer eins hat keine Kinder, die Kinder von Opfer zwei sind unverdächtig. Es muss sich also um einen Täter handeln, der den Opfern nicht nahesteht. Einen, der in einer uns noch unbekannten Verbindung zu den Opfern steht. Wenn das zutrifft, dann muss es demnach auch eine Verbindung zwischen den beiden Opfern geben. Eine Verbindung, die uns möglicherweise zum Täter führt.«

Emil Glasmacher hatte aufmerksam zugehört, mit der Hand fuhr er sich durchs Haar. »Exakt«, sagte er und nickte bedächtig mit dem Kopf.

Matzerath wartete, doch weil sein Chef nicht weitersprach, fuhr er fort: »Ich glaube, wir müssen da ganz weit zurückgehen mit unseren Nachforschungen. Ganz tief hinabtauchen in die Klamottenkiste. Haben die beiden schon immer in Nörvenich gelebt? Wenn nicht, woher könnten sie sich kennen? Waren sie zusammen im Krieg? Waren sie mal in das gleiche Mädchen verliebt? Alles so was eben, die ganz große Nummer.«

»Die große Nummer«, wiederholte Glasmacher, »genau, ganz tief eintauchen in die Klamottenkiste. Sehr gut, Michael, und wie schön Sie das immer zusammenfassen. Wirklich klasse, wenn Sie nur endlich Ihre Finger von den verdammten Vorhängen lassen könnten.«

Noch einmal Kaffee aus einer Tasse mit dem Blaue-Blumen-Dekor. Emil Glasmacher fragte sich, ob Rita ihr Service wohl immer noch besaß, obwohl sie es gekauft hatte, als sie noch zusammen waren. Blaues Kaffeeservice und ein grünes Endgerät, was für ein Farbenrausch! Noch einmal eine Handvoll Gebäck für Mike Matzerath aus der Anbietschale und Frau Körfers tröstlicher Beistand für die immer noch sehr instabile Elfi Rinkens. Dann die gleiche, ebenso rücksichtsvolle wie einfühlsame Befragung im Wohnzimmer der Grotewohls, bei der Christa Grotewohl fast genauso unnahbar auf der Trampolincouch thronte wie ihr Sohn. Glasmacher konnte sich des Eindrucks nicht erwehren, dass im Haus Grotewohl deutlich weniger getrauert wurde als in der Grünstraße bei Rinkens. Noch zwei weitere, vorsichtige Befragungen in Nörvenich, bei denen sie wenige, knappe Antworten aus zwei schmallippigen Witwenmündern erhielten, dann verspürte Kommissar Glasmacher endlich wieder dieses berauschende Gefühl, das ihn regelmäßig befiel, wenn er meinte, sie wären in einem schwierigen Fall einen bedeutenden Schritt vorangekommen.

Sie hatten recht gehabt. Michael und er hatten richtig vermutet: Otto Rinkens und Ernst Grotewohl waren einmal gut miteinander bekannt gewesen. Vor vielen Jahren, vor 15, vielleicht auch vor ein paar Jahren mehr, ist diese Freundschaft jedoch völlig zum Erliegen gekommen. Als sie noch junge Kerle waren, da waren sie dicke Freunde gewesen. So wie man eben befreundet ist, wenn man im gleichen Dorf geboren und aufgewachsen ist. Wenn man zusammen selbstgebaute Papierschiffchen in der Gosse schwimmen lässt. Wenn man zusammen im Fußballverein spielt und heimlich die erste Zigarette pafft. Beide haben sie in der Wehrmacht gedient, jedoch in verschiedenen Einheiten, und beide haben sie den Krieg überlebt und nur kurze Zeit in Gefangenschaft verbringen müssen. Beide haben sie schon bald danach, nur kurz hintereinander, in der gleichen Kirche geheiratet, und beide sind sie mit ihren Frauen am Sonntag über die Brücke hinauf zum Wald spaziert, wo sie im Mai Maiglöckchen gepflückt und im Herbst das bunte Laub mit ihren Füßen zu einem Haufen zusammengeschoben haben. Sie waren Freunde, gute Freunde sogar, doch das war so lange her, dass ihre Frauen der Sache schon keine Bedeutung mehr beimaßen. So sagten sie jedenfalls beide unabhängig voneinander aus.

Christa Grotewohl hatten sie als Letzte befragt, sie hatte im Grunde das bestätigt, was zuvor schon Frau Rinkens ausgesagt hatte. Es gab also keinen Zweifel, die Opfer waren einmal richtig dicke Freunde gewesen.

»So weit, so gut«, sie saßen in ihrem Dienstwagen in der Maarstraße, Glasmacher hielt den Zündschlüssel in der Hand, doch er startete den Wagen nicht. Stattdessen schien er über die neuen Informationen nachzudenken. »So weit, so gut«, wiederholte er, »aber was fangen wir jetzt mit der neuen Erkenntnis an?«

»Das habe ich mich auch schon gefragt, Chef.« Mike Matzerath sah gedankenverloren die Straße hinunter. Unten, beim Haus der schwerhörigen Frau Schuhmacher, die eben erst ein Abo für *Das Goldene Blatt* erworben hatte, meinte er Willibert Rey auszumachen. Rey fummelte an einem Briefkasten herum, dann überquerte er die Straße und machte sich über den nächsten Briefkasten her.

»Rinkens und Grotewohl waren Freunde, bis vor etwa 15 oder 20 Jahren. Seitdem war da nichts mehr. Aus und vorbei. Zwei Männer, die sich von da an nur noch um ihre Geschäfte und ihre Familie gekümmert haben. Die sich hin und wieder gesehen haben im Dorf, ohne sich jedoch gleich um den Hals zu fallen. Die nicht gemeinsam ausgingen oder gemeinsam in Urlaub fuhren. Eine ziemlich erloschene Jugendfreundschaft, so wie es das häufig gibt, wenn aus jungen Kerlen ehrgeizige Männer werden.«

Glasmacher nickte. Matzerath war wirklich ein guter Polizist, seine Analysen drangen so präzise zum Kern der Sache vor, wie ein scharfes Messer durch weiche Butter glitt.

»Im Grunde kann das nur eines bedeuten«, fuhr Matzerath fort, »wenn das Motiv für die Morde mit der früheren Freundschaft der Opfer in Verbindung steht, dann muss es tatsächlich in der Vergangenheit liegen.

Es sei denn, es gibt da noch etwas aus der jüngeren Zeit, von dem wir bisher noch nichts wissen.«

Willibert Rey war unterdessen bis zum Haus der Grotewohls vorgedrungen. Er erkannte die beiden Polizisten in ihrem Wagen und nickte ihnen freundlich zu. Eine Handvoll Briefe verschwand in Grotewohls Briefkasten, und Rey watschelte hinüber zur anderen Straßenseite.

Glasmacher beobachtete ihn, dann riss er die Autotür auf und rief: »Ach, Herr Rey, entschuldigen Sie, aber hätten Sie wohl eine Minute für mich?«

Selbstverständlich hatte Rey eine Minute Zeit. »Klar, auch zwei«, rief er zurück.

Emil Glasmacher nahm ihn beiseite, einige Schritte vom Haus der Grotewohls entfernt, in einer Toreinfahrt vor den neugierigen Blicken der Nachbarn geschützt, sprach er auf den Postboten ein. Mike Matzerath kam mit gezücktem Notizbuch dazu, und gemeinsam hörten sie etwas, das durchaus geeignet war, erneut dieses berauschende Gefühl bei Emil Glasmacher auszulösen.

* * *

Grobi lag auf dem Bett und starrte an die Decke. Noch zwei Stunden, dann musste er los, und er war jetzt schon müde. Müde vom Nichtstun, müde vom Warten. Sie hatte gesagt, sie wolle sich melden, doch seit vier Tagen hatte er nichts von ihr gehört. Seine Mutter hätte ihm Bescheid gesagt, wenn Monika angerufen hätte, aber sie hatte nicht angerufen, kein einziges Mal.

Eigentlich hieß Grobi Thomas Steiniger, doch weil er mit seinen großen Augen und den strubbeligen Haaren dem lustigen Grobi in der Sesamstraße ähnelte, hatten ihm seine Kumpel diesen Namen verpasst. Außerdem kellnerte er, so wie der Grobi im Fernsehen es auch hin und wieder tat. Steinigers Arbeitsstelle war das Porto Bello in der Wilhelmstraße, hier bediente er jeden Abend die Gäste, die vorwiegend aus jungen Leuten bestanden. Seitdem er seinen Ausbildungsplatz als Installateur verloren hatte, war das seine einzige Einnahmequelle. Das Gehalt war mickrig und das Trinkgeld kaum der Rede wert. Da konnte er froh sein, dass er in der Souterrainwohnung in seinem Elternhaus wohnen durfte. »Zunächst mal umsonst«, hatte sein Vater gesagt, aber fast an jedem Tag kam er mit dem Thema an. »Auf Dauer geht das so nicht, Thomas. Umsonst ist der Tod, und der kostet das Leben.«

Seitdem Monika zu ihm ins Souterrain gezogen war, war es noch schlimmer geworden. Die Wohnung sei zu klein für zwei Personen, hatte der Alte gemeckert, und außerdem würden ja jetzt höhere Kosten anfallen. Wasser, Strom. »So geht das nicht, Thomas, wir sind hier schließlich kein Hotel.«

Wohnung nannten seine Eltern dieses muffige Kabuff unter ihrem geräumigen Wohnzimmer mit Panoramafenster zum Garten hin. Ein Zimmer mit einer offenen Kochnische daneben und eine Dusche, die mehr einer Rumpelkammer glich. Schimmel in allen Ecken und ein einziger Heizkörper, der Tag und Nacht vor sich hin gluckste. Das war seine Wohnung, in die Monika, schon kurz nachdem sie sich kennengelernt hatten, eingezogen war. Da war sie noch nicht ganz 17, und er schon 21 Jahre alt. Bald hatte sie Geburtstag, und er wusste noch nicht einmal, wo sie sich zurzeit aufhielt. Monika war eine Schönheit, all den anderen Girls im Porto um Längen voraus. Lange, blonde Haare, Superfigur, und dann hatte sie ständig diesen ernsten, melancholischen Blick, den er wahnsinnig anziehend fand. Jeden Tag hatten sie es getan, nachdem sie bei ihm eingezogen war. Am Morgen und am Nachmittag noch einmal, bevor er zur Arbeit musste.

Monika hatte keine Arbeit, keinen Ausbildungsplatz, nichts. Einmal hatte er danach gefragt, doch sie hatte ziemlich blöd reagiert. »Das geht dich nichts an«, hatte sie gefaucht, und er hatte sich damit zufriedengegeben. Manchmal war sie eben etwas komisch, aber auch wieder nicht so, dass er hätte Schluss machen wollen mit ihr. Nur als sie ihn bat, mit ihr nach Lüttich zu fahren, da war es ihm fast zu viel geworden. »Nach Lüttich?«, hatte er gefragt, weil er meinte, sie nicht richtig verstanden zu haben. »In Belgien?«

»Ja, Mann, Lüttich in Belgien, wo denn sonst?«

»Verdammt, was willst du denn in Belgien? Ich meine, weißt du, wie weit das ist?«

Sie hatte ihn wieder mit diesem ernsten, melancholischen Blick angeschaut, in dem jetzt zusätzlich noch eine verdammt fette Spur Entschlossenheit gelegen hatte. Noch nie war er in Lüttich gewesen, auch wusste er nichts über diesen Ort. »Was ist denn da? Einfach so hinfahren, oder wie jetzt?«

»Ich muss da was erledigen.« Sie hatte eine Landkarte hervorgekramt. »Schau mal, wir müssen über die Autobahn, hier, Aachener Kreuz, und dann weiter Richtig Lüttich, Scharlereu.« Mit dem Finger war sie über die Karte gefahren.

Ganz schön weit, hatte Grobi gedacht, da ging ordentlich Sprit bei drauf. »Und dann, ich meine, wenn wir da sind, was tun wir dann da?«

»Am Ufer von dem Fluss, der da fließt, da ist jeden Sonntagmorgen Flohmarkt, dahin müssen wir.«

Flohmarkt also. Alten Krempel anschauen, er hätte nicht gedacht, dass Monika sich für so etwas interessierte.

Sie sah seinen fragenden Blick. »Wenn wir da sind, sag ich dir, was ich dort will.« Dann hatte sie ihn geküsst.

Der Alte hatte natürlich wieder Theater gemacht. Das Auto sei gerade erst vollgetankt worden, ob er wisse, was so eine Tankfüllung kostet, hatte er gefragt.

Seine Mutter war Grobi zur Seite gesprungen. »Mensch, Alfred, lass die jungen Leute doch mal einen Sonntagsausflug machen«, hatte sie gesagt und Monika dabei angelächelt. »Die füllen den Tank wieder auf, wenn sie zurückkommen, und alles ist gut.«

Schon um neun Uhr am Morgen waren sie von der Autobahn runter und in diese große, hässliche Stadt Lüttich gefahren. Es war eine elende Sucherei gewesen, bis sie den Quai de Maestricht und diesen blöden Markt endlich gefunden hatten. Aber dann waren sie da. Sie fanden einen Parkplatz in der Nähe, und kurz darauf schoben sie sich Händchen haltend vorbei an altem Krempel und in winzige Käfige gepresstem Viehzeug.

»Ich fänd's gut, wenn wir uns jetzt trennen«, hatte Monika nach einigen Metern Krempel und Viehzeugs vorgeschlagen. Sie habe es sich anders überlegt, es wäre besser, wenn er sie jetzt eine Zeit lang alleine ließe. Grobi wollte sie fragen, ob sie bescheuert sei, ließ es aber bleiben. Vielleicht wollte sie ja ein Geschenk für ihn kaufen. Was das allerdings hier auf diesem abgewrackten Markt sein sollte, das konnte er sich beim besten Willen nicht recht vorstellen.

»Na gut, Moni, zu Befehl, aber länger als eine halbe Stunde halte ich es hier nicht aus. Ich warte dann am Auto auf dich, und jetzt zieh schon los.«

Als sie sich wieder beim Auto getroffen hatten, sind sie sofort zurück nach Euskirchen gefahren. Monika hatte noch erzählt, dass sie gesehen habe, wie jemand ein Huhn aus einen Käfig gezerrt und gleich am Stand geschlachtet hatte. »Das ganze Blut ist einfach so auf die Straße gelaufen.« Danach hatten sie nicht mehr über den Markt gesprochen, und Grobi war nicht klar geworden, ob sie etwas gekauft hatte oder nicht.

Und jetzt war sie schon seit fünf Tagen fort. Sie wolle ihn nicht verlassen, niemals werde sie das tun, hatte sie gesagt. Nur ein paar Tage Ferien machen wolle sie, so hatte sie sich ausgedrückt. Ferien machen, wovon eigentlich? Und Grobi war aufgefallen, dass er noch nicht einmal wusste, wo sie eigentlich zu Hause war.

7. KAPITEL

»Wie? Ob das sein kann?« Willibert Rey schien erstaunt. »Das kann nicht nur, das ist so, Herr Kommissar.«

Glasmacher und Matzerath schauten sich an. Rey konnte also bestätigen, dass die beiden Mordopfer sich gekannt hatten. Eigentlich gab es keinen Grund dafür, an den Aussagen der beiden Ehefrauen zu zweifeln, aber vielleicht wusste der Postbote noch ein wenig mehr darüber, als die Frauen preisgeben wollten.

»Dass Sie das jetzt erst rausgefunden haben! Also nee! Ich weiß aber ganz sicher, dass der Rinkens und der Grotewohl Kumpel waren.«

Erstaunlich, was der Kerl alles wusste, dachte Emil Glasmacher, und diesmal schien seine Aussage sogar brauchbar zu sein.

»Also früher mal«, wieder fühlte Rey sich sichtlich wohl in seiner Rolle als Informant, »als die jung waren, da waren die ganz dicke miteinander. War ja 'ne verrückte Zeit damals, aber auch schön. Irgendwie schöner als heute. Wissen Sie, die jungen Leute heutzutage sind doch nur noch am Haschen und am Demonstrieren. Gegen alles.«

»Herr Rey, können Sie sich vorstellen, was dazu geführt hat, dass die Freundschaft der beiden«, Glasmacher suchte nach den richtigen Worten, »na ja, dass diese Freundschaft damals erloschen ist?«

»Nee, kann ich nicht. Ich hab das ja auch alles immer nur vom Hörensagen erfahren. Ich war damals neu hier, in Nörvenich, aber man hört ja schon mal das eine oder andere.«

»Ja, okay, aber was haben Sie denn damals gehört?«

»Ich? Na, dass die beiden irgendwie keine Freunde mehr waren. Plötzlich, aber warum? Nee, daran kann ich mich nicht mehr erinnern.«

»Wann war das denn?« Matzerath hielt Notizbuch und Stift im Anschlag, hier mussten sie jetzt dranbleiben. Dieser Rey war ja immer für eine Überraschung gut.

»Wann? Lassen Sie mich mal überlegen, ich meine, das war in dem Jahr, in dem der alte Adenauer zu den Russen gefahren ist. Als er die letzten Kriegsgefangenen von da zurückgeholt hat. Das muss man sich mal vorstellen, der Krieg war schon eine Ewigkeit aus, und der Russe wollte unsere Männer immer noch nicht wieder nach Haus lassen. War das 1955? Ich meine ja.«

Mike Matzerath notierte die Jahreszahl 1955 in sein Buch. Es war also 18 Jahre her, dass die Freundschaft der beiden Mordopfer endete.

»Oder warten Sie mal, nee, '55 bin ich hergekommen, und im Jahr drauf, 1956 war das, als Dortmund Deutscher Meister geworden ist. Mit Adi Preißler im Sturm. Haben Sie den gekannt? Das war ein Stürmer!«

»Herr Rey«, dieser Kerl konnte einen wirklich um den Verstand bringen, Emil Glasmacher war schon wieder bedient, »wann war es denn nun? Denken Sie bitte gut nach.«

»Ja, mach ich.« Rey ließ sich Zeit, schaute mit zusammengekniffenen Augen in den Himmel, dann schien er die richtige Antwort in der endlosen Weite des blauen Septemberhimmels über Nörvenich gefunden zu haben. »Jetzt weiß ich es wieder. Es war 1956! Wie gesagt, Dortmund ist Meister geworden, da hab ich nämlich …«

»Vielen Dank, Herr Rey. Das hilft uns weiter. Und wir müssen jetzt auch weiter«, Mike Matzerath lächelte als Einziger über seinen kleinen Kalauer.

Sie wollten schon hinüber zum Wagen gehen, als Rey noch einmal das Wort ergriff. »Ist schon gut, man hilft ja gerne. Aber wissen Sie was?« Rey machte eine Pause. Dieser Postheini hatte wirklich Talent für dramatische Auftritte. Ein richtiger kleiner Schauspieler war der. Rey wartete, bis beide Polizisten sich ihm zugewandt hatten, und er wartete noch ein wenig länger, so lange, bis Mike Matzerath sagte: »Haben Sie etwa noch etwas für uns?«

»Jaha, das hab ich. Es gibt da nämlich noch jemanden, der eng mit den beiden befreundet war. Sehr eng sogar, soviel ich weiß.«

Der Dramaking aus Nörvenich. Matzerath kramte schon wieder sein Notizbuch aus der Tasche, während Emil Glasmacher regungslos verharrte.

Rey trat nahe an die Polizisten heran, und dann schaute er sich tatsächlich mit verstohlenem Blick um. Ein Auftritt, wie er gut und gerne in einen dieser ollen Durbridge-Krimis im Fernsehen gepasst hätte. Rey senkte seine Stimme: »Das haben Sie jetzt aber nicht von mir! Da muss ich mich drauf verlassen können.«

Matzerath nickte zustimmend, klarer Fall, die Polizei arbeitete stets nach dem Prinzip der Vertraulichkeit.

»Walter Töller aus der Junkerstraße, der gehörte damals auch zu der Clique. Ich glaube, er arbeitet in Düren, irgendwo im Büro.«

»Walter Töller«, Matzerath kritzelte in seinem Buch herum. »Haben Sie zufällig auch eine Hausnummer für uns?«

»Klar, hab ich. 64, am Ende der Straße, auf der rechten Seite. Die kriegen ganz wenig Post, kaum Briefe, ab und zu mal eine Postkarte, von der Tochter, aus dem Urlaub. Die ist ja in Kommern verheiratet, eine bildhübsche Frau.«

Glasmacher räusperte sich, »und dieser Töller war also eng befreundet mit Rinkens und Grotewohl?«

»Sehr eng, hab ich ja gesagt.«

»Und was genau meinen Sie mit Clique? So etwas wie eine Bande? Oder ein verschworener Haufen?«

»Bande? Verschworener Haufen? Keine Ahnung. So, wie junge Burschen eben zusammen sind. Eine Clique halt.«

Glasmacher und Matzerath sahen sich an. Hier war erst mal nichts weiter zu holen für sie. »Vielen Dank, Herr Rey, wir werden das überprüfen.« Dann verabschiedeten sie sich.

»Ja, schon gut. Tschöh, und …« Willibert Rey legte den Zeigefinger auf seine Lippen, er hatte ihr Wort.

Das waren doch endlich einmal gute Neuigkeiten. Aber warum hatten Frau Rinkens und Frau Grotewohl diesen Töller nicht erwähnt? Hatten die sich abgesprochen? Weil vielleicht mehr dahintersteckte? Emil Glasmacher und Mike Matzerath saßen wieder in ihrem Wagen und besprachen, wie sie nun vorgehen wollten.

Schließlich entschied Glasmacher: »Wir müssen Töller befragen, so schnell wie möglich.«

Matzerath warf die Kippe aus dem Fenster und startete den Wagen.

Die Junkerstraße führte vom Marktplatz hinauf zum Dorfrand, dahinter ging es weiter zur Bundesstraße. Jetzt, zur Mittagszeit, gab es hier praktisch keinen Verkehr, nur ein Hund lief träge über die Straße. Gleich dahinter hatten sie das Haus der Töllers erreicht. Ein älterer Backsteinbau mit neu eingedecktem Dach. Einen Vorgarten gab es hier nicht und auch keine Blumenkästen vor den Fenstern. Die Zahl 64 prangte auffällig groß an der Hauswand, Schmiedeeisen, schwarz-gold lackiert. Sie passte perfekt zu dem Briefkasten gleich darunter, schwarzes Metall mit gewölbtem Dach und einem goldenen Posthorn vorne drauf. Das Fenster links neben der vergitterten Eingangstüre war ebenfalls mit einem massiven Gitter versehen. Neben dem Haus erstreckte sich eine Mauer bis zur Grundstücksgrenze, sauber verfugter Backstein, der gleiche Stein, wie er für die Hausfassade verwendet worden war. Ein Bunker aus Stahl und Stein. Kalt und abweisend, Frau Töllers Gesichtsausdruck hätte nicht passender sein können.

»Ja?«, schnarrte sie spröde, nachdem sie die Türe einen Spaltbreit geöffnet hatte. Als sie die Polizisten ins Haus ließ, kaum dass die ihr den Grund ihres Besuches genannt hatten, da sagte sie nichts mehr. Stumm öffnete sie die Tür nur ein kleines Stück mehr, gerade eben so weit, dass ein Mensch Platz fand, sie zu durchschreiten, und ging dann voran in ihr Wohnzimmer. Hier herrschte die gleiche Atmosphäre wie draußen vor dem Haus. Geknickte Sofakissen aus grün-gold gemustertem Brokatstoff, ein Perserteppich mit viel Rot und Schwarz darin auf blank poliertem Parkettboden. Ein Sideboard, auf dem nichts, wirklich gar nicht stand, und ein trauriger Gummibaum in einem hässlichen Übertopf auf einem dreibeinigen Blumentischchen in der dunkelsten Ecke des Raumes. Kein Bild an der Wand, kein gerahmtes Familienfoto in der Schrankwand, nichts.

»Was kann ich für Sie tun?«, eröffnete die Herrin über dieses häusliche Grauen das Gespräch.

Emil Glasmacher wartete darauf, dass man sie bat, Platz zu nehmen, doch da Frau Töller derlei Höflichkeitsgetue offenbar für überflüssig hielt, begann er die Befragung eben im Stehen.

Mit verschlossenem Gesichtsausdruck hörte Frau Töller ihm aufmerksam zu. Ihr einst schwarzes Haar war bereits fast vollständig ins Silbergrau übergegangen, ihre Kittelschürze war völlig aus der Zeit gefallen, und ihre Schuhe waren von der Art, wie sie heutzutage nur noch Greisinnen trugen, wenn sie am Abend zum Grab ihrer verstorbenen Männer auf den Friedhof schlurfen.

»Nein«, sagte sie knapp, »mein Mann ist nicht zu Hause.« Und: »Ja, er ist auf der Arbeit. Natürlich, es ist mitten am Tag!« An die Zeit, als sie und ihr Mann jung waren, und an seinen Freundeskreis damals, daran hatte sie keine konkrete Erinnerung mehr.

Emil Glasmacher hatte den Eindruck, die Frau stelle sich dumm. Ohne nachzudenken, hätte er selbst massenhaft schöne Erinnerungen aus den ersten gemeinsamen Jahren mit Rita abrufen können. Und da stand diese Frau vor ihnen und wollte ihnen weismachen, sie wüsste nichts mehr?

»Nun gut«, beendete er das Trauerspiel, »richten Sie Ihrem Mann bitte aus, dass wir ihn morgen früh auf der Polizeiwache in Düren befragen möchten. Gleich um acht Uhr. Es wird nicht lange dauern, es handelt sich nur um eine Routinebefragung.«

Draußen vorm Haus bemerkte er, dass seine Finger kalt geworden waren, die Sonne hatte den Innenraum ihres Wagens aufgeheizt, Glasmacher räkelte sich in den Beifahrersitz und genoss die Wärme. So musste es sich anfühlen, wenn sich der berühmte Drache in deinem Haus breitgemacht hatte. Grauenvoll!

»Fahren Sie los, Michael«, wies er seinen Assistenten an, und der gab Gas, als sei er hinter ihnen her, der Drache in seiner altmodischen Kittelschürze.

Am nächsten Morgen röchelt sie wieder, die Kaffeemaschine in seinem Rücken, und an diesem Morgen gefiel ihm das Geräusch sogar mehr noch als sonst. Die wohltuende Stille in Kriminalhauptkommissar Emil Glasmachers Küche wurde sanft von diesem leisen Gurgeln und ein paar entfernten Vogelstimmen draußen auf den Dächern der Holzstraße untermalt. Herrlich, obwohl es regnete, fühlte er sich gut. Er hatte gut geschlafen, doch seine Neugierde auf Walter Töller hatte ihn schon früh geweckt. Eine Weile noch war er liegen geblieben, und hatte über die erfreuliche Wendung im Fall Kopfschuss nachgedacht. Nicht nur, dass sie nun endlich von der einstigen Freundschaft der beiden Opfer erfahren hatten, nein, es war ja noch besser gekommen, sie hatten sogar vom dritten Mann in diesem Bund erfahren. Emil Glasmacher setzte all seine Hoffnung auf die Befragung Töllers. Es *musste* da etwas geben, das ihnen bei der Suche nach dem Täter bisher verborgen geblieben war. Gerade hatte Glasmacher den letzten Bissen heruntergeschluckt, als das grüne Endgerät schellte. Ein Kollege von der Wache rief an, der Zeuge Töller sei bereits eingetroffen, er ließ ausrichten, dass er in Eile sei.

Keine 15 Minuten später saßen er und Mike Matzerath Walter Töller gegenüber. Beigefarbene Popeline-Jacke, hellblaues Hemd und quer gestreifte Krawatte darunter, blasser Teint und Stirnglatze. Aktentasche und Schirm lagen auf Töllers Schoß. Der Mann schleppte gut und gerne zwanzig Kilo Übergewicht mit sich herum, der Stuhl unter ihm knarzte bedrohlich.

Walter Töller arbeitete als Buchhalter bei der Carl Canzler AG in der Kölner Landstraße, im nächsten Jahr würde er seine 20-jährige Firmenzugehörigkeit feiern können. Rinkens und Grotewohl kannte er schon sein ganzes Leben lang. »Wie man sich kennt, wenn man im gleichen Dorf aufwächst.« Er war etwas älter als die beiden, darum seien sie als Kinder noch nicht zu engen Freunden geworden. Das sei erst später gekommen, zu Beginn der 1930er-Jahre, als sie junge Kerle waren. Das seien gute Zeiten gewesen damals, es sei wieder aufwärtsgegangen im Land, und wer sich nichts hatte zuschulden kommen lassen, der habe ein schönes Leben gehabt. »Es war wirklich nicht alles schlecht damals, der Hitler hat auch vieles richtig gemacht.« Sie jedenfalls,

Otto, Ernst und er, sie hätten prima Jahre gehabt, hätten sich ausgetobt, wenn die Polizisten verstünden, was er meine. Heiraten hatte keiner von ihnen damals gewollt, dafür hätten sie sich noch zu jung gefühlt, ja, und dann sei der Krieg gekommen. Was für ein Gefühl das gewesen sei, als sie sich schon bald nach Kriegsende alle drei wieder in Nörvenich trafen, nach all den Toten, die der Krieg gekostet hatte, das könne sich heute doch niemand mehr vorstellen. Natürlich habe jeder von ihnen sofort damit begonnen, sein Leben in vernünftige Bahnen zu lenken. Geschuftet hätten sie, sich etwas aufgebaut, ehrliche Arbeit und ein anständiges Leben, das sei es gewesen, worauf es angekommen sei damals. Bald hätten sie, einer nach dem anderen, geheiratet, Kinder bekommen, aber Freunde seien sie immer noch geblieben.

»Können Sie sich denn auch noch daran erinnern, wann und warum diese Freundschaft damals auseinandergegangen ist?« Die Antwort auf diese Frage konnte von großer Bedeutung sein, Emil Glasmacher beobachtete Töller, der jedoch nicht die geringste Veränderung in seinem Verhalten erkennen ließ.

»Nein, einen besonderen Grund dafür gab es nicht. Das hat sich einfach so ergeben. Wie gesagt, Arbeit, Familie, Hausbau. Das kennt man doch, Herr Kommissar, das ist dann die Zeit, in der man sich allmählich aus den Augen verliert.«

»Und wann war das? Das müssen Sie doch noch wissen, Herr Töller.«

»Das muss ich gar nicht wissen. Glauben Sie, es hätte da einen Tag, eine Stunde gegeben, an dem wir uns getroffen und gesagt hätten: So, ab jetzt wollen wir keine

Freunde mehr sein? Nein, ich weiß es nicht mehr exakt, es hat sich so entwickelt. Das kennt man doch, das hat es Tausende Male gegeben, so etwas.«

»Nun gut«, fuhr Glasmacher fort, »aber jetzt sind ihre ehemaligen Freunde tot. Beide erschossen aus nächster Nähe. Herr Töller, ich muss Sie das jetzt fragen, haben Sie irgendeine Vermutung, was dahinterstecken könnte?«

»Nein, warum das jemand tun sollte, ist mir vollkommen rätselhaft.«

»Hatten Sie Streit in der letzten Zeit mit Ihren ehemaligen Freunden?«

»Nein, was soll denn diese Frage jetzt? Verdächtigen Sie mich etwa? Wie gesagt, wir hatten uns ziemlich aus den Augen verloren, in den letzten Jahren.« Wieder gab der Stuhl ein wehleidiges Knarzen von sich, als Töller darauf herumrutschte. Seine offen zur Schau gestellte Selbstsicherheit schien etwas ins Wanken zu geraten.

Mike Matzerath schrieb und schrieb und schaute jetzt über den Rand seines Notizbuchs zu Töller hin.

Der bemerkte es sofort. »Was?« Er fauchte wie eine aggressive Katze.

»Herr Töller«, Matzerath überging den scharfen Ton, »heißt das, Sie und die anderen haben sich komplett den Rücken zugewandt, wenn Sie sich beispielsweise trafen im Dorf? Gingen Sie sich vielleicht sogar aus dem Weg?«

»Nein, natürlich nicht. Wird das jetzt ein Kreuzverhör hier? Das verbiete ich mir, meine Herren Kommissare! Ich sage es noch einmal in aller Deutlichkeit: Otto, Ernst und ich, wir waren mal sehr gut befreundet. Punkt. Diese Freundschaft ist dann irgendwann, sagen wir«, Töller dachte demonstrativ angestrengt nach, »es war in der Mitte der 50er-Jahre, eingeschlafen. Wieder Punkt. Seitdem haben wir den Umgang miteinander gepflegt, wie ihn jeder andere vernünftige Bewohner Nörvenichs mit seinen Mitbürgern pflegt. Man trifft sich auf der Straße, grüßt und wechselt ein paar Worte. Noch mal Punkt. Ich wüsste wirklich nicht, was daran ungewöhnlich sein sollte. Ich finde Ihre Fragen anmaßend!«

»Punkt!«, rutschte es Mike Matzerath heraus.

Emil Glasmacher schaffte es gerade eben so, sich zu beherrschen. Hinter vorgehaltener Hand unterdrückte er ein Lachen, während die Farbe in Walter Töllers teigigem Gesicht von Aschfahl in ein blasses Rot wechselte. Allerdings gelang es auch ihm, sich zu beherrschen. Einen Moment lang haftete sein zorniger Blick noch auf Matzerath, dann sagte er mit ruhiger Stimme: »Natürlich bin ich tief betroffen vom dem, was den beiden zugestoßen ist. Mir tun ihre Familien leid, und ich hoffe, dass es bald gelingt, den Täter dingfest zu machen. Darf ich aufrichtig zu Ihnen sein? In solchen Fällen würde ich das Pack, ohne mit der Wimper zu zucken, an die Wand stellen!«

* * *

In der Telefonzelle stank es. Monika stellte einen Fuß zurück, damit die Türe einen Spaltbreit offen blieb. Düren, Langerwehe, Nideggen, sie blätterte in dem zerfledderten Telefonbuch, dann fand sie, wonach sie suchte. Nörvenich, drei Namen und die dazugehörigen Adressen. Ihre Hand zitterte kein bisschen, als sie mit ihrer etwas krakeligen Kinderschrift alles auf dem mitgebrachten Zettel notierte. Ohne das Telefonbuch wieder zuzuklappen, verließ sie die Zelle. Auch das war leicht gewesen, von der Telefonzelle aus ging sie zur nächsten Bushaltestelle. Morgen würde sie ihre Mission beginnen, das war ein Freitag, weshalb jede Stunde ein Bus Richtung Zülpich fuhr. Sie beschloss, am Mittag loszufahren, damit würde ihr genügend Zeit bleiben, sich dort zu orientieren. Akribisch geplant hatte sie ihre Mission, diese Bezeichnung für ihr Vorhaben war ihr in den Sinn gekommen, und sie gefiel ihr gut. Das klang nach einer großen, einer wichtigen Sache, und auch wenn die eine oder andere Kleinigkeit noch unklar war, es würde sich gewiss alles so fügen, wie sie es sich vorstellte. Wer oder was, so fragte sie sich, wollte sie jetzt noch aufhalten?

Am Nachmittag, in Grobis Wohnung, war es zum ersten Streit gekommen zwischen ihnen. Eigentlich war es kein richtiger Streit, aber Grobi hatte es schon wieder tun wollen, und sie hatte ihn abgewiesen. Das war das erste Mal, Grobi war zuerst irritiert, und dann war er böse geworden. Als sie ihm dann auch noch sagte, dass sie am nächsten Tag für eine Zeit lang verreisen wolle, da war er richtig komisch geworden. Sie wusste nicht, wie sie sich verhalten sollte, schließlich dachte sie sogar daran, ihn in ihren Plan einzuweihen, tat es dann aber doch nicht.

In der Nacht kam er wieder an, küsste sie in den Nacken, umarmte sie, bis sie endlich nachgab. Vielleicht war es das letzte Mal, dachte sie. Während Grobi danach sofort einschlief, dämmerte sie in einem unruhigen Halbschlaf bis zum Morgengrauen vor sich hin. Es war fast elf

Uhr, als ihre Umhängetasche griffbereit über der Lehne des Stuhls hing, auf dem sie Grobi gegenübersaß. Eine knappe Stunde blieb ihnen noch, dann würde Monika aufbrechen müssen. Ihr Frühstück bestand aus warmer Coca-Cola und einer angebrochenen Rolle Doppelkekse, verdrießlich knabberte Grobi an einem Keks herum.

»Und du willst wirklich weg?«

»Es ist doch nicht für immer, ich komme doch wieder zurück.«

»Aber wo musst du denn so plötzlich hin?«

»Nur ein paar Tage Ferien machen, ich muss was erledigen.«

»Aha.«

Irgendwie tat Grobi ihr leid. Vielleicht sollte sie ihn doch noch in ihre Pläne einweihen. Monika schlürfte an ihrer Cola, sie zögerte, dann aber gab sie sich einen Ruck. Nein, sie würde ihm nicht sagen, was sie vorhatte. War besser so, für sie und je nachdem auch für ihn.

»Jetzt sei nicht so, du Dummerchen.« Monika stand auf und fuhr ihm durch das ungekämmte Haar. »Vertrau mir, ich bin doch nur ein paar Tage weg, muss jemanden besuchen, den du nicht kennst. Nächste Woche komm ich zurück, und alles ist gut.«

Grobi schüttelte sich, wehrte ihre Hand ab. »Ich hoffe nur, es ist kein Kerl, zu dem du fährst. Wir gehen jetzt zusammen, und wenn da einer meint, das nicht respektieren zu brauchen, dann wird ihm das nicht gut bekommen!«

»Blödsinn, Grobi«, Monika umarmte ihn, küsste ihn auf den Mund, an dem noch Krümmel von den Doppelkeksen klebten, »du brauchst dir keine Sorgen zu machen.« Grobi erwiderte den Kuss, bis sie sich löste und versprach: »Ich rufe dich an, bestimmt.« Dann nahm sie ihre Tasche vom Stuhl und verließ die Wohnung.

Der Bus rüber nach Zülpich war fast leer, dort angekommen stieg sie eine gute Stunde später in den nächsten Bus nach Düren. Linie acht, auf der Plakatwand an der Haltestelle klebte Werbung für einen Kräuterlikör. *Ich trinke Jägermeister, weil schon mein Vater Jägermeister getrunken hat*, verkündete ein glatzköpfiger Opa mit leicht glasigem Blick. Der Bus fuhr los, und Monika dachte daran, dass sie ihren Vater nie kennengelernt hatte. War er einer von denen gewesen? Der Gedanke versetzte ihr einen kleinen Stich.

Draußen tobte sich der Sommer aus, strahlend helles Wetter, goldgelbe Getreidefelder zwischen schnurgeraden Reihen von hohen Pappeln. Ihr Blick verlor sich in der endlosen Weite der Börde, und sie verdrängte den Gedanken an ihren Vater. Für sie existierte dieser Mann nicht, hatte ihn nie gegeben.

Die Namen der Dörfer, in denen der Bus hielt, endeten auf »-ich«, dann kamen die Dörfer mit »-heim«, in Hochkirchen stieg sie aus. Oben im Dorf, in einem Lebensmittelgeschäft, kaufte sie eine Flasche Cola und zwei Tüten Chips, die Frau hinter der Theke beäugte sie neugierig. »Zu viel Cola ist gar nicht gesund«, sagte sie mit ernstem Blick durch ihre Brillengläser.

»Eine Flasche ist nicht zu viel«, antwortete Monika schnippisch, stopft die Sachen in ihre Umhängetasche und verließ den Laden.

Das Dorf war klein, gleich nachdem sie es verlassen hatte, bog sie in einen Feldweg ein, der sie bald schon nach rechts führte, direkt auf Nörvenich zu. Nach einer Weile tauchte eine Art Wäldchen vor ihr auf. Es lag unweit der Landstraße in den Feldern, Monika steuerte darauf zu. Sie suchte nach einem Unterschlupf, vielleicht würde sie dort fündig werden. Mit einem trockenen Ast schlug sie die dichten Brennnesseln nieder, die den Rand des Wäldchens säumten, zwängte sich durch schulterhohes Jungholz, dort, wo die Bäume höher und breiter waren, befand sich ein kleiner Tümpel. Der war von Entengrütze bedeckt und seine Ufer mit Schilfrohr bewachsen. Perfekt, dachte Monika, so wie es aussah, kam hier kein Mensch her. Hinter einem umgestürzten Baumstamm errichtete sie ein Lager aus jungen Zweigen, trockenem Laub und abgerissenem Schilf. Hier würde sie bleiben; wenn es regnen sollte, würde sie auf den Hochsitz steigen, den sie gerade am Rand des Wäldchens entdeckt hatte. Sie setzte sich auf den Baumstamm, aß von den Chips und wartete.

Hin und wieder hörte sie Vogelgezwitscher und dazwischen das heisere Rufen der Krähen draußen auf den Feldern. Ansonsten war es mucksmäuschenstill. Sie befühlte ihre Umhängetasche, das Ding war noch da, es fühlte sich gut an. Um das Dorf zu erkunden, verließ sie am späten Nachmittag ihr Versteck. Kaum war sie an der Landstraße angekommen, näherte sich ihr ein grüner Wagen. Sie streckte ihren Daumen aus, und tatsächlich, der Wagen hielt an. In Nörvenich angekommen, hatte sie immer noch den säuerlichen Geschmack von Erbrochenem im Mund. Die Alte war vielleicht ausgeflippt! Du meine Güte, Monika hatte ihr doch nicht mit Absicht ins Auto gekotzt. Vielleicht war es ihr ein kleines bisschen peinlich gewesen, vielleicht, aber leid tat es ihr nicht, es gab viel Schlimmeres im Leben. Nach kurzem Suchen fand sie die Grünstraße, das Haus stand ganz oben, fast am Ende. Keine Mauer, kein Zaun, ohne Hindernis konnte man bis zur Haustür spazieren, wie praktisch.

Samstag und Sonntag in diesem Wäldchen zu verbringen war eine Tortour. Quälend langsam vergingen die Stunden, Cola und Chips waren längst verzehrt, jetzt hatte sie nur noch den Apfel in ihrer Umhängetasche, doch den, so befahl sie sich selbst, den sollte es erst hinterher geben. Die Dunkelheit machte ihr Angst. Nicht mehr auf die Weise, auf die sie noch vor Kurzen vor allem Angst gehabt hatte, aber es war doch ziemlich gruselig, so ganz alleine in ihrem kleinen Wäldchen. Mehrmals musste sie sich dazu zwingen, Ruhe zu bewahren. Dabei half es ihr, sich an ihren Hass zu erinnern, ihn wieder heraufzubeschwören. Schon sehnte sie geradezu den Moment herbei, in dem sie dem Rinkens die Kugel in den Kopf ballern würde. Ein leiser Schauder lief ihr bei dem Gedanken über den Rücken.

Wie anders das Dorf doch mitten in der Nacht aussah. Eine Totenstille lag schwer wie Blei über Nörvenich. Monika lief, immer ein wenig geduckt, dicht an Häusern und Mauern und Hecken vorbei, bis sie schließlich am Ziel war. Nach dem dritten Steinchen gegen die Fensterscheibe, von der sie annahm, dass dahinter das Schlafzimmer lag, regte sich was im Haus. Am Fenster daneben erschien eine Gestalt, Monika erkannte einen Mann, und sie winkte ihm zu herunterzukommen. Atemlos verharrte sie. Als eine Zeit lang nichts geschah, warf sie das nächste Steinchen, diesmal an die richtige Scheibe. Immer noch blieb es ruhig. Plötzlich spürte sie Nervosität aufkommen, was sollte sie machen, wenn er sich nicht wieder zeigte oder an die Tür kam?

Dann hörte sie ein Geräusch, es kam von der Haustür, sie griff in ihre Umhängetasche und wartete. Das Geräusch wurde lauter, jemand drehte einen Schlüssel im Türschloss. Die Tür öffnete sich einen Spalt, in der Dunkelheit erschien das Gesicht eines Mannes.

»Was wollen Sie?«, zischte er, »ich rufe die Polizei, wenn Sie nicht sofort verschwinden.« Das Gesicht blieb einen Moment noch im Türspalt, dann zog es sich zurück.

Bevor die Tür wieder geschlossen würde, flüsterte Monika: »Sind Sie Otto Rinkens?«

Der Mann verharrte, dann regte er sich erneut. Die Tür öffnete sich, weiter jetzt als zuvor. Ausgelatschte Pantoffeln, ein altmodischer Schlafanzug. »Warum wollen Sie das wissen?« Der Mann stand jetzt frei im Türrahmen.

Monika würde ihm nicht sagen, warum sie gekommen war, wozu auch? Was er getan hatte, war nicht wiedergutzumachen. In dieser Stunde sollte das Schwein dafür bezahlen, nur noch wenige Augenblicke, dann würde sie abdrücken, und der Schmerz der lodernden Flammen in ihr sollte nachlassen, um endlich, am Ende ihrer Mission, vollends zu versiegen.

»Sie sind Otto Rinkens, ich weiß es«, flüsterte Monika, »ich habe etwas für Sie.«

Der Mann zögerte nur kurz, dann stieg er tatsächlich die Stufen zum Plattenweg hinab. »Was soll das Theater, mitten in der Nacht?«

Monika konnte seinen Atem riechen, sie ging einen Schritt auf ihn zu und setzte ihm blitzschnell die Pistole auf die Stirn. Rinkens wollte noch die Hand zur Gegenwehr heben, als schon ein dumpfer Knall erklang und sein Blut die Treppenstufen versaute.

8. KAPITEL

Drei Männer, ungefähr im gleichen Alter, die bis vor 16 oder 17 Jahren ziemlich eng befreundet waren. Und nun waren zwei von ihnen tot. Otto Rinkens starb in den frühen Morgenstunden des 25. Juni und Ernst Grotewohl zur etwa gleichen Tageszeit am 23. Juli. Genau vier Wochen später. Getötet von einem Unbekannten. Auf die gleiche Weise.

Sie waren einen kleinen Schritt weitergekommen. Oder war der Schritt sogar größer, als es den Anschein hatte? Genau das war die Hoffnung, die Kriminalhauptkommissar Emil Glasmacher in die neuen Erkenntnisse setzte, die sie gewonnen hatten. Die Aufklärung des Falls Kopfschuss schien in eine entscheidende Phase zu treten, genau da mussten sie jetzt dranbleiben, die Lösung des Falls konnte tatsächlich etwas mit der einstigen engen Verbindung der drei Männer zu tun haben.

»Die drei haben, nachdem sie aus der Kriegsgefangenschaft entlassen worden waren, viel Zeit miteinander verbracht. Sie kannten sich von Kindesbeinen an, da liegt es doch auf der Hand, dass jeder den anderen sehr genau einzuschätzen wusste.« Mike Matzerath grübelte über seine Notizen. »Man könnte sagen, die drei verstanden sich blind. Sie konnten einander vertrauen.«

»Das würde ich auch so sehen«, bestätigte Glasmacher, »und wenn sich drei Kerle so verdammt gut miteinander verstehen, dann kann man doch davon ausgehen, dass sie hier und da auch schon mal ein wenig über die Stränge geschlagen haben.«

Matzerath hörte seinem Chef aufmerksam zu.

»Als gute Freunde, die sie offensichtlich waren. Damit meine ich nicht«, fuhr der fort, »dass sie gemeinsam harmlose Streiche ausgeheckt haben. Jemanden veralbert haben oder so was. Ich meine, dass sie zusammen ordentlich auf den Putz gehauen haben. Einen über den Durst getrunken haben, Frauengeschichten.«

Matzerath richtete sich auf, hektisch blätterte er in seinem Notizbuch, dann hatte er es gefunden. »Hier«, sagte er, »hier hab ich es. Dieser Pitter, Peter Müllenmeister, in Rinkens Werkstatt, der hat über seinen Chef gesagt: Da war der Alte noch mal so richtig in seinem Element.« Matzerath wartete auf eine Reaktion Glasmachers, doch der schien nicht zu verstehen. »Das hat dieser Pitter gesagt, nachdem er von den wilden Weihnachtsfeiern der Firma Rinkens erzählt hatte. In der Kölner Altstadt. Mit viel Alkohol …«

»Und mit Frauen«, ergänzte Glasmacher. Das war's! Da mussten sie nachhaken, vielleicht waren die Treffen der drei Freunde ja doch nicht so harmlos, wie Töller ihnen weismachen wollte.

Das Tor zur Wartungshalle von *Rinkens Reisen* stand weit offen, der Geruch von Benzin und Motoröl begleitete sie, als sie an den Bus herantraten. Die hintere Klappe zum Motorraum war geöffnet. Zwei Beine in einem ölverschmierten Blaumann ragten daraus hervor, Mike Matzerath klopfte gegen das Fahrzeug und rief: »Herr Müllenmeister? Sind Sie das?«

Erst vernahmen sie ein Grummeln, dann drang eine unverständliche Antwort aus dem Gewusel aus Mensch und Maschine an ihr Ohr. Sehr langsam und sehr umständlich schälte sich der Mensch schließlich aus dem Motorraum, dann stand er vor ihnen und streckte sich. »Haben Sie mich jetzt erschreckt«, schimpfte Peter Müllenmeister, »da kann wer weiß was bei passieren!«

»Es tut mir leid, Herr Müllenmeister, aber wir hätten da noch ein paar Fragen an Sie.« Matzerath zückte sein Notizbuch, während Emil Glasmacher sich in der Halle umschaute. Erst jetzt fielen ihm die vielen Bilder von nackten und halbnackten Frauen an den Außenwänden der Stahlspinde auf. In der hinteren Ecke, neben dem Waschbecken, hing ein Pirelli-Kalender, das Pin-up-Girl darauf posierte in schwarzem Leder und hielt einen Hula-Hoop-Reifen in der Hand. Männerfantasien, dachte Glasmacher. Die Welt von Autoschraubern und Möchtegern-Casanovas. Drüben beim Bus erklärte Matzerath, warum sie noch einmal mit Müllenmeister reden mussten.

Der wischte sich die schmierigen Hände an einem schmierigen Lappen ab und sagte dann: »Pitter, Sie können ruhig Pitter zu mir sagen. Also, es ist ja so, dass man über Tote nicht schlecht reden soll, aber«, Pitter kratzte sich am Kopf, »der Rinkens, der war schon ein bisschen ein Weiberheld.« Müllenmeister sprach von diesen Blicken, mit denen sein Chef die attraktiven Frauen unter ihren Reisegesellschaften verfolgte, von schlüpfrigen Kommentaren und anzüglichen Witzen. Und, diesmal ausführlicher, von den legendären Weihnachtsfeiern der Firma.

»Okay, vielen Dank, Herr … Pitter«, Matzerath schrieb und redete zugleich. »Können Sie uns vielleicht auch etwas über Rinkens Freizeitgestaltung in den 50er-Jahren berichten? Wir haben Hinweise, dass er damals häufig mit engen Freunden zusammen war. Was wissen Sie über diese Zeit?«

»Nee«, antwortete Müllenmeister, »da weiß ich leider nicht viel drüber. Bin ja erst später in die Firma gekommen. Hab nur hin und wieder was gehört darüber, das müssen allerdings feucht-fröhliche Zeiten gewesen sein, damals.«

Unterdessen war Emil Glasmacher von seinem Rundgang zurück. »Wer könnte uns denn da weiterhelfen, Herr Müllenmeister. Fällt Ihnen da jemand ein?«

Müllenmeister brauchte nicht lange zu überlegen. »Die Körfer«, schoss es aus ihm heraus, »fragen Sie mal bei Frau Körfer nach. Sie ist die beste Freundin von Frau Rinkens, die weiß sicher mehr darüber.«

Kaffee gab es diesmal nicht. Keine Service *Blaue Blume* und kein Gebäck. Stattdessen gab es einen derart säuerlichen Blick von Frau Körfer, dass Glasmacher meinte, er habe die falschen Worte gewählt. Ob sie ihnen etwas über Otto Rinkens und seine Freundschaft zu Grotewohl und Töller erzählen könne, hatte er höflich gefragt.

Nach kurzem Zögern hatte sie die Polizisten ins Haus gebeten, dann aber erklärt, dass sie meinte, es sei wohl besser, Frau Rinkens zu bitten, bei dem folgenden Gespräch anwesend zu sein. Glasmacher war einverstanden, selbstverständlich, sie hatten nichts dagegen. Während Frau Körfer hinüber zum Haus ihrer Freundin ging, warteten sie brav im Wohnzimmer, ohne jede Verköstigung. Dann saßen ihnen die beiden Frauen auf dem Sofa gegenüber. Über ihnen das Bild mit dem kapitalen Rothirsch vor dem Bergmassiv, um sich herum mehrere Sofakissen drapiert, erschienen sie jetzt reichlich angespannt, und Glasmacher wusste, dass das ein gutes Gespräch werden würde.

Alles, was die Polizei bisher über Otto und seine Freunde herausgefunden hatte, stimmte. Das bestätigten sie kopfnickend. Bei der Frage, ob ihnen bekannt sei, weshalb die Freundschaft damals in die Brüche gegangen war, schauten sie sich an. Ihre Blicke verrieten Scheu, darüber zu reden.

Frau Körfer nahm die Hand ihrer Freundin, die schnäuzte sich in ihr Taschentuch, um dann mit brüchiger Stimme zu sprechen. »Wissen Sie, meine Herren, Otto war, wie soll ich sagen, ein etwas eigensinniger Mensch. Mir war er immer ein guter Ehemann gewesen, er hat alles für mich getan. Aber auf der anderen Seite brauchte er auch seine Freiheiten, wenn Sie verstehen, was ich meine?«

»Nein, Frau Rinkens, das verstehen wir leider nicht.« Glasmacher sprach sehr ruhig und sehr freundlich, er hatte Angst, diese beiden so zerbrechlich erscheinenden Frauen vor sich auf der Couch zu erschrecken. Wie altmodische Porzellanpuppen saßen sie da, blass und nahezu regungslos. Wieder schniefte Frau Rinkens in ihr Taschentuch. Mike Matzerath wurde langsam ungeduldig, Glasmacher bemerkte es aus dem Augenwinkel, doch dann, zum Glück, übernahm die Körfer das Reden.

»Herr Kommissar, es ist nicht leicht für Elfi, darüber zu sprechen. Darum hat sie mir erlaubt, an ihrer Stelle zu sprechen. Ich werde Ihnen nun etwas sagen, was seit langer Zeit sehr, sehr schwer auf Elfis Seele lastet.«

Glasmacher nickte. Es war ein Nicken, das signalisieren sollte, dass er verstanden hatte, und das Frau Körfer Mut machen sollte, nichts auszulassen.

»Nun gut, Sie bekommen es ja doch heraus. Otto, Ernst und Walter waren eine verschworene Gemeinschaft. Schon immer, aber in den Nachkriegsjahren hat sich das noch weiter verfestigt. Sie waren unzertrennlich. Haben viel unternommen, Wanderfahrten, Karnevalsauftritte, Wochenendausflüge. Und immer floss reichlich Alkohol. Auch als sie geheiratet hatten, ließen sie zunächst nicht ab von ihrem Tun. Zuerst hatten ihre Frauen nichts dagegen.« Jetzt drückte sie die Hand von Frau Rinkens ganz fest. »Schließlich meinten sie aber, dass es nun langsam genug sei mit dem Feiern und Trinken und all dem anderen. Schließlich waren Grotewohl und Töller schon Väter geworden. Das war für die Männer jedoch kein Grund, auf ihre Frauen zu hören. Sie trafen sich weiter, bald nannte man sie nur noch *Die Chantré-Shäker*, weil sie dem Weinbrand zusprachen.« Es entstand eine Pause. Frau Körfer musste sich sammeln, dann hob sie erneut an: »Und weil sie hinter jedem Rock her waren, der sich ihnen näherte.«

Soso, dachte Emil Glasmacher, die feinen Herren. Waren sie also doch nur verschlagene Schürzenjäger, denen das eigene Vergnügen wichtiger war als das Wohl der Familie. Das würde natürlich auch das abweisende Verhalten von Frau Töller erklären.

»Frau Körfer«, Matzerath unterbrach die eingetretene Stille, »können Sie uns sagen, wie lange das so ging und warum die Freundschaft schließlich endete?«

»Oh ja! Das kann ich Ihnen ganz genau sagen. Das war im Jahr 1955. Sie staunen vielleicht, warum ich das so genau weiß, aber warten Sie ab, Sie werden gleich sehen. Im September 1955 sind die Männer über das Wochenende verreist. Freitag bis Montag, vier Tage, zum Saufen und Gott weiß was noch alles. Der Ausflug ging an die Mosel, dahin, wo damals alle Männer hinfuhren, die auf das pure Vergnügen aus waren. Aber irgendetwas muss dort wohl weniger vergnüglich gewesen sein, Otto war jedenfalls sonderbar, als er zurückkam. Sehr sonderbar, und mit der großen Freundschaft der *Chantré-Shäker* war es ganz flott aus danach.«

»Und Sie sind sicher, dass das im Jahr 1955 war?«

»Absolut.«

»Nicht 1956?«

»1956? Wie kommen Sie denn da drauf? Nein, da bin ich mir sehr sicher, das war im Jahr 1955!«

Mike Matzerath schrieb dick die Zahl 1955 in sein Notizbuch. »Wohin ging die Fahrt genau?« Er schaute kurz auf von seinen Notizen.

Diesmal war es Frau Rinkens, die antwortete. »Nach Winningen, zum alljährlich stattfindenden Winzerfest. Ich weiß es noch ganz genau.«

»Winningen, aha, wissen Sie vielleicht auch noch, in welchem Hotel Ihr Mann gewohnt hat?«

»Nein, so etwas hat er nie erwähnt.«

»Und nachdem die Männer wieder zurück waren von dem Ausflug, direkt danach ist die Freundschaft zerbrochen?«

»Sofort.«

»Haben Sie nie nach dem Grund gefragt? Ich meine, das war doch merkwürdig, oder fanden Sie das nicht?«

»Es muss etwas ganz Außergewöhnliches dort geschehen sein. Etwas Schlimmes. Aber glauben Sie mir, Herr Kommissar, es war mir so was von egal, was dort vorgefallen ist. Ich war einfach nur erleichtert, dass dieses Umherziehen endlich vorüber war. All die vielen Stunden, in denen ich alleine zu Hause gesessen habe, immer in Sorge um ihn. Um unsere Ehe, um das schöne Leben, dass wir hätten haben können. Nach Winningen war Otto anders, aufmerksamer, freundlicher. Ich war froh, dass es so gekommen ist.«

* * *

Der Regen setzte ein, als sie die Grünstraße hinabeilte. Unten erkannte sie das Auto am Straßenrand, in das sie gekotzt hatte. Die Frau war wütend geworden, klar, war ja auch eine Riesensauerei. Als Monika den Dorfrand erreichte, war sie nass bis auf die Knochen. Ihre Kleidung klebte schwer und kalt auf ihrer Haut. An dem Wäldchen angekommen, lief sie sofort zu dem Hochsitz hin und kletterte ohne zu zögern hinauf. Zum Glück war die Tür unverschlossen, es war niemand dort. Sie schlüpfte hinein, kauerte sich in eine Ecke und bemerkte erst jetzt, dass sie am ganzen Leib zitterte.

Wie lange sie so gesessen hatte, wusste sie nicht, ohne ein Gefühl für Zeit und Raum verbrachte sie mehrere Stunden in der Ansitzkanzel, deren Luken geschlossen waren und in der es stank. Als sie endlich einen klaren Gedanken fassen konnte, hob sie vorsichtig die Luke direkt vor sich an und linste hinaus. Draußen schien die Sonne. Weit und breit war niemand zu sehen. Sie fror, tief in ihr drin verspürte sie ein Rumoren, ein Magengrummeln, hervorgerufen von heftiger Übelkeit.

Mit weichen Knien stieg sie nach unten, drückte sich durch die nassen Brennnesseln, gelangte in das Innere des Wäldchens und setzte sich auf den Baumstamm, der von der Sonne beschienen war, um sich zu wärmen und ihre immer noch nasse Kleidung zu trocknen.

Bis zum nächsten Tag harrte sie noch aus. Einen ganzen elenden Tag und eine endlos lange Nacht blieb sie, wo sie war. Erst am Dienstag traute sie sich, ihre Deckung zu verlassen. Es war mehr ein Laufen als ein schnelles Gehen, so hastete sie, stolperte sie über die Feldwege hinüber zum Dorf Hochkirchen, wo sie versucht war, im Laden der Frau etwas zum Essen zu kaufen. Doch sie verwarf den Gedanken rasch wieder. Sie musste vorsichtig sein, je weniger Menschen sie sahen, umso besser war es. Unten an der Bundesstraße verbarg sie sich hinter dem Wartehäuschen an der Bushaltestelle. In Zülpich hatte sie Glück, der Bus nach Euskirchen stand schon bereit, kaum, dass sie eingestiegen war, fuhr er los.

Grobi war sauer, gleichzeitig konnte er sein Entsetzen über ihr Aussehen nicht verbergen. »Was ist denn mit dir passiert?«, blaffte er sie an. »Wie siehst du aus? Warum hast du dich nicht gemeldet?«

Monika wusste nicht, welche Frage sie zuerst beantworten sollte. Sie wusste auch nicht, ob sie Grobis Fragen überhaupt beantworten wollte. Was sie wollte, war duschen und dann schlafen. Vielleicht etwas essen, aber duschen war das Wichtigste, heiß und lange. Darum sah sie ihn an, mit ihrem ernsten, melancholischen Blick, von dem sie wusste, dass Grobi darauf stand, und bettelte: »Darf ich zuerst duschen, bevor wir reden?«

Grobi seufzte, gab aber den Weg zur Rumpelkammerdusche frei. Das Wasser so heiß, dass ihre Haut schon feuerrot war, viel Seifenschaum und eine ganze Handvoll Eiershampoo, so kämpfte Monika gegen den Dreck auf und in ihrem Körper an. Grobi rief, dass er gleich losmüsse, zum Porto, und sie überhörte es, nahm einfach nur noch eine weitere Portion vom Shampoo.

Als sie endlich fertig war, war Grobi endgültig bedient. »Das wurde jetzt aber auch Zeit. Ich muss los, Monika. Du tauchst hier einfach auf, nachdem du fünf Tage verschwunden warst, sagst nichts, keine Erklärung, nichts, und verschwindest für eine geschlagene halbe Stunde unter der Dusche. Verdammt, so geht das nicht«!

Monika schwieg. Er hatte ja recht, wenigstens anrufen hätte sie ihn sollen. »Ach, Grobi«, jammerte sie, »mach es mir doch nicht so schwer. Es ist … ich war … ach, Mann. Ich weiß doch auch nicht, was ich dir sagen soll.«

»Sag doch einfach, was los ist. Kann doch nicht so schwer sein, oder?«

Wieder schwieg sie. Dann musste er los, verdammt, aber den Job im Porto durfte er nicht auch noch verlieren, darum nahm er sie in den Arm, küsste sie, und sie ließ es geschehen, obwohl ihr immer noch speiübel war. »Du riechst gut«, flüsterte er ihr ins Ohr, »bleib wach, nachher.« Sie spürte noch den Klaps auf ihren Po, als Grobi schon draußen war, erschöpft legte sie sich in sein Bett und schlief augenblicklich ein.

Am nächsten Mittag saßen sie sich auf Grobis Bett gegenüber. Doppelkekse waren keine mehr da, darum bestand das Frühstück an diesem Tag nur aus Coca-Cola. Monika hätte auch gar nichts essen wollen, schon der Gedanke daran ließ erneut Übelkeit in ihr aufsteigen. Vorhin hatte sie sich übergeben müssen, war gerade noch zum Klo gekommen, als schon zäher, dunkler Schleim aus ihrem Mund geschossen kam.

Grobi trank und rülpste leise, dann blickte er Monika herausfordernd an. »Also los, sag schon, wo warst du?«

Es war ihr klar gewesen, dass er nicht lockerlassen würde. »Ich war in Nörvenich.«

»Wie Nörvenich? Kennst du da jemanden?«

»Nein, ich hatte etwas zu erledigen.«

»Und das hat ganze fünf Tage lang gedauert? Ich dachte, du kennst da jemanden?«

»Es war nicht so einfach.«

Grobi schraubte den Verschluss auf die Colaflasche und donnerte sie aufs Bett. Er war wütend. Er war doch wirklich geduldig, das konnte niemand bestreiten, aber jetzt war es genug! Jetzt wollte er endlich ein Ende machen mit dieser blöden Geheimniskrämerei. »Monika, ich lass mich nicht länger für blöd verkaufen«, brüllte er los. Zum ersten Mal erlebte sie ihn wirklich zornig, sie wusste, dass sie das Spiel überreizt hatte. Jetzt würde sich zeigen, wie er wirklich zu ihr stand.

Sie war vorbereitet, heute Morgen auf dem Klo hatte sie beschlossen, Grobi die Wahrheit zu sagen. Vielleicht war es ja sogar besser, wenn sie zu zweit waren. Sie zog ihre Umhängetasche heran und kramte die Pistole hervor.

Grobi schreckte zurück. »Was ist das denn? Ist die echt?«

»Klar ist die echt. Hab ich in Lüttich gekauft.«

Grobi bemühte sich, das Gesehene und Gehörte zu verstehen. Weil Monika die Česká wieder in der Tasche verschwinden ließ, entspannte er sich ein wenig. »Mensch Monika, verdammt, was soll das alles? Ich will jetzt sofort wissen, was hier gespielt wird. Sofort!« Er war aufgesprungen, ging vor dem Bett auf und ab.

»Es ist irgendwie kompliziert, Grobi. Hat mit meiner Mutter zu tun, eine richtige Scheißsache ist das. Sie hat es mir erzählt, erst vor Kurzem, und darum muss ich es tun! Ich kann nicht anders.«

»Was musst du tun? Ich versteh gar nichts, verdammt.«

In diesem Moment war sie so weit. Mit leiser Stimme begann sie zu sprechen. Sie ließ nichts aus, nicht das kleinste Detail, und je länger sie sprach, umso lauter wurde sie und umso mehr wurde aus Grobis erstauntem Gesicht eine angewiderte Fratze.

Als sie geendet hatte, blieb er stumm. Dann stammelte er: »So eine Scheiße! Du bist ja irre, vollkommen irre.« Das war nicht die Reaktion, die sie sich erhofft hatte. Hopp oder topp, dazwischen gab es nichts, und der Blödmann hatte hopp gewählt. Grobi packte sie am Arm, zog sie vom Bett und stieß sie zur Türe hin. »Raus«, sagte er, mehr nicht, »raus hier, sofort!« Sie nahm ihre Tasche an sich, es hatte keinen Zweck mehr, ihre gemeinsame Zeit war vorüber, genau in diesem Moment. »Bitte, Grobi, sag es keinem«, bettelte sie, dann verließ sie die Wohnung, ohne zu wissen, wohin sie gehen sollte.

Es war schon später Nachmittag, als es ihr endlich gelang, sich von der Bank an der Erft zu erheben. Wie von einer unsichtbaren Schnur gezogen, brach sie auf zur Alfred-Nobel-Straße. Wo hätte sie auch sonst hingehen sollen? Sie hatte keine Kraft darüber nachzudenken, sie ließ sich treiben, ohne Gegenwehr, hinüber zum Rosental, hin zu ihrer Mutter. Drüben lag Arko schläfrig vor dem Haus als er sie bemerkte, sprang er auf, schlug an und zerrte wie toll geworden an seiner Kette. Die Mädchen saßen auf der bröckeligen Mauer, sie schauten auf, als der Köter zu bellen begann, erkannten Monika und machten sich davon. Die Oberschlunze war nicht dabei. Dann tauchten die Schrottkarren auf, Monika verlangsamte ihre Schritte, suchte nervös das Gelände nach Skopin ab. Er war nirgends zu sehen. Ihr Herz schlug schneller, als sie sich ihrem Haus näherte, doch Skopin blieb verschwunden. Dann war sie am Ziel, es dauerte lange, bis ihre Mutter die Haustüre öffnete, sie war betrunken, sagte etwas, das Monika nicht verstand, wendete sich gleich wieder ab, um in die Küche zu wanken. Monika folgte ihr. Alles war wie immer, Gisela Langhoff hockte schon wieder am Tisch, der verkratzt war und auf dem diese Unordnung herrschte, als wären alle Teile darauf fest zementiert. Stinkender Zigarettenrauch waberte um die Deckenlampe herum, die eingeschaltet war, obwohl das Zimmer von der tiefstehenden Sonne durchflutet war. Auf dem Boden lag ein Kaffeepott, zerbrochen, niemand machte sich hier die Mühe, die Scherben aufzusammeln. Bierflaschen um einen überquellenden Aschenbecher herum drapiert. Gisela gekleidet, als trüge sie dieselben Sachen schon wochenlang. Ein Stillleben der besonderen Art. Abstoßend, tieftraurig. Es war ihr Leben, das Leben der Langhoffs im Rosental.

Gisela sagte etwas, es klang wie: »Bist du wieder da?«

»Bin ich«, antwortete Monika, »bleib ein paar Tage hier.«

Ihre Mutter nickte wie ein kleines Kind, das verstanden hat, was man ihm gesagt hatte.

Toastbrot war da und Rübenkraut, das hatte fast nie in diesem Haus gefehlt. Es war wie die wundersame Brotvermehrung am See Genezareth, von der ihnen in der Schule erzählt worden war. Speisung der Armen oder so was Ähnliches. Monika fand ein sauberes Messer, das Brot war alt, aber genießbar, und dann verschwand sie, ohne ein weiteres Wort zu verlieren, in ihrem Zimmer.

In dieser Nacht träumte sie schlecht. Schlechter, als sie je zuvor geträumt hatte. Der Traum begann mit weißen Einhörnern, die sie böse wiehernd, sich auf die Hinterbeine stellend, attackierten. Schlumpfinchen auf der Bettkante mutierte zu einem geifernden Monster, das sich schließlich in die erschrockene Visage Otto Rinkens verwandelte, der blutüberströmt auf Monika lag, sie zu erdrücken drohte, sie mit seinem Blut besudelte. Im Hintergrund tobte Arko an der Kette, und die Schlunzen standen um sie herum und sangen Spottlieder auf sie.

Das Erwachen am Morgen war wie die Erlösung aus höchster Bedrängnis. Als würden sie von nun an nur noch Freude und Wärme bis an ihr Lebensende verheißen, so warm und friedvoll drangen die Sonnenstrahlen durch das Fenster auf ihr Bett und tauchten die Schlümpfe auf der Bettwäsche in warmes Licht. Monika war übel, sie sprang auf und erbrach sich in der Küche über dem Spülbecken.

Etwa eine Woche später geschah ein tragisches Unglück im Rosental. Der Stadt-Anzeiger titelte: *Tragischer Tod eines Gebrauchtwagenhändlers in der Alfred-Nobel-Straße.* Rudi Skopin hatte unter dem Opel Kadett gelegen, um eine Reparatur auszuführen. Der Vorderreifen war demontiert, als der Wagenheber aus ungeklärter Ursache auf dem unebenen Boden zur Seite kippte, sodass das Fahrzeug den Mann unter sich begrub. Thorax und Kopf wurden schwer verletzt, mehrere Rippen durchstießen Herz und Lunge. Jede Hilfe kam zu spät, der Mann verstarb am Unglücksort.

Meggie erhob sich von ihrer Couch, watschelte zur Haustür und brach dort schreiend zusammen. Rettungskräfte gaben ihr eine Spritze und brachten sie ins Krankenhaus, wo der behandelnde Arzt ihr dringend zu einer Adipositas-Kur riet. Von dem Aufruhr vor ihrem Haus nahm Gisela Langhoff keine Notiz, und der Schwangerschaftstest, den ihre Tochter Monika an diesem Tag durchführte, war positiv.

Fast zwei Wochen blieb Monika noch im Rosental. Kümmerte sich um das Essen, fegte die Küche aus und ging einkaufen. Tütensuppen, Eierravioli in Dosen, Zigaretten und Bier natürlich. Dann wurde es Zeit, sich wieder um ihre Mission zu kümmern. Wieder packte sie ein paar Sachen in ihre Umhängetasche, Wäsche, einen Pullover und diesmal auch etwas zu essen. Dann, am Mittag des 20. Juli 1973, verabschiedete sie sich von ihrer Mutter.

»Ich muss dann mal wieder«, sagte sie und strich Gisela über das fettige Haar. Die sah auf zu ihr, ohne zu lächeln, ohne ein Wort zu sprechen. Monika fragte sich, ob ihre Mutter wusste, wohin sie ging. Sie, Monika, die sich noch vor Kurzem vor den harmlosesten Dingen fürchtete. Die noch niemals nach Köln gefahren war, um dort »Ho-Ho-Ho-Chi-Minh« zu skandieren. Deren Puppe aus Kindertagen auf der Bettkante saß, während Skopin draußen zerquetscht unter dem Opel gelegen hatte. Die Monika Langhoff, die nur ganz selten Karl-Heinz Köpcke im Fernsehen gesehen hatte, wenn er mit ausdruckslosem Gesicht die Nachrichten vom Blatt ablas. Weil der Fernseher immer nur zu Unterhaltungssendungen eingeschaltet wurde. Wie die quietschbunten Shows mit Peter Alexander, bei denen ihre Mutter das Gerät jedes Mal wieder ausschaltete, sobald Rudolf Schock auf dem Bildschirm erschien. Der nie jemand etwas vorgelesen hatte, als sie klein war und nicht einschlafen konnte am Abend. Diese zarte, blasse Monika brach jetzt erneut auf, mit der Pistole in ihrer Umhängetasche, die sie noch einmal abfeuern würde. Aber davon wusste Gisela nichts. Wahrscheinlich ahnte sie es noch nicht einmal. Zu sehr hatte der Alkohol ihren Geist getrübt, aber das war Monika in diesem Moment sogar recht. Keine Fragen. Keine Vorhaltungen.

»Tschöh«, nuschelte Gisela, »wann kommst du wieder?«

»Bald«, antwortete Monika, »ganz bald«, aber das war nicht mehr als eine bloße Vermutung.

9. KAPITEL

Winnigen also. Im September 1955. »Das ist verdammt lange her«, stellte Mike Matzerath nüchtern fest. Er und sein Chef Emil Glasmacher waren
sich darin einig, dass die *Chantré-Shäker* dort vermutlich eines der vielen Weinfeste besucht hatten, die um
diese Zeit in den nahen Weinanbaugebieten veranstal-
tet wurden. Sie mussten unbedingt erfahren, was dort
geschehen ist. Und dabei konnte ihnen jetzt wohl nur
noch Walter Töller helfen. Oder der Drache in seinem
Haus. »Es nutzt ja nichts«, sagte Matzerath, »wir müssen wohl noch einmal gegen den Drachen in der Junkerstraße zu Felde ziehen. Wohlan denn, Ritter Emil, auf in
die Schlacht, mit frohem Mute.« Sein Mund unter dem
üppigen Schnurrbart verformte sich zu einem breiten
Grinsen.

Glasmacher stutzte ein wenig, was war das nun wieder? Flache Witzchen während einer Mordermittlung?
Das Grinsen in Matzeraths Gesicht dauerte an, seine
Augen blitzten aufmunternd, bis Glasmacher schließlich lächelte. Warum nicht, dachte er, Michael hatte
wohl recht, locker bleiben, nicht verkrampfen. »Nun

gut, mein Knappe«, sagte er, und es gelang ihm sogar, dabei fröhlich zu klingen, »führe er mich zum Feind.«

Sie störten beim Hausputz. Trude Töller öffnete die Haustür und hätte sie, ihrem Geschichtsausdruck nach zu urteilen, am liebsten gleich wieder zugeknallt. Den Stil ihres Wischmopps wie ein Schutzschild vor sich haltend, stand sie vor ihnen. Ihre gelben Gummihandschuhe waren nass, ein paar Schweißperlen standen auf ihrer Stirn. »Ich hab jetzt aber gar keine Zeit für Sie, am besten ist, Sie kommen wieder, wenn mein Mann hier ist.«

»Wir wollten zu Ihnen, Frau Töller. Nur ein paar Fragen noch, bitte. Es ist wichtig.«

Ein besorgter Blick über die Schulter der Polizisten nach draußen, dann gab sie mit einem vernehmlichen Seufzer nach. »Aber wirklich nur kurz, und die Schuhe ausziehen, Sie sehen ja, hier ist frisch geputzt!«

Sie behielten ihre Schuhe an, beide betraten sie den Hausflur nur so weit, dass sie die Türe hinter sich schließen konnten. Hier war der Boden noch nicht gewischt worden. Frau Töller wollte etwas sagen, schwieg dann aber. Die Fragen der Polizisten bezogen sich auf die Freundschaft ihres Mannes mit Rinkens und Grotewohl. Welche Erinnerungen sie an die Zeit vor etwa 15 bis 20 Jahren habe. Ob sie den Begriff *Chantré-Shäker* kenne und ob sie sich erinnern könne, wann und warum die Freundschaft erloschen sei?

»Also hören Sie mal, das ist aber jetzt sehr weit hergeholt.« Trude Töller hielt sich mit beiden Händen am Stil des Wischmopps fest.

»Ist es nicht. Das sind ganz konkrete Fragen. Zu einer Situation, die so lange ja nun auch wieder nicht zurückliegt. Daran müssen Sie sich doch noch erinnern können.« Mike Matzerath hielt Stift und Notizblock bereit.

»Ich muss gar nichts!« Die gelben Handschuhe umklammerten den Holzstil. »Ja, Walter hat die beiden gekannt. Aber was das mit diesen Scheckern sein soll und wann diese angeblich so große Freundschaft zu Ende ging, du meine Güte, das weiß ich nun wirklich nicht mehr.« So als wäre damit alles gesagt, begann die Töller damit, den Wischmopp vor sich hin und her zu führen.

Wollte die jetzt etwa weiterputzen? Die wusste doch was! Gerne hätte Glasmacher ihr den verdammten Mopp aus der Hand gerissen, stattdessen sagte er so ruhig, wie es ihm möglich war: »Frau Töller, wir ermitteln hier in einem Mordfall. Und wir haben Grund zur Annahme, dass Sie oder Ihr Mann durch Ihre Aussagen erheblich zur Lösung des Falls beitragen könnten. Also bitte, denken Sie nach.«

Der Wischmopp stoppte kurz vor Glasmachers Füßen. Ohne aufzusehen, presste der Drachen hervor: »Da gibt es nichts nachzudenken! Ich weiß nicht, was Sie noch von mir wollen. Außerdem muss ich jetzt weitermachen, also, bitte, wenn Sie jetzt gehen würden …«

Die Schlacht war geschlagen. »Bitte richten Sie Ihrem Mann aus, dass wir ihn noch einmal sprechen wollen. Morgen früh um acht, in unserem Büro.« Gerade eben gelang es Emil Glasmacher noch, seine Anweisung vorzubringen, da schlug auch schon die Türe hinter ihnen zu.

Die Farbe des teigigen Gesichts ähnelte der Farbe der Popeline-Jacke. Das blassgelbe Hemd spannte sich über

den gewölbten Bauch, die Krawatte blau-grau quer ge-
streift. Die abgegriffene Aktentasche wieder auf dem
Schoß, so saß Walter Töller am nächsten Morgen auf
die Minute pünktlich auf dem Stuhl vor Emil Glasmachers Schreibtisch. Der Stuhl gab sein Bestes, mit einem
leisen Knarzen wimmerte er um Gnade, als Töller sich
dem Kommissar zuwendete, der in diesem Moment das
Büro betrat. »Ich war für acht Uhr herbestellt«, Töllers
Gestalt war komplett in den gelben Schein der zugezogenen Vorhänge getaucht.

»Guten Morgen, Herr Töller, es ist acht Uhr zwei,
schön, dass Sie sich Zeit für uns genommen haben.«
Schwungvoll nahm Glasmacher auf seinem Stuhl Platz.

Ein kurzer Blick auf das letzte Vernehmungsprotokoll,
und die Befragung konnte beginnen.

»Herr Töller, Sie haben ausgesagt, dass es damals keinen konkreten Grund für das Ende Ihrer engen Freundschaft zu Otto Rinkens und Ernst Grotewohl gegeben
habe.«

»Das ist korrekt.«

»Weiter haben Sie gesagt, dass Sie sich nicht genau erinnern können, wann es zum Bruch kam.«

»Auch das ist wahr.«

Glasmacher schaute auf vom Protokoll. Töller fixierte
ihn mit festem Blick.

»Ist Ihnen in der Zwischenzeit dazu noch etwas eingefallen? Vielleicht können Sie sich heute besser erinnern.«

»Nein, es ist, wie ich sage. Ich weiß nicht, warum Sie
so dermaßen auf dieser blöden Freundschaft rumreiten.
Was soll das alles mit den Morden an den beiden zu tun
haben?«

Wie albern der Kerl jetzt aussah, dachte Glasmacher. Diese verkorkste Figur im hellen gelborangefarbenen Sonnenlicht. Blinzelnd, lauernd. Waren das da etwa kleine Schweißperlen auf seiner Stirnglatze? Ein kurzer Blick hinüber zu Michael reichte, um ihm zu signalisieren, dass jetzt volle Konzentration gefordert war.

»Genau das versuchen wir zurzeit herauszufinden, Herr Töller. Ich gebe Ihnen mal ein paar Stichworte: 1955.«

Der Gelborange zeigte keine Reaktion.

»Winningen.«

Der Stuhl knarzte, weil Töller seine Sitzposition veränderte.

»Die *Chantré-Shäker.*«

Töller schluckte.

Glasmacher wartete. Dann schob er nach: »War das ein Weinfest, das Sie drei zusammen in Winningen besucht haben, damals, im September 1955?«

Über dem engen Kragen des blassgelben Hemdes war eine Halsschlagader deutlich angeschwollen. »Wer soll dort gewesen sein, in diesem Winningen?«

»Sie und Ihre Freunde, Herr Töller. Die legendären *Chantré-Shäker*, wie man Sie drei damals nannte. Waren tolle Zeiten damals, oder etwa nicht?«

Töller fummelte am Hemdkragen herum. »Ich weiß nicht, was Sie meinen.«

»Doch, Herr Töller, das wissen Sie sehr genau! Sie drei waren im September 1955 in Winningen an der Mosel.«

»Nein, waren wir nicht.«

»Und dort ist etwas Außergewöhnliches vorgefallen.«

»Ich weiß nicht, wovon Sie reden.«

»So außergewöhnlich war das, dass die *Chantré-Shäker* sich danach aus dem Weg gegangen sind.«

»Blödsinn.«

»Von einem Tag auf den anderen war es vorbei mit *High Life* in allen Gassen. Nix mehr mit Wein, Weib und Gesang. Was ist der Grund dafür gewesen, Herr Töller?«

Der Gelborange schwitzte stärker, das erkannte Glasmacher deutlich. Sein Atem kam stoßweise, das teigige Gesicht war jetzt ordentlich durchblutet.

»Wir haben Zeit«, kam es von Matzeraths Schreibtisch herüber, »denken Sie gut nach, es kann für uns alle nur von Vorteil sein, wenn Sie verstehen, was ich meine.«

Es wurde still im Raum, nur der Lärm der vielbefahrenen Aachener Straße drang von draußen zu ihnen herein. Matzerath zündete sich eine Zigarette an, während Emil Glasmacher beobachtete, wie die Spannung mehr und mehr aus Töllers Körper wich. Dieser unförmige, schwammige Batzen Mensch schien sich jetzt förmlich über den bedauernswerten Stuhl zu ergießen. Glasmacher musste an das Hämmchen denken, das er in dem Kölner Brauhaus gegessen hatte, in dem er damals zusammen mit Rita eingekehrt war. Sie hatte unbedingt in den Dom gewollt und dann auch noch ins Römisch-Germanische Museum. Er war zwar einverstanden gewesen, aber nach so vielen Stunden, angefüllt mit Geschichte, Kunst und kaltem Stein, da hatte er vorgeschlagen, noch irgendwo auf ein Bier einzukehren. Das Geschirr in dem Brauhaus hatte einen schmalen, blauen Rand gehabt, daran erinnerte er sich noch genau. Und das Hämmchen war köstlich gewesen. Töllers Räuspern riss ihn aus seinen Gedanken. Matzerath zog das Notizbuch zu sich heran, als der Gelborange anhob. »Ich wollte das nicht.«

Sein Kopf hing so tief, dass die Polizisten ihn fast nicht verstanden hatten.

»Ich wollte nicht, aber die beiden waren nicht zu zügeln. Die waren ja etwas jünger als ich, Heißsporne, richtige Hasardeure waren das.«

»Was wollten die nicht?« Töller gab keine Antwort.

»Was haben die beiden gemacht?« Töllers Kinn berührte sein Brustbein.

»Darüber kann ich nicht sprechen.« Töllers Schluchzen übertönte den Lärm von draußen. »Wir sind einfach zu weit gegangen.«

* * *

Mit einem metallischen Scheppern öffnete sich die Falttür des Busses. Dann stand Monika an der Haltestelle Hochkirchen. Bis auf einen Trecker, der einen Hänger vollbeladen mit Strohballen zog, lag die Bundesstraße wie verlassen vor ihr. Schwarzer Rauch drang aus dem Auspuff, der Bus fuhr davon, und Monika überquerte mit raschen Schritten das breite Asphaltband. Oben im Dorf näherte sie sich dem kleinen Lebensmittelgeschäft. *Die Idee, kauf bei Vege* stand auf dem Reklameschild an der Fassade, Monika war durstig, ein Schluck Coca-Cola wäre jetzt genau das Richtige. Einen kurzen Moment nur zögerte sie, dann ging sie hinein in den Laden, in dem es nach frischem Brot und Waschpulver roch. Sofort erschien die Frau hinter der Theke, es war die gleiche Frau wie bei Monikas erstem Besuch hier. Mist, dachte sie, jetzt hatte die Alte sie schon zweimal hier gesehen, aber Monika brauchte etwas zum Trinken, und letzten Endes war es auch egal. Was geschehen würde, nachdem sie ihre Mission beendet hatte, das würde geschehen. Ihr war alles recht.

Monika nahm Coca-Cola aus dem Regal, zwei Flaschen, und Chips und Doppelkekse. An der Theke tippte die Frau auf einer altmodischen Registrierkasse herum, nannte dann den Preis, wobei sie Monika freundlich anblickte. Die große Brille war ihr auf die Nasenspitze gerutscht, mit geübtem Handgriff schob die Frau sie hoch, auf dem Kopf trug sie eine Strickmütze aus weißer Wolle mit einem rosafarbenen Rand. Und das bei diesen Temperaturen. Ihre Kittelschürze war ebenfalls weiß, in ihrer ganzen Erscheinung passte die Frau perfekt in den Laden. Alles hier war adrett und sauber, gut riechend, und die Frau schob Monika ihre Einkäufe hin und lächelte sie jetzt an. »Heute sogar zwei Flaschen?«

Monika kramte das Geld aus ihrer Hosentasche, dabei nuschelte sie »Hmm« und nickte mit dem Kopf.

»Wohnst du hier im Ort?« Die Frage kam wie beiläufig, das Geld klimperte in der Kasse.

»Nein, bin zu Besuch hier.«

»Ach, hier in Hochkirchen?«

Gerne wäre Monika mit ihrem Zeugs gegangen, die Frau war ihr zu aufdringlich. Ihr Blick war weiter auf Monika gerichtet. Freundlich und zugewandt, so wie man schaut, wenn man Lust auf einen kleinen, beiläufigen Plausch hat. Aber was hier gerade vor sich ging, das war nicht beiläufig. Ganz und gar nicht, es war Teil ihrer Mission. Vorräte beschaffen für die kommenden drei Tage. Wieder war die Brille verrutscht, kein Wunder, dass sie schwitzt, dachte Monika, mit dieser Mütze auf dem Kopf.

»Nein, unten in Nörvenich«, antwortete sie schließlich und ärgerte sich sofort über ihre Dummheit. Jetzt hatte sie den Namen des Ortes erwähnt, mit dem sie doch niemand in Verbindung bringen sollte.

Die Frau nickte, immer noch freundlich lächelnd. »Und da hast du bei dem schönen Wetter einen Spaziergang gemacht. Richtig so, unten am Bach entlang kann man so schön gehen. Warte, ich geb dir eine Tüte, dann kannst du die Sachen besser tragen.« Blitzschnell waren Monikas Sachen in einer Plastiktüte verschwunden, dann ging die Frau zur Eingangstür und öffnete sie. »Vielen Dank für deinen Einkauf, und beehr uns bald wieder!« Dabei lachte sie jetzt sogar und hielt Monika die Türe auf.

Die nahm die Tüte entgegen, sah den Goldzahn im Mund der freundlichen Frau aufblitzen und sagte: »Mal sehen, ich bleibe ja nicht lange.«

In dem Wäldchen angekommen, stellte Monika beruhigt fest, dass niemand hier gewesen war, sie fand alles so vor, wie sie es vor vier Wochen verlassen hatte. Ein paar welke Blätter von den Pappeln ringsum schwammen auf dem Tümpel, Monika sammelte trockenes Laub und breitete es auf ihrem Lager aus. Erneut standen ihr endlose Stunden im Verborgenen bevor. Bei jedem herannahenden Fahrzeug verspürte sie wieder diese Unruhe und jedes Mal wieder diese Erleichterung, wenn das Fahrzeug vorüberfuhr. Dann die Nacht zum Montag, abnehmender Mond, zusätzlich verfinsterten ein paar Wolken den Himmel.

Das grüne Tor in der Maarstraße war verschlossen, damit hatte sie gerechnet, und es bereitete ihr nicht allzu viel Mühe, es zu überwinden. Der Mann, der da hinter den Gardinen am Fenster erschien, musste Grotewohl sein. Als er vom Fenster verschwand, steigerte sich ihre Anspannung in Unerträgliche. Was, wenn der Kerl jetzt zum Telefon ging, um nach der Polizei zu rufen? Die Česká in der Umhängetasche fest umklammert, schlich sie zur Hauswand und wartete. Endlich vernahm sie ein Geräusch, es drang von der Tür nach draußen, in dem kleinen Fenster daneben meinte Monika eine Bewegung wahrzunehmen. Wie in Zeitlupe bewegte sich die Klinke nach unten. Eine Gestalt erschien im Türspalt, im Halbdunkel erkannte Monika eine Kehrschaufel in seiner Hand. Wie lächerlich, ein Stück Blech gegen ihre Pistole. Als er sich ihr zuwendete, ging alles ganz schnell. Das erschrockene Gesicht, der starre Blick in die Mündung des Pistolenlaufs, der Druck seiner Stirn gegen die Waffe, der dumpfe Bumms, Blut an der Wand. Monika hatte sich gar nicht vergewissert, ob er der Richtige war. Die Situation hier im Hof der Grotewohls war anders, beklemmender, als sie beim Rinkens war. Hier musste es schneller gehen, da war für Fragen einfach keine Zeit geblieben. Wieder war sie schweißnass, als sie das Wäldchen erreichte, und sie hatte sich heftig übergeben müssen, kaum dass sie am ganzen Leib zitternd auf ihrem Baumstamm niedergesunken war.

Den Rest der Nacht verbrachte sie in einem unruhigen Wechsel aus angespannter Wachsamkeit und erschöpftem Halbschlaf. Der folgende Montag führte sie an den Rand des Zusammenbruchs. Ihre körperliche und seelische Überspanntheit zwangen sie dazu, stundenlang auf ihrem Lager zu liegen. Regungslos, durstig, hungrig, mitunter glaubte sie zu fiebern. Zusätzlich quälten sie wirre Gedanken. Zwei von drei, dachte sie, zwei hatte sie erledigt, einer fehlte noch. Diese Gewissheit erfüllte sie weder mit Freude noch mit Genugtuung. Ganz im Gegenteil, der Hass loderte immer noch in ihr, brannte in ihren Eingeweiden, und jetzt hoffte sie, dieser Schmerz würde endlich vorübergehen, wenn sie ihre Mission vollständig erfüllt hatte. Sie dachte an den neuen Menschen, der da in ihrem Bauch heranwuchs, sie musste es Grobi sagen, oder besser doch nicht? Sie dachte an ihre Mutter, an diese betrunkene Frau in ihrem schäbigen Haus im Rosental. Der zerquetschte Skopin unter seinem Auto und das viele Blut aus Grotewohls zerschossenem Kopf kamen ihr in den Sinn. Und sie dachte an diese Frau in dem Lebensmittelladen, die auch im Sommer eine Strickmütze trug. Der Gedanke an sie war in diesen Stunden der einzige, der nicht verstörend war. Die Frau hatte am Freitag nichts Negatives zu den zwei Flaschen Coca-Cola gesagt, war freundlich geblieben, hatte ihr sogar die Tür offen gehalten. Monika erinnerte sich an das lächelnde Gesicht der Strickmützenfrau, bevor die Erinnerung schon wieder vom Bild des toten Grotewohl verdrängt wurde.

Sie wartete noch einen Tag, bis Dienstag, den 24. Juli 1973, um sich auf den Weg hinüber zur Bushaltestelle zu machen. Unterwegs war sie versucht, noch einmal in das Geschäft zu gehen. Doch sie tat es nicht, sie blieb vorsichtig. Auf staubigen Feldwegen umging sie das Dorf Hochkirchen und versteckte sich wieder hinter dem Wartehäuschen, bis der Bus nach Zülpich endlich vorfuhr.

Das Rosental lag in schläfriger Mittagsruhe, als Monika dort eintraf. Bis auf Arkos Gebell und die laute Musik, die aus einem der vorderen Häuser drang, war es ruhig zwischen den Gebäuden, die ja eigentlich mehr Baracken als Häuser waren. Doch die Ruhe war trügerisch; kaum dass Monika ihre Küche betreten hatte, sprang Gisela Langhoff schon auf und redete auf sie ein. Dass sie sich von ihrem Stuhl erhob, mit dem sie an manchen Tagen wie verwachsen schien, dass sie auf sie einredete, es war mehr ein Brabbeln, bei dem sie ihren schlechten Atem verströmte, das war Monika Warnung genug. Es musste etwas geschehen sein. Sie hatte sich auf ihr Bett werfen wollen, schlafen wollen, sich weit wegträumen wollen, doch nun stand ihre Mutter vor ihr und überschüttete sie mit einer Wortkaskade von nie gekanntem Ausmaß. Hier, in der trägen, schwerfälligen Abgeschiedenheit des Rosentals, hier, wo alles Streben und alles Machen und Hoffen zum Erliegen gekommen war, hier war ganz ohne Zweifel etwas geschehen. Gisela sprach von Skopin, der tot war, und von den Polizisten, die in ihrem Haus waren. Die nach Monika gefragt hatten. Die angedeutet hatten, dass es Hinweise für ein Fremdverschulden am Tod Skopins gebe. Die ihr aufgetragen hatten, sich zu melden, sobald Monika wieder nach Hause gekommen sei.

»Die fette Meggie hat das denen geflötet«, schimpfte Gisela, »die will sich an uns rächen, darum versucht sie, dich da reinzuziehen.« Gisela stand an den Herd angelehnt da, ihr Brustkorb hob und senkte sich heftig. Sie war aufgebracht. »Wir haben doch gar nichts mit der Scheiße da draußen zu tun!«, fauchte sie. »Dem Schwein knallt die Karre auf den Kopp, und wir sollen es schuld sein.«

Monika schwieg. Ihr war übel, im Haus war es stickig, die Luft war erfüllt mit dem Geruch von Armut.

»Wir sind doch nicht schuld, Monika, wir doch nicht.«

Monika senkte den Kopf, sie konnte ihre Mutter nicht anschauen. Schwer wie Blei lag die Stille im Raum, sogar Arko hatte aufgehört zu bellen. Giselas Atem ging etwas flacher jetzt, sie sah zu ihrer Tochter hinüber, die hielt immer noch den Blick gesenkt.

Und dann schenkte die göttliche Vorsehung der Gisela Langhoff einen winzigen lichten Moment. Vielleicht war aber auch eine gänzlich andere Macht für diesen lichten Moment verantwortlich, für diesen kurzen Augenblick des Verstehens. Gisela schluckte, ihr Mund war trocken wie die leeren Bierflaschen auf ihrem verkratzten Küchentisch. »Wir sind doch nicht schuld? Monika, oder etwa doch?« Sie erhielt keine Antwort. Da wankte Gisela zurück zum Tisch, ließ sich fallen auf ihren Stuhl, schien im gleichen Moment schon wieder mit ihm zu verwachsen, mit dem alten, weiß lackierten Küchenstuhl, auf dem schon ihr Vater und einige der Hasardeure gesessen hatten. »Monika«, flüsterte sie jetzt, griff dann nach der Bierflasche, die vor ihr auf dem Tisch stand, und trank in tiefen Zügen daraus.

»Nur noch heute Nacht«, kam es schließlich von Monika, »nur noch einmal ausschlafen, dann verschwinde ich von hier. Sag Ihnen, dass du nichts weißt. Du weißt gar nichts, hörst du? Gar nichts. Vielleicht komme ich wieder, irgendwann. Vielleicht aber auch nicht.«

10. KAPITEL

Sie hatte die Kleine schon vergessen. Das blasse Mädchen, das ihr im hohen Bogen ins Auto gekotzt hatte. Aber an diesem Nachmittag kam es ihr wieder in den Sinn.

Gerti Aborowski war nach der Arbeit auf dem Heimweg, als sie drüben das Brasselsmaar inmitten der Stoppelfelder liegen sah. »Von da drüben«, hatte die Kleine ihre Frage, wo sie denn hier draußen herkomme, beantwortet und dabei hinüber zum Maar gedeutet. Fast hätte Gerti angehalten, um hinüberzugehen. Nur mal eben einen Blick aus der Nähe auf das Dickicht werfen. Ihr war aufgefallen, wie hoch die Bäume um das Maar herum gewachsen waren, das hatte sie bisher noch gar nicht bemerkt. Ob es wohl immer noch diesen kleinen Tümpel im Innern gab, hatte sie sich gefragt. Als Kind waren sie manchmal mit ihren Fahrrädern dorthin geradelt, für die Mädchen war es immer ein kleines Abenteuer gewesen, während die Jungen sich wie die großen Entdecker fremder Länder benommen hatten. Gerti war weitergefahren, hatte noch rasch ein paar Sachen im Supermarkt in der Burgstraße gekauft. Zu Hause hatte sie sich dann das Abendessen bereitet und saß nun mit dem Teller auf den Knien vorm Fernseher.

In *Hier und Heute* zeigten sie einen Bericht über die Schönheit der Eifel, Massen von Ausflüglern tummelten sich gerade im kleinen Dörfchen Erkensruhr. Gerti sah dicke Männer mit breiten Koteletten bis zum Kinn und blondierte Frauen mit Sonnenbrillen. In Gedanken aber war sie bei dem blassen Mädchen, das sie schon fast vergessen hatte. Warum sie ausgerechnet heute daran denken musste, konnte sie sich nicht erklären.

In der Zeitung war noch einmal ein Aufruf an die Bevölkerung veröffentlicht worden, jede verdächtige Beobachtung, die im Zusammenhang mit den Morden in Nörvenich stehen könnte, sollte bei der Polizei gemeldet werden. *Sei es auch noch so unscheinbar, bitte melden Sie sich, wenn Ihnen etwas ungewöhnlich vorgekommen ist,* hatte da gestanden. Gerti kaute ohne Appetit auf ihren Nudeln herum. Konnte dieses blasse Mädchen tatsächlich etwas mit den Morden zu tun haben? Nie zuvor hatte sie das Mädchen gesehen. Und danach auch nie wieder. Vielleicht hat sie hier im Dorf nur eine Freundin besucht – oder einen Freund?

In *Hier und Heute* waren sie beim Wetter angekommen, Gerti hörte nicht hin. Sie brachte den schmutzigen Teller in die Küche, wieso sollte das Mädchen aus dem Brasselsmaar gekommen sein? Das war doch Blödsinn. Das war nun wirklich ungewöhnlich, total ungewöhnlich. Nein, die Polizei würde sie nicht auslachen, ihre Meldung konnte wichtig sein, darum nahm sie jetzt entschlossen den Hörer von ihrem grauen Endgerät in die Hand, über das sie eine mit Brokat bestickte Abdeckhaut gestülpt hatte, und wählte die Nummer des Polizeireviers in Düren. Von dem, was der Mann am anderen Ende der Leitung sagte, verstand sie nur seinen Namen.

»Matzerath.«

»Hier ist Fräulein Aborowski aus Nörvenich«, sagte sie mit fester Stimme, »ich möchte eine Meldung machen, bitte schön.«

Emil Glasmacher schickte seinen Assistenten alleine raus nach Nörvenich. Gleich am nächsten Morgen sollte er Fräulein Aborowski zu Hause abholen und sich von ihr dieses Maar zeigen lassen. Er bezweifelte, dass diese Information der entscheidende Hinweis sein sollte. Eine junge Tramperin, die angibt, in irgendeinem Gebüsch gewesen zu sein. Was konnte schon dahinterstecken? Während Mike Matzerath sich also auf den Weg machte, rief Glasmacher die Kollegen in Koblenz an, vielleicht hatten die ja einen Fall aus Winningen in ihren Akten, der ihnen weiterhelfen konnte.

Der Feldweg war holprig, darum rollte der Wagen langsam auf das Brasselsmaar zu. »Hier?«, fragte Mike Matzerath seine Beifahrerin, »das Gebüsch hier soll es sein?«

»Ja, genau, das ist das Brasselsmaar.« Gerti Aborowski nickte heftig mit dem Kopf, »von hier sei sie gekommen, hat das Mädchen gesagt. Das ist doch merkwürdig, oder finden Sie das nicht merkwürdig? Ich meine, was soll so ein junges Ding hier draußen am Maar denn wollen?«

Matzerath seufzte, das würden sie sich jetzt mal anschauen, antwortete er und hielt an.

Die Brennnesseln standen hoch und in voller Blüte, an einer Stelle war so etwas wie ein schmaler Pfad erkennbar. Offensichtlich hatte jemand eine Schneise getrampelt. Dann durchschritten sie langsam das Jungholz, Gertie immer dicht hinter Matzerath. Das Jungholz wurde lichter, Vögel flogen auf, in den Kronen der Pappeln saßen Krähen und stießen ihre Warnrufe aus. Schließlich erreichten sie einen Tümpel, daneben lag ein umgestürzter Baumstamm, und gleich hier fiel ihnen etwas Verdächtiges auf. Jemand hatte eine Art Lager gebaut, etwas, auf dem man weich und trocken liegen konnte. Matzerath wies Gerti an, stehen zu bleiben. Vorsichtig näherte er sich, doch der Platz war verwaist, nur noch umherliegender Abfall zeugte von der Anwesenheit eines Menschen. Ein Obdachloser oder ein Landstreicher konnte sich hier aufgehalten haben. Aufmerksam inspizierte Mike Matzerath das Lager. Eine leere Packung Doppelkekse, noch nicht alt, lag da. Und eine leere Flasche Coca-Cola; als Gerti sich danach bückte, fuhr Matzerath sie an: »Nichts anfassen! Wir ziehen uns zurück, ich muss mit der Dienststelle telefonieren.«

Wieder im Büro in Düren angekommen, erstattete er Bericht. Ausführlich wie gewohnt, sodass Emil Glasmacher einen umfassenden Eindruck von diesem merkwürdigen Ort und dem, was Matzerath dort vorgefunden hatte, bekam.

»Sehr gut, Michael. Warten wir ab, was die Spurensicherung herausfindet. Vielleicht ist es ja wirklich nur der Unterschlupf eines Landstreichers. Vielleicht steckt aber auch mehr dahinter. Die Beschreibung des Mädchens haben wir?«

»Fräulein Aborowski sitzt nebenan, der Kollege nimmt ihre Aussage auf.«

Damit war die Sache für Kommissar Glasmacher erledigt. Zunächst, denn vernachlässigen durften sie in diesem Scheißfall nichts. Nicht den geringsten Hinweis. Er dachte sogar darüber nach, ein Phantombild des Mädchens anfertigen zu lassen. Doch er verwarf den Gedanken wieder, noch konnte er nicht erkennen, wie das Lager im Brasselsmaar, das bleiche Mädchen und die Morde in Nörvenich zusammenhängen sollten. Winningen war jetzt viel wichtiger, der Gedanke, dass der letzte gemeinsame Ausflug der *Chantré Shäker* dorthin etwas mit den Morden zu tun haben könnte, ließ ihn nicht mehr los. In Winningen war etwas vorgefallen, etwas Ungewöhnliches, etwas Schlimmes. Wenn sie wussten, was das war, dann wären sie ein gutes Stück weitergekommen im Fall Kopfschuss.

»Okay, Michael, sehr gut. Und jetzt sollten wir nach Winningen fahren.«

»Sofort?«

»Natürlich sofort«, Glasmacher sah auf die Uhr, »kurz nach zehn, der Tag ist noch lang, und es gibt noch viel zu tun.«

Die Unordnung auf seinem Schreibtisch war mittlerweile zum Dauerzustand geworden. Und auch die Vorhänge blieben so, wie sie waren. Zugezogen, immer. Die Fahrt über die A 61 verlief reibungslos. Hinter dem Ahrtal tauchten die ersten LKW aus den Lavagruben in der Vulkaneifel auf, Matzerath überholte sie alle, verließ an der Anschlussstelle Koblenz-Metternich die Autobahn, und als sie in Winningen angekommen die August-Horch-Straße hinunterfuhren, da zeigte die Uhr im Armaturenbrett gerade mal 11:30 an.

»Parken Sie hier unter den Arkadenbögen«, wies Glasmacher ihn an, als sie das Moselufer erreicht hatten. Gerade donnerte über ihnen ein endlos langer Güterzug hinweg, Glasmacher sprach sehr laut, als er ihre Aufgabe hier in Winningen formulierte: »Also dann, alle Hotels abklappern, Gaststätten und Weinstuben ebenfalls. Klinken putzen, Michael, mit gedrücktem Daumen.«

* * *

Vielleicht komme sie wieder, hatte Monika gesagt. Gisela saß auf diesem verdammten Stuhl. Saß, trank bitteren Kaffee und versuchte, ihre Gedanken zu ordnen. Heute Morgen, als sie nach dem Aufstehen in Monikas Zimmer geschaut hatte, da war die schon verschwunden. »Vielleicht komme ich wieder, vielleicht aber auch nicht.« Die Worte hallten nach, hatten sich festgesetzt in Giselas Kopf, der mal mehr und mal weniger angefüllt war mit dem zähen, klebrigen Brei aus dunkler Erinnerung und zerbröselter Hoffnung.

Es war still im Rosental, niemand schien auf der Straße zu sein, das Haus der Skopins nebenan stand leer. Das Schwein war tot, und der fetten Meggie versuchten sie in irgendeiner Heilanstalt ihre Fresssucht und ihre Blödheit auszutreiben. Da, wo das Haus der Jablonskis gestanden hatte, war jetzt eine Brachfläche, auf der das Unkraut so hoch stand wie einst die Piefen der Zwiebeln in ihrem Garten. Der Caterpillar war ein Stück entfernt abgestellt worden. Die Schaufel wie ein gefräßiges

Maul in einen Erdhügel gedrückt, stand er schmutzig und nach Motoröl riechend da, einem lauernden Ungeheuer gleich, das nur darauf wartete, sich die nächste Bruchbude an der Alfred-Nobel- Straße einzuverleiben.

»Vielleicht komme ich wieder, vielleicht aber auch nicht.«

Was hatte das alles zu bedeuten? Gisela konnte sich Monikas Verhalten nicht erklären. Dieses ständige Hin und Her, mal zog sie aus, dann wieder ein. Mal blieb sie ein paar Tage fort, dann wieder eine Woche und länger. Hatte es etwas damit zu tun, dass sie ihrer Tochter zu viel erzählt hatte? Hätte sie schweigen sollen? So wie sie schon seit 17 Jahren schwieg? Der klebrige Brei begann zu wabern in ihrem Kopf, das Nachdenken strengte sie an. Was hatte sie Monika eigentlich erzählt? Alles? Jedes Detail? Gisela konnte sich nicht mehr genau erinnern, sie öffnete die erste Flasche an diesem Tag, trank, und weil es so ruhig war im Rosental, darum wurde sie plötzlich ganz schläfrig. Schließlich kreuzte sie ihre Unterarme auf dem verkratzten Tisch, vergrub ihr Gesicht in den Ellenbogen und driftete ab in die Zeit, in der sie jung war und noch keine Ahnung hatte von dem, was das Leben für sie bereithielt.

Ihr Vater ist da, seit dem Krieg kann er nicht mehr arbeiten. Die Mutter schreit ihn an, es geht um Geld. Es geht immer um Geld. Ihre kleine Schwester stirbt, der Sarg ist winzig. Dann wohnen sie im Rosental, das Haus ist sauber, sie hat ein eigenes Zimmer, aber die Eltern streiten sich weiterhin, an jedem Tag. Nachdem sie die Schule verlassen hat, geht sie zu Frau Windhagen in der Neustraße ins Geschäft. Damenoberbekleidung, die freundliche, alte Frau bildet sie zur Schneiderin aus. Zu der Zeit sagen ihr die Jungen, dass sie hübsch sei, doch das sagen sie nur, damit sie mit ihnen ins Bett geht. Bei Karl gibt sie nach, danach will er nichts mehr von ihr wissen und erzählt überall, sie sei eine kleine Nutte. Als Frau Windhagen stirbt, kann sie ihre Lehre nicht fortsetzen. Ein Mann auf dem Arbeitsamt starrt ihr in den Ausschnitt und rät ihr zu einer Lehre im Hotelbereich. »Da werden immer Leute gesucht«, sagt er und gibt ihr eine Handvoll Zettel mit Adressen. Im Hotel Joisten am Alten Markt wollen sie Gisela nicht haben, ein anderes steht in Bad Münstereifel, die Frau dort ist unfreundlich, will wissen, wo sie wohnt, und sagt dann, es tue ihr leid, aber die Stelle sei schon vergeben. Der Vater geht zur Telefonzelle und ruft eine Nummer nach der anderen an. Als er nach Hause kommt, sagt er, sie könne im Hotel Schwan anfangen. Das Hotel Schwan steht in Winningen, an der Mosel, Gisela weint, und niemand tröstet sie. Dann ist sie am Bahnhof in Koblenz, es ist laut, und sie weiß nicht, wo der Zug nach Winningen abfährt. Eine Frau hilft ihr, sie muss auch dorthin. Am Ziel angekommen, zeigt sie Gisela den Weg zum Schwan. Das Hotel ist groß, in den Weinbergen hinter dem Ort werden die abgetragenen Ruten der Reben geschnitten, und die Kollegen im Hotel beäugen die Neue feindselig. Sie muss sich um die Gästezimmer kümmern, Betten machen, Klos putzen, die Arbeit macht ihr keinen Spaß. Nach fast einem halben Jahr darf sie zum ersten Mal nach Hause fahren. »Aber erst nach dem Winzerfest«, sagt ihr Chef, »für ein Wochenende.«

Zum Winzerfest ist das Hotel ausgebucht, im Ort wimmelt es nur so von Gästen. Fast alle kommen sie von weit her an die schöne Mosel gereist, und alle sind sie ausgelassen, manche werden sogar anzüglich, als Gisela am Nachmittag helfen muss, Kaffee und Kuchen auf der großen Terrasse zu servieren. Am Abend wird es ruhig im Hotel. Die Gäste ziehen in den Ort, flanieren in den Gassen, kehren ein auf den Winzerhöfen, lassen den guten Moselwein wie Wasser durch ihre Kehlen laufen. Ihr Chef im Schwan hat ihr angeboten, nach ihrer Arbeit im Hotel noch zu kellnern. Im Winninger Weinkeller, den Wirt kennt er gut, und Gisela könnte sich auf diese Weise leicht noch etwas dazuverdienen. Gisela willigt ein, ein paar Mark neben dem spärlichen Lehrgeld in der Tasche zu haben, reizt sie, und die Arbeit wird ihr leicht von der Hand gehen. Als sie endlich den Schwan verlassen darf, ist es schon bald Mitternacht, der Weinkeller ist trotzdem noch rappelvoll. Dicht gedrängt sitzen die Gäste an den Tischen, die Sitzgruppen sind durch Gitter aus schwarzen Schmiedeeisen voneinander getrennt. Schwere Weinfässer dienen als Stehtische, auf denen fast heruntergebrannte Kerzen stehen, die niedrige Gewölbedecke ist vom Ruß und Zigarettenrauch mit der Zeit ganz grau geworden. Die Atmosphäre hier ist heimelig, die Stimmung überbordend. Einen Fuder Wein schenkt der Wirt hier aus, jede Woche, zum Weinfest wird es noch mehr werden.

Gisela bekommt den Tiefkeller zugeteilt, der liegt am weitesten weg von der Theke, fünf Stufen hinab und fünf Stufen wieder hinauf. Bei jeder neuen Bestellung, das haben die alten Hasen hier lange genug gemacht, da soll jetzt mal die Aushilfe die Gäste bedienen. Auch der Tiefkeller ist rappelvoll, hinten im Eck sitzen drei Männer, deren Dialekt dem der Euskirchener ähnelt. Gisela ist freundlich zu ihnen, lächelt sie an, auch dann noch, als einer von denen ihr an den Hintern fasst. Die Zeit verfliegt, es ist zwei Uhr, als endlich die ersten Tische frei werden. Um drei Uhr sind nur noch wenige Plätze besetzt, die letzten Schnapsrunden werden bestellt, Gisela schickt die Gäste zum Bezahlen nach vorne an die Theke. Dann ist sie müde, hundemüde, sie unterdrückt ein Gähnen und bringt den drei Männern in der Ecke eine neue Flasche Winninger Domgarten. Die Flasche ist noch halb voll, als die drei die einzigen Gäste im Tiefkeller sind, oben sind gerade die letzten gegangen. Gisela sucht den Wirt, er steht draußen vorm Weinkeller, raucht und unterhält sich mit einigen Gästen, die sich ziemlich schwankend auf den Nachhauseweg begeben wollen. Sie fragt, ob sie auch gehen darf, sie ist die einzige Bedienung, die noch da ist. Der Wirt beachtet sie nicht, er lacht mit den schwankenden Zechern, und Gisela geht zurück in den Tiefkeller. Wenn die drei alten Knacker keine Wünsche mehr haben, dann würde sie auch gehen, es ist schon nach vier Uhr. Am Tisch angekommen, lächelt sie wieder – und hört auf zu lächeln, als einer den Arm um ihre Hüfte legt und sie zu sich heranzieht. Sie versucht, sich zu lösen, doch der Mann hält sie fest. »Lassen Sie das«, bringt sie hervor, doch der Mann sagt: »Jetzt stell dich mal nicht so an«, steht auf und drückt seinen Unterkörper gegen sie. Auch die beiden anderen stehen jetzt auf, einer packt sie an den Armen und zerrt sie rücklings auf den Tisch. Gläser fallen um, Giselas Rücken wird nass vom Wein, und die umgestürzte Kerze verbrennt ihr den Nacken. Mit Gewalt werden ihre Schultern auf den Tisch gepresst, sie spürt, wie einer der Kerle an ihrem Rock zerrt, dann an ihrem Schlüpfer. Sie stößt einen spitzen Schrei aus, eine fleischige Pranke presst ihr den Mund zu. Dann geht alles ganz schnell, sie glaubt überall Hände zu spüren, die Kerle sind zu stark, und sie sind brutal. Sie weiß nicht, wer von ihnen in ihr ist. »Los, jetzt du, schnell«, die Worte dringen wie aus weiter Ferne an ihr Ohr. Dann hört sie: »Mensch Walter! Jetzt mach schon.« So schnell, wie es begonnen hat, so schnell ist es auch vorbei. Die Kerle tuscheln miteinander, dann ist sie allein im Tiefkeller. Benommen bleibt sie liegen, spürt den Schmerz und rutscht schließlich vom Tisch herunter, kniet auf dem Boden und zerrt an ihrer Kleidung herum. Als sie es schafft, sich zu erheben, ist es mucksmäuschenstill im Winninger Weinkeller. Sie schleppt sich die fünf Stufen hinauf, erkennt verschwommen den roten Vorhang vor der Eingangstüre, stolpert darauf zu, hält sich daran fest. Später kann sie sich nicht erinnern, ob der Wirt noch hinter der Theke oder vor der Türe stand. Nichts von dem, was um sie herum ist, dringt bis in ihr Bewusstsein vor. Drei weitere Stufen hinauf, die Türe steht offen, draußen ist die Morgendämmerung weit fortgeschritten, bis zum Schwan ist es nicht weit, sie stützt sich an Mauern ab, steigt hinauf in ihre Dachkammer und bricht vor ihrem Bett zusammen.

Gisela hob den Kopf. Langsam kehrte sie zurück in die Gegenwart, war wieder in ihrem Haus, an ihrem Tisch. Der Kaffee war kalt, schon wieder, das Bier war schal. Sie schluckte und spürte den üblen Geschmack in ihrem Mund. Sie erinnerte sich, wie sie bald wieder ihre Kammer im Hotel Schwan verlassen hatte, im Gästebuch auf der Empfangstheke die Namen der drei gesucht, den nächstbesten Zug nach Koblenz genommen hat, und dann weiter nach Euskirchen gefahren war. Ohne sich zu verabschieden, ohne ihren Lohn im Winninger Weinkeller zu holen. Ihre Mutter war wütend, der Vater hatte nur mit den Schultern gezuckt. Dann wusste sie, dass sie schwanger war, ihre Mutter war bei ihr, als sie das Mädchen zur Welt brachte, und hat bald darauf die Familie verlassen. Jetzt war sie alleine, mit ihrem Vater und dem Mädchen, dem er den Namen Monika gegeben hatte, als er die Geburt auf dem Standesamt angezeigt hatte. Das Kind tat ihrem Vater gut, endlich schien er eine Aufgabe für sich gefunden zu haben, die er mit großer Hingabe annahm. Er kümmerte sich, während sie immer neue Männer kennenlernte. Immer die falschen, die sie mit falschen neuen Freunden zusammenbrachten, die sich an üblen Orten aufhielten. Monika blieb ihr fremd, und nie hat sie daran gedacht, die Vergewaltigung anzuzeigen. »Selbst schuld«, hatte ihre Mutter gefaucht. Jetzt war Monika fast erwachsen, ungefähr so alt, wie sie damals war. Und jetzt war Monika verschwunden. Wieder einmal. Wo war sie? »Vielleicht komme ich wieder, vielleicht aber auch nicht.«

Plötzlich durchfuhr sie ein Gedanke wie ein stechender Schmerz. Monikas Verschwinden musste etwas mit dem, was in Winningen geschehen war, zu tun haben. Es folgte ein Moment ohne klebrigen Waber in ihrem Kopf, glasklar sah sie es vor sich: Ich habe sie in diese

Sache hineingezogen, dachte sie. Ich habe sie wütend gemacht. Nur zu gut erinnerte Gisela sich daran, zu was ihre Tochter fähig war, wenn die Wut sie packte. Da waren zugeschlagene Türen und zersplitterndes Geschirr auf dem Boden nur der Auftakt zu Tobsuchtsanfällen von infernalischem Ausmaß.

Gisela erhob sich von ihrem Stuhl, sah an sich herunter, ging hinüber in ihr Schlafzimmer und zog ihre sauberste Kleidung an. Sie putzte sich die Zähne, wusch sich das Gesicht und kämmte ihr Haar, das fettig und von grauen Strähnen durchzogen war. Ein letzter Blick in den Spiegel, dann verließ sie das Haus, um hinüber zur Alleestraße zu gehen. Das Polizeirevier lag hinter dem Bahnhof, ein schmuckloser Zweckbau, drei Stockwerke hoch, graue Fassade, Flachdach. Langweilig, so wie alles hier in dieser Stadt, dachte Gisela. Wie gerne wäre sie fortgegangen aus Euskirchen, irgendwohin, wo es kein Rosental und keine Zuckerfabrik gab. Wo sie glücklich gewesen wäre und den warmen Sommerwind in ihrem Haar gespürt hätte. Doch sie war immer noch hier, musste ihre Monika als vermisst melden, denn vielleicht war das Schlimmste ja noch zu verhindern.

»Ach, ist das Fräulein Tochter immer noch nicht aufgetaucht?«, sagte der Polizist, der einen messerscharfen Mittelscheitel trug, als Gisela ihm erklärt hatte, weshalb sie hergekommen war. »Nein«, log sie, »ich mache mir Sorgen, könnten Sie bittschön nach ihr suchen?«

Er war einer der beiden Polizisten, die bei ihr im Haus nach Monika gefragt hatten. Sollten sie Monika ruhig wegen Skopin ausquetschen, war doch egal, was kümmerte sie das? Monika musste erst mal gefunden werden. Der Polizist strich sich eine Strähne aus der Stirn, stellte Fragen, konkrete Fragen, für die Antworten musste Gisela jeweils kurz nachdenken. Rosentalerin, dachte der Mittelscheitelmann, typisch, nix in der Birne und immer besoffen.

11. KAPITEL

Ihre erste Station war das Restaurant Fronhof-Stuben am Moselufer, gleich gegenüber den Arkadenbögen unter der Bahntrasse, vor denen sie geparkt hatten. Lang gestreckt lag es vor ihnen, Fensterlaibungen und Türbogen aus grauem Lavagestein, die Speisekarte in einem goldenen Rahmen gleich neben der Eingangstür. Fremdenzimmer? Nein, die böten sie nicht an. Nein, auch früher nicht, es tue ihnen leid.

In der Fährstraße versuchten es Glasmacher und Matzerath im Fährhof. Üppige Weinreben schlängelten sich an der Fassade entlang, *Weingasthaus Zum Fährhof* stand auf einem Schild über dem Eingang. Drinnen trafen sie auf eine junge Kellnerin, die gleich nach der Chefin rief, die dann wiederum ihren Mann hinzurief. Eine Gästeliste aus 1955? Du liebe Güte! Nee, die habe man nicht mehr. Das sei ja schon ewig her. Könne sein, dass da vielleicht noch was im Keller rumlag, aber da brauche man Zeit zum Nachschauen. »Machen Sie das«, trug Mike Matzerath dem Mann auf, »und melden Sie sich bitte sofort bei uns, wenn Sie etwas gefunden haben. Es eilt nämlich.« Der Wirt nickte, doch Matzerath überkam das Gefühl, dass sie hier wohl vergeblich auf einen Anruf warten würden.

Als Nächstes folgten sie der Fährstraße bis hinauf zum Hotel Emmerich. Es ging bergan, und Matzerath schnaufte vernehmlich in der Mittagssonne. Vor dem Hotel angekommen, wischte er sich mit dem Ärmel den Schweiß von der Stirn, wollte sich zuerst einmal eine Zigarette anzünden, doch Glasmacher drängte zum Weitermachen. »Rauchen können Sie nachher, Michael, wir sind längst noch nicht durch.« Das Hotel Emmerich war größer als der Fährhof, hier schienen sie besser organisiert zu sein, dachte Glasmacher, und Hoffnung keimte in ihm auf.

»Ja, natürlich, die Gästebücher sind alle noch vorhanden«, sagte die freundliche Frau, die sie gleich im Eingangsbereich antrafen. »Nehmen Sie doch bitte hier Platz.« Sie wies auf die rot, grün und beige gestreifte Polstergarnitur vor dem großen Panoramafenster zu ihrer Linken. »Ich hole sie rasch.«

Die Polizisten sahen sich an, das war doch mal was, eine ordentlich geführte Buchhaltung! Der riesige Aschenbecher auf dem Tisch vor ihnen war aus kunstvoll geschliffenem Kristallglas, Matzerath blies genüsslich den Rauch aus, als die freundliche Frau mit einer zerschlissenen Kladde unterm Arm erschien.

»Hier«, sagte sie, »hier hab ich es schon. Januar 1954 bis zum April 1958, da müssten Sie fündig werden.«

Wurden sie aber nicht. Die handschriftlichen Einträge waren mehr oder weniger gut leserlich, Rinkens und seine Freunde waren zum Winzerfest hier gewesen, darum konzentrierten sich die Polizisten auf die Monate

August und September 1955, fanden aber keinen passenden Eintrag. Auch nicht mithilfe der freundlichen Frau, die sehr gut im Lesen von unleserlichen Einträgen war. »Das nennt man dann wohl Pech«, sagte sie und lächelte freundlich.

Über die August-Horch-Straße gelangten sie zurück zum Moselufer, wo schon wieder ein endlos langer Güterzug an ihnen vorüberdonnerte, so laut, dass Glasmacher wieder fast brüllen musste, als er sagte: »Hier ist der Schwan, unsere nächste Station.«

Das Hotel war in einem mondän anmutenden, alten Gebäude untergebracht, es überragte die nebenstehenden Häuser um etliche Meter, die Gästezimmer schienen bis unter das spitze Dach verteilt zu liegen. Zum Moselufer hin gab es einen Anbau, Flachdach, große Fenster mit blühenden Geranien davor. An der Fassade war ein Schild angebracht, *Mosel Terrassen*, davor erstreckte sich eine endlos lang erscheinende Terrasse, auf der unter bunten Sonnenschirmen die ersten Gäste große Stücke Sahnetorte in sich hineinschaufelten.

»Nett hier«, stellte Mike Matzerath fest, »genau das Richtige für betuchte Herren auf großer Ausflugsfahrt.«

Exakt das war auch Emil Glasmachers erster Gedanke gewesen. Zufrieden sah er seinen Assistenten an, der schon wieder rauchte, seine Sonnenbrille abnahm und dem Chef aufmunternd zuzwinkerte.

»Ja, natürlich, die Gästebücher haben wir noch«, sagte ein schmächtiger Portier in einem dunkelblauen Anzug, der gerne eine Nummer kleiner hätte sein dürfen. Wieder wurden sie gebeten, Platz zu nehmen, diesmal ohne Aschenbecher auf dem Tisch, und gerade als sie den nächsten Güterzug draußen vorüberdonnern sahen, erschien eine Frau mit blonder Fönfrisur. Sie legte ihnen ein Gästebuch vor, es glich dem im Hotel Emmerich, und dann wollte die Frau wissen, ob sie den Herren eine Tasse Kaffee bringen lassen dürfe. Der Kaffee war gut, fasst hätte Emil Glasmacher damit das Gästebuch bekleckert, als Michael ihn anstieß und auf einen Eintrag tippte.

»Da haben wir sie ja!« Die fönfrisierte Frau sah zu ihnen herüber, sie war neugierig geworden, weshalb Matzerath seine Stimme senkte. »Da«, sagte er leiser jetzt, »Freitag, 2. September, bis Montag, 5. September 1955, Rinkens, Grotewohl und Töller aus Nörvenich. Drei Einzelzimmer inklusive Frühstück!«

Treffer, Schiff versenkt! Glasmacher setzte die Kaffeetasse ab und sah sich den Eintrag genauer an. Es gab keinen Zweifel, die drei waren hier in diesem Hotel abgestiegen.

Die Fönfrisierte war näher herangekommen. »Wenn die Herren Fragen zu Gästen von damals haben, dann würde ich Sie bitten, mit mir nach hinten zu kommen. Sie können mit meiner Schwiegermutter sprechen, aber das sollten wir wohl nicht hier im Empfangsbereich tun.«

Die Herren konnten ihr Glück kaum fassen. Hastig tranken sie den letzten Schluck vom guten Kaffee, dann folgten sie der Frau wie zwei Schuljungen ihrer Lehrerin.

Oben in der ersten Etage, in einem Eckzimmer, welches das Wohnzimmer der Schwiegermutter zu sein schien, saß eine alte Frau auf einem alten Sofa. Es war still im Raum, ihr Blick ging zum Fenster hinaus, wo die Mosel hinter den Gleisen der nach ihr benannten Strecke Koblenz-Trier in aller Seelenruhe dahinfloss. Die Fönfrisierte sprach die Alte mit »Mutter« an, sie erklärte ihr, warum die Herren gekommen waren. Mutters Blick war hellwach, neugierig musterte sie die Besucher, ihre Augenlider waren gerötet, ihre Haut aschfahl und trocken wie Pergament, aber ihr Geist schien hellwach zu sein. Draußen auf der Moselstrecke blieb es ruhig, kein Donnern und Rumpeln, darum sprach Emil Glasmacher leise, als er seine Frage formulierte. Matzerath reichte der Alten das Gästebuch, sie legte es sich auf den Schoß und betrachtete den Eintrag, auf den Matzerath deutete.

»Ach Gott«, begann sie, »das ist lange her.« Ihre Stimme klang wie die einer Saatkrähe, Glasmacher erschrak, weil er dachte, sie hätten sich zu früh gefreut. Doch dann fuhr die Krähenstimme fort. »Tja, '55«, sagte sie, »das weiß ich noch ziemlich genau. Ich kann mich gerade nicht an die drei Männer erinnern, werden wohl Gäste wie alle anderen auch gewesen sein, wäre da etwas Auffälliges geschehen, wüsste ich es sicher noch. Aber an das andere, daran erinnere ich mich noch.«

* * *

Diese dämliche Meggie. Ihre Mutter hatte recht, vermutlich hatte die fette Kuh ihr die Polizei geschickt. Nun konnte sie sich erst mal nicht mehr blicken lassen im Rosental. Um sich jetzt schon in dem Wäldchen in Nörvenich zu verstecken, war es viel zu früh. Nie im Leben würde sie es bis zur Fortsetzung ihrer Mission dort aushalten. Wohin sollte sie also gehen. Grobi? Sofort verwarf Monika diesen Gedanken wieder. Heute

Abend ins Porto gehen und hoffen, dass sie einen anderen Typen aufgabeln würde, bei dem sie unterkommen konnte? Nein, besser nicht, außerdem konnte sie dort auf Grobi treffen, und es war schon mehr als genug, dass er jetzt Bescheid wusste.

Zudem wäre es wohl besser, aus Euskirchen zu verschwinden, das Pflaster hier war verdammt heiß geworden für sie. Die Schlunzen saßen auf ihrer Mauer, auch die Oberschlunze war dabei, die sogar sitzen blieb, als sie Monika erblickte. »Na, auch mal wieder hier?«, rief sie Monika schon wieder ziemlich keck zu. Ihre Finger steckten in einer offenen Tüte Kartoffelchips, eine ganze Handvoll davon verschwand in ihrem Mund. Bei aller gespielten Lässigkeit erkannte Monika trotzdem, dass sie bereit war, sofort aufzuspringen und davonzulaufen, sollte Monika Anstalten machen, sich ihr zu nähern. Aber der stand gar nicht der Sinn nach derlei Kinderkram. Sie schickte ein verächtliches Lächeln zu der Oberschlunze hinüber, als ihr Blick an der Chipstüte hängen blieb. Das war es, dachte sie, vielleicht war das die Lösung.

Die Strickmützenfrau stand in ihrem Geschäft und räumte Ware in ein Regal. Weißer Kittel, weiße Strickmütze mit rosafarbenem Rand und diese große Brille, alles war so wie bei ihrem letzten Besuch hier. Als sie Monika ansah, lächelte sie wieder, auch dieses freundliche Lächeln war immer noch da.

»Na, wieder am Bach spazieren gewesen?«, sagte die Frau und verstaute den leeren Karton hinter der Theke.

»Nein«, antwortete Monika, »ich hab Sie angelogen.«

Das Lächeln wich aus dem Gesicht der Frau.

»Ich war gar nicht in Nörvenich zu Besuch.«

Die Frau schwieg.

»Ich«, Monika überlegte, was sie sagen sollte, »ich kenne da gar keinen. Also fast keinen, ich bin mit dem Bus gekommen, weil ich was zu erledigen hab.«

Die Frau schob sich ihre Brille zurecht und fragte: »Hier in Hochkirchen?«

»Nein, nicht hier.«

Gleich würde sie rausgeschmissen, dachte Monika, bei dem Blödsinn, den sie hier redete. Aber die Frau schmiss sie nicht raus, sie wurde nicht unfreundlich, vielmehr erschien gerade das freundliche Lächeln wieder unter der Strickmütze.

»Gut, ist sicher wichtig. Willst du denn auch was kaufen heute?«

»Nein, kaufen will ich nichts. Ich wollte ... ich hatte gedacht ...« Weiter kam Monika nicht, fast hätte sie angefangen loszuheulen. Sie biss sich auf die Unterlippe, senkte ihren Blick und spürte, wie sie allmählich die Kontrolle zu verlieren drohte. Wenn sie jetzt nicht stark blieb, dann würde sie vielleicht die gesamte Mission vermasseln. Sie schaffte es, das Zittern ihrer Unterlippe zu beenden, indem sie die Lippen aufeinanderpresste. Sie schluckte und atmete tief ein, dann konnte sie wieder sprechen. »Ich wollte Sie was fragen«, hörte sie sich sagen.

»Ja, was denn?« Der Frau war nicht anzumerken, ob sie Monikas Schwäche bemerkt hatte. »Was willst du mich denn fragen?«

Und dann brach es aus Monika heraus. Ob sie hierbleiben könnte, weil sie sonst nicht wisse, wohin. Doch, ein Zuhause habe sie, aber da sei es irgendwie schwierig im Moment, und nein, beim Jugendamt sei sie nicht gewesem, das wolle sie nicht. Es sei auch nur vorübergehend, ein paar Tage vielleicht, höchstens ein paar Wochen.

»Gleich ein paar Wochen!« Die Strickmützenfrau war baff, damit hatte sie offenbar nicht gerechnet. Da tauchte dieses Mädchen in ihrem Geschäft auf, stellte sich vor sie hin und kam dann mit so etwas. Hierbleiben wollte sie, ein paar Wochen! Die Kleine war ihr gleich merkwürdig vorgekommen, so wie sie sich verhielt, wie sie sprach, wie sie schaute. War das Mädchen eine Streunerin? Aus einem Heim ausgebrochen? Verkehrte sie mit zwielichtigen Haschbrüdern? Die sie geschickt hatten, ihr Haus auszuspionieren? Draußen schlurfte der alte Steinhauser vorüber. Neugierig lugte er durch das Schaufenster, hob seinen Stock zum Gruß und ging weiter. So wie das Mädchen hinter dem Regal stand, konnte er sie nicht gesehen haben.

»Hast du denn keine Verwandten, bei denen du unterkommen kannst?«

»Nein.«

»Keine Freunde? Ich meine, wir kennen uns doch gar nicht.«

»Ich mach Ihnen auch bestimmt keinen Ärger. Wenn Sie wollen, helfe ich bei der Arbeit. Nur eine kurze Zeit, dann bin ich wieder weg.«

»Also, weißt du, das ist jetzt aber wirklich nicht leicht für mich.«

»Ich weiß.« Gleich würde die Frau sie wegschicken, dachte Monika. Sie wagte kaum zu atmen, ihre Zähne kneteten ihre Unterlippe, dass es schmerzte.

»Pass auf«, hörte sie die Frau sagen, »wir gehen jetzt nach hinten, wir zwei, und dann erzählst du mir bitte schön etwas mehr über dich und deine merkwürdige Geschichte. Und lüg mich nicht an, so was merke ich nämlich sofort. Dann sehen wir weiter.«

Durch die Türe hinter der Theke gelangten sie in die Küche, die gleichzeitig Büro und Lagerraum zu sein schien. Eine fette, alte Katze hockte auf dem Boden und fraß aus einem Napf; als sie Monika sah, strich sie ihr laut maunzend um die Beine. Fast war Monika bereit, der Frau die Wahrheit zu sagen, die ganze grausame Wahrheit. Doch dann tat sie es nicht. Sie erfand die Geschichte von der Mutter, die wohl nervenkrank wäre. So sehr, dass sie es nicht mehr ausgehalten hätte zu Hause. Sie hätte der Mutter gesagt, dass sie zum Arzt gehen sollte, sich Medikamente holen müsste, damit es endlich besser würde. In vier Wochen würde sie wieder nach der Mutter sehen, prüfen, ob sie die Zeit genutzt hätte.

»Du hast doch eben noch von drei Wochen gesprochen?«

»Oder drei, ist doch egal.«

»Das ist nicht egal, drei ist drei, und vier ist vier.«

»Okay, dann eben drei.« Falls die Mutter nichts unternommen hätte, dann würde sie sie endgültig verlassen, denn so konnte es nicht weitergehen.

»Solltest du deiner Mutter nicht helfen?«

»Der kann man nicht helfen, das muss sie alleine schaffen.«

Die Strickmützenfrau richtete die Brille auf ihrer Nase, sie dachte nach, das sah Monika. »Wie heißt du eigentlich?«

»Monika.«

»Also gut, Monika, du kannst bleiben. Drei Wochen. Oben ist ein Zimmer frei, da kannst du schlafen. Keine Hilfe im Geschäft, keine krummen Sachen. Wenn mir was komisch vorkommt, rufe ich die Polizei, hast du verstanden?«

»Ja, hab ich. Danke.«

Das Zimmer war trist. Bett, Schrank, Nachtkasten, alles in einfachster Bauart. Ein Waschbecken mit einem Spiegel darüber an der Wand und eine Deckenlampe in der Mitte des Raumes mit staubigem Stoffbezug. Die Frau sah Monika nur morgens beim gemeinsamen Frühstück, darauf hatte sie bestanden. Einen Mann gab es nicht, jedenfalls hatte Monika noch keinen gesehen im Haus. Die meiste Zeit verbrachte Monika in ihrem Zimmer, hörte Radio, blätterte in alten Illustrierten oder starrte einfach nur an die Decke. Die Zeit zog sich zäh wie ein alter Kaugummi. Unten ging die Schelle an der Eingangstür zum Laden. Den ganzen Tag über, und wenn sie einmal eine Zeit lang nicht gegangen war, dann traute Monika sich hinunterzugehen, traf die Strickmützenfrau in ihrer Küche, wo sie ein paar Worte miteinander wechselten. Dann war sie wieder oben in ihrem Zimmer, schaute vorsichtig zum Fenster raus, es regnete, und Monika dachte, besser hier in ihrer Zelle als draußen in dem Wäldchen zu sein.

In Euskirchen brachte Gisela Langhoff ein Foto zur Polizeiwache. Es war das Klassenfoto, das zu Monikas Schulentlassung aufgenommen worden war. Ein anderes hatte sie nicht. Der Polizist strich sich eine Strähne aus der Stirn und murrte, nahm es dann aber doch. Monikas Verschwinden aus dem Rosental war jetzt eine Vermisstenangelegenheit, das Fahndungsfoto zeigte eine blasse, schüchtern dreinblickende, 15-jährige Schülerin, deren Aussehen sich in den vergangenen zwei Jahren kaum verändert hatte.

12. KAPITEL

Die Seniorchefin im Hotel Zum Schwan war ein wahrer Glücksfall. Emil Glasmacher und Mike Matzerath sahen sich an, und ihre Blicke sagten: Hier würde etwas Substantielles für sie herausspringen. Sehr lebhaft konnte sich die Alte noch an das Winzerfest im Jahr 1955 erinnern. Es sei heiß gewesen, erzählte sie mit ihrer Krähenstimme. Der Sommer sei ein guter gewesen in diesem Jahr, das Hotel sei ausgebucht und gutes Personal knapp gewesen. Auch schon damals. Also richtig gutes Personal, ausgebildete Kellner und Kellnerinnen, darum seien sie auch froh gewesen, dass dieses Mädchen bei ihnen angefangen habe. Die Gisela, ja, so habe sie geheißen, und eigentlich habe sie sich auch ganz gut gemacht. Obwohl sie aus weniger gutem Haus stammte, wie man sehr wohl gewusst habe. »Na ja, letztendlich waren wir dann doch wieder enttäuscht worden. Da gibt man so einer schon die Gelegenheit, eine ordentliche Ausbildung zu bekommen, und dann macht die sich einfach aus dem Staub. Von heute auf morgen ist die verschwunden damals. Mitten in der Saison!« An die drei Gäste aus Nörvenich habe sie immer noch keine konkrete Erinnerung, sie meinte jedoch zu wissen, dass sie arge Schürzengänger gewesen seien. »So etwas bekommt man schnell mit, wenn man tagtäglich mit Gästen zu tun hat.« Aber an Einzelheiten könne sie sich wirklich nicht mehr erinnern. Nun, die Gisela, der habe man sogar noch eine Gelegenheit verschafft, sich zusätzlich etwas zu verdienen. Drüben, im Weinkeller, da habe sie noch kellnern können. Sehr viele ihrer Gäste seien damals hinüber zum Winninger Weinkeller gegangen, zum Feiern. »Natürlich haben wir Gisela erst nach ihrer Arbeit im Schwan erlaubt, auch dort hinzugehen. Das hat sie dann auch gemacht und war dann zum Dank dafür nicht mehr zum Dienst erschienen am nächsten Morgen. Ohne ein Wort zu sagen, war sie einfach verschwunden. Mitten in der Saison!«

Der Winninger Weinkeller lag nur ein Stück die Straße runter. An der Ecke zum Weinhof erinnerte das Gebäude an eine mittelalterliche Trutzburg. Angedeutete Arkadenbögen aus gelbem Stein bildeten den oberen Abschluss. Auf der Ecke ein opulenter Balkon, gestützt von schweren Kapitellen aus Sandstein. Über der Eingangstür thronte eine mächtige Bekrönung aus dem gleichen Material, auf die drei gleichmäßig große Kugeln aufgesetzt waren.

»Das ist doch mal ein edler Schuppen«, pfiff Mike Matzerath. Vor dem Eingang stand ein Wagen mit geöffnetem Kofferraum, sie traten durch die ebenfalls offen stehende Eingangstür und sahen einen Mann mit zwei Getränkekisten in einem Raum am Ende der Ecktheke verschwinden. Davor standen weitere Kisten: Limonade, Coca-Cola und Kartons mit Spirituosen. Darunter befand sich auch ein bekannter Kräuterlikör.

Emil Glasmacher entdeckte ihn und sagte wie zu sich selbst: »Ich trinke Jägermeister, weil mir der Moselwein nicht schmeckt.« Er lachte leise.

Mike Matzerath verstand nicht. »Was? Moselwein nicht schmeckt?«

»Ach, vergessen Sie es, ich musste nur an diese Sprüche auf dem Plakat zu Hause in der Holzstraße denken.«

Der Mann kam zurück aus dem Nebenraum. Verschwitztes Hemd, das Gesicht von der Anstrengung gerötet. »Wir haben geschlossen. Um fünf machen wir auf.« Glasmacher zeigte seinen Dienstausweis und erklärte ihm, warum sie gekommen waren. »Leute, ich habe zu tun, das sehen Sie doch, der ganze Kofferraum ist noch voll.« Geschäftig deutete er hinaus zu dem Wagen vor der Tür.

Es sei wichtig und dauere bestimmt nicht lange, beharrte Glasmacher auf eine Antwort auf ihre Frage, welche Erinnerungen er noch an das Winzerfest im Jahr 1955 habe.

Da blieb der Wirt stehen. »Mannomann, ihr seid ja hartnäckig. Also, 1955, warten Sie mal, das war«, er kratzte sich am Hals und blickte hinauf zu der rußgeschwärzten Gewölbedecke. »Das war doch, als Dortmund deutscher Meister geworden ist.«

»Mit Adi Preißler im Sturm«, ergänzte Mike Matzerath.

Der Mann kratzte sich immer noch am Hals. »Ja genau«, sagte er und grinste jetzt.

»Nein«, Matzerath grinste ebenfalls, »das war 1956. Wir reden vom Winzerfest ein Jahr zuvor.«

»Echt? 1956? Ja, kann sein. Also 1955, hm, warten Sie mal, da war ich zwar schon hier, aber nein, erinnern kann ich mich da nicht mehr dran.«

»Konkret geht es um drei Männer und eine junge Frau. Wir würden gerne wissen, ob die drei hier waren damals. Die junge Frau ist ziemlich sicher hier gewesen, das wissen wir. Aber interessanter sind die drei Männer für uns.«

Drei Männer, eine junge Frau, dem Mann schien das alles zu viel zu sein. Er überlegte noch kurz, dann sagte er: »Also, wie schon gesagt, ich kann mich nicht erinnern. Und an einzelne Gäste schon gar nicht. Was ist denn mit den dreien? Haben die was verbrochen?«

»Genau das wollen wir herausfinden. Es wär wirklich wichtig für uns. Denken Sie bitte nach.«

Nun fühlte sich der Verschwitzte völlig überfordert. »Nein«, entfuhr es ihm lauter jetzt, »so spontan fällt mir da nichts ein. Ich muss jetzt auch weitermachen, Sie sehen ja …« Mit einem Kopfnicken deutete er auf die gestapelten Kisten und Kartons zu ihren Füßen.

»Ja, sehen wir, Herr …«

»Lichte, Hans-Werner.«

»Machen Sie ruhig weiter hier, Herr Lichte«, Mike Matzerath schenkte dem Stapel keine Beachtung. »Ich schlage vor, Sie denken noch mal nach, ganz in Ruhe, und wenn Ihnen doch noch etwas einfällt, dann melden Sie sich bitte sofort bei uns.«

Hans-Werner Lichte wischte sich den Schweiß von der Stirn, er schien mit seiner Geduld am Ende zu sein.

Emil Glasmacher hatte ein Einsehen. »Gut«, sagte er, »wir lassen Sie ja schon alleine jetzt. Wenn Ihnen etwas eingefallen ist, dann rufen Sie diese Nummer an«, er zog eine Karte aus der Hosentasche und gab sie Lichte. »Es ist Tag und Nacht jemand zu erreichen.«

Zurück in Düren, saßen Glasmacher und Matzerath in ihrem Büro. Es war spät geworden, im dichten Berufsverkehr hatten sie für die Rückfahrt deutlich länger gebraucht. Die Sonne stand bereits tief im Westen, Emil Glasmacher genoss den freien Blick zum Fenster hinaus, wo sich drüben, hinter der Stadt, die ersten Hügel der Eifel abzeichneten. Die Unordnung auf seinem Schreibtisch schrie nach seiner ordnenden Hand, doch er lehnte sich zurück auf seinen Schreibtischstuhl und schaute erwartungsvoll zu Michael hinüber, der die Notizen in seinem Buch durchsah. »Nun«, sagte Glasmacher, und er klang müde, »was haben wir?«

Mike Matzerath begann mit einem lang gezogenen »Also«, dann nahm er die Zigarette aus dem Mund, legte sie in den Aschenbecher vor sich und fasste zusammen: »Rinkens, Grotewohl und Töller waren gemeinsam in Winningen. Von Freitag, den 2., bis Montag, den 5. September 1955. Damals ist das jährliche Winzerfest an diesem Wochenende zu Ende gegangen. Sie sind im Hotel Zum Schwan abgestiegen, dort kann man sich jedoch nicht an einen außergewöhnlichen Vorfall, in den die drei verwickelt waren, erinnern. Zur gleichen Zeit arbeitet dort eine junge Frau, ihr Name war Gisela Langhoff, sie war erst seit kurzer Zeit dort als Lehrmädchen beschäftigt. Am Morgen des 5. September war sie dann allerdings ganz plötzlich spurlos verschwunden. Rinkens, Grotewohl und Töller sind jedoch im Schwan als Schürzenjäger aufgefallen, das deckt sich mit dem, was wir über sie bereits erfahren hatten.«

»Warum erwähnen Sie das jetzt ausdrücklich?« Glasmacher hatte aufmerksam zugehört.

»Ich denke«, Matzerath zog noch einmal an der Zigarette und drückte sie dann im Aschenbecher aus, »dass da durchaus ein Zusammenhang bestehen könnte. Ich meine, drei alternde Schürzenjäger und ein junges Zimmermädchen im gleichen Hotel! Wenn wir jetzt noch die Bestätigung hätten, dass die drei an diesem Abend ebenfalls im Weinkeller waren, dann wär das eine verdammt heiße Spur.«

»Das sehe ich genauso, Michael. Warten wir ab, ob Lichte noch etwas einfällt dazu. Morgen sollten wir uns erst mal um diese Gisela Langhoff kümmern. Finden Sie doch bitte noch heraus, ob sie immer noch in Euskirchen wohnt. Ich mach Schluss für heute.«

Der nächste Morgen war wolkenverhangen, es regnete, und auf der Holzstraße lärmte schon früh die Müllabfuhr. Emil Glasmacher hatte vergessen, Brot einzukaufen, die letzten beiden Scheiben waren steinhart geworden, darum beließ er es bei Kaffee und einer Banane, die auch bereits ihre besten Tage hinter sich hatte. Rita hatte Bananen nicht gemocht, er liebte sie.

Im Büro angekommen, fand er einen Zettel auf seinem Schreibtisch vor. Er war an den Telefonhörer geklebt, vermutlich, damit er ihn in dem Chaos finden konnte. Es war Michaels Handschrift. *Gisela Langhoff wohnt noch in Euskirchen, Alfred-Nobel-Straße*, stand da geschrieben. Ganz fest hatte Emil Glasmacher sich vorgenommen, an diesem Morgen als Erstes seine Unterlagen zu ordnen, doch diese Nachricht ließ das natürlich nicht zu. Er fragte noch bei den Kollegen nach, ob ein gewisser Hans-Werner Lichte sich gemeldet habe, was sie jedoch verneinten, dann erschien auch schon Mike Matzerath im Büro, und bald darauf saßen sie im Wagen auf ihrem Weg hinüber nach Euskirchen. Glasmacher hatte noch rasch ein Hefeteilchen gekauft, bei Schröder in der Oberstraße, einen Rollkuchen, einen besseren gab es in der ganzen Stadt nicht. Zuckerguss und Rosinen rieselten auf den Sitz, verstohlen wischte Glasmacher sie fort, doch Michael hatte es bemerkt, er grinste breit.

Sie erreichten Euskirchen, die Stadt, die Düren so sehr ähnlich war, nach einer knappen halben Stunde. Dieses Mal umfuhren sie die Innenstadt, bogen von der Kommerner Straße rechts ab in die Gerberstraße, unterquerten die Bahnlinie und fanden dahinter die Alfred-Nobel-Straße zu ihrer Linken. Graue Vorstadthäuser, Reihenhäuser und gesichtslose Nachkriegsbauten wurden nun von Hallen und Schuppen auf Gewerbeflächen abgelöst. Dann die Behelfsbauten im Rosental. Wie eine hässliche Warze wucherte die Siedlung am Rand der sich unaufhaltsam ausdehnenden Stadt. Marode Häuser, leer stehende Häuser, prall gefüllte Müllsäcke, die sich an den Resten zerfallender Häuser türmten. Dazwischen Häuser, die ganz offensichtlich noch bewohnt waren. Vor denen knallbunte Wäsche auf langen Leinen hing und alte Autos geparkt waren. Glasmacher und Matzerath hielten vor dem Bagger an, sie orientierten sich und meinten das Haus, das sie suchten, drüben, ein Stück die Straße hinunter, auszumachen. Vorbei an einem wütend kläffenden Kettenhund gingen sie auf der Straße, die mehr einem Feldweg glich, passierten eine Handvoll pubertierender Mädchen, die auf einer bröckeligen Mauer hockten und Kartoffelchips in sich hineinstopften, ohne sie dabei aus den Augen zu lassen. An der angegebenen Adresse stand ein Doppelhaus, die linke Eingangstür war beschädigt, sie stand eine Handbreit offen. Auf der rechten Seite fanden sie kein Namensschild, keinen Klingelknopf, darum klopfte Mike Matzerath kräftig gegen die Türe. Wartend sahen sie sich um, Matzerath war im Begriff, erneut an die Türe zu klopfen, als sie geöffnet wurde. Eine ungepflegt wirkende Frau von undefinierbarem Alter stand vor ihnen. Dünn, schüchtern, ihre Augen verrieten den Polizisten ihren übermäßigen Alkoholkonsum.

»Sind Sie Frau Gisela Langhoff?«

»Ja.«

»Wir sind von der Polizei, dürfen wir Ihnen ein paar Fragen stellen.«

»Haben Sie Monika gefunden? Wo ist sie denn?« Die Frau schaute an ihnen vorbei die Straße hinunter.

»Monika? Frau Langhoff, wir sind wegen Ihrer Zeit in Winningen hier.«

Mike Matzerath hatte den Satz noch nicht beendet, da versuchte die Frau, die Türe zuzuschlagen. Die Schlunzen hatten sich in einigem Abstand vor dem Haus versammelt. Neugierig reckten sie ihre Hälse, um genau sehen zu können, wie die beiden Männer die Langhoff daran hinderten, ihre Türe zu schließen. Die Männer redeten auf sie ein, bis sie nachgab, dann verschwanden alle drei im Haus. Drinnen kam das Gespräch mit Gisela Langhoff nur sehr schleppend in Gang. Sie setzte sich an einen alten Küchentisch, ohne den Polizisten ebenfalls einen Platz anzubieten. Sie schaute nicht zu den Dienstausweisen hin, die ihr gezeigt wurden. Trank aus einem schmutzigen Kaffeepott, als der Jüngere der beiden fragte, ob es zutreffe, dass sie im September 1955 im Hotel Zum Schwan in Winningen an der Mosel beschäftigt gewesen sei. Bei dem Wort Winningen starrte sie ihn über den Rand des Kaffeepotts an, setzte den Pott ab und schwieg.

Während Mike Matzerath sich weiter um ein Gespräch mit der Frau bemühte, sah Emil Glasmacher sich um im Raum. Die Tristesse, die ihnen bereits draußen begegnet war, setzte sich in diesem Haus nahtlos fort. Alles hier war alt und abgenutzt. Vernachlässigt, verbraucht, schmutzig geworden in der Antriebslosigkeit, die hier vor vielen Jahren eingezogen war. Warum hatte diese Frau aufgegeben? Hatte sie nie darum gekämpft, ein besseres Leben zu haben? Die Frau tat ihm leid.

»Sie haben eine Lehre zur Hotelfachkraft begonnen und sind ganz plötzlich, heimlich und ohne Erklärung, aus dem Hotel verschwunden«, hörte er Matzerath hinter sich sagen. »Was hat Sie zu diesem Schritt bewogen? Ist dort etwas vorgefallen?«

Die Frau schwieg. Matzerath wartete, er wusste, dass es sinnlos war, diese verschüchterte Person zu bedrängen. Die anscheinend vom Rest der Menschheit vergessen hier in ihrem Schneckenhaus saß, hilflos darauf wartend, dass auch dieser Tag endlich vorüberging.

»Was ist mit dieser Monika? Wer ist das?« Matzerath versucht es auf eine andere Art. »Wohnt sie hier bei Ihnen?«

Wieder Schweigen, aber der scheue Blick, den die Frau jetzt zu der Türe zu ihrer Linken warf, der entging den Polizisten nicht. Emil Glasmacher ging hinüber, vorsichtig schob er die Türe einen Spalt weit auf. Er sah hinein und nickte seinem Assistenten zu.

»Ist Monika Ihre Tochter?«, fragte er in sanftem Ton.

Die Frau hauchte ein Ja.

»Ist sie verschwunden?«

»Ja.«

»Wie lange ist Monika schon verschwunden?«

»Weiß nicht, seit vier Tagen?«

»Wie alt ist sie denn?«

»Siebzehn.«

»Und Sie haben Monika als vermisst gemeldet bei den Kollegen?«

»Ja, ich dachte, Sie hätten sie gefunden.«

»Nein, es tut uns leid, aber damit haben wir nichts zu tun. Wir ermitteln in einem Fall, der mit Ereignissen zusammenhängen könnte, die sich 1955 im Ort Winningen abgespielt haben. Sie waren zu der Zeit auch dort. Im selben Hotel, in dem sich Personen aufhielten, die in den Fall involviert sind.«

Gisela griff nach der Flasche vor sich, doch Kommissar Glasmacher war schneller. Mit einem Schritt war er bei ihr, nahm ihr die Flasche aus der Hand und sagte: »Lassen Sie das. Nicht jetzt. Beantworten Sie lieber unsere Fragen. Das Hotel hieß Zum Schwan. Sie waren also im Sommer 1955 im Schwan beschäftigt?«

Gisela starrte auf die Flasche in Glasmachers Hand.

»Trifft es zu, dass Sie hin und wieder auch im Winninger Weinkeller gearbeitet haben? Als Aushilfe?«

Giselas Blick wanderte von der Flasche zu dem schmutzigen Kaffeepott.

»Frau Langhoff«, Glasmacher setzte sich neben Gisela an den Tisch, »sagen Ihnen die Namen Otto Rinkens, Ernst Grotewohl und Walter Töller etwas?«

Jetzt sah Gisela den Polizisten an, schweigend.

»Warum sind Sie damals so plötzlich aus Winningen fortgegangen?«

Gisela öffnete den Mund, schluckte trocken.

»Reden Sie mit uns, Frau Langhoff. Es ist wichtig. Was ist geschehen damals?«

»Hören Sie endlich auf!« Giselas Stimme klang wie die eines gequälten Tieres. »Was fragen Sie noch? Sie wissen doch sowieso schon alles.«

»Leider gibt es viel zu viele offene Fragen, Frau Langhoff. Zum Beispiel müssen wir wissen, ob Sie den drei Herren in Winningen begegnet sind.«

»Herren, pah! Schweine waren das.«

Jetzt setzte sich auch Mike Matzerath zu ihnen an den Tisch.

»Ich hab Durst«, fuhr Gisela fort, Glasmacher gab ihr die Flasche zurück. Ohne abzusetzen, trank sie die Flasche leer. Danach verzog sie das Gesicht zu einer Grimasse. »Die drei haben sich schon im Hotel benommen wie Arschlöcher. Wie richtige Arschlöcher. Und der Rinkens war der Schlimmste.«

Endlich! Das Eis war gebrochen. Endlich redete die Frau. Matzerath schlug eine neue Seite auf in seinem Notizbuch und hielt den Stift bereit.

»Und Sie helfen bestimmt, nach Monika zu suchen?«

»Wenn sie als vermisste Person gemeldet ist, dann wird alles getan werden, sie zu finden.« Die anschließende Frage nach einem Foto von Monika überging die

Frau, es war zu spät, sie war bereits im Tunnel. Nicht mehr hier in ihrem Haus im Rosental. Hier war nur der Ort, an dem die Geschichte begann, die sie nun erzählte. Sehr schnell war sie in Winningen angekommen. Dem Ort, an den sie gar nicht gehen wollte, im Sommer 1955. Wo ihr Leben kaputtgemacht wurde. Ihres und das von Monika auch, und darum mussten die Polizisten sie finden. So schnell wie möglich.

Unterdessen spielte Monikas Leben sich bereits seit vier Tagen in diesem ungemütlichen Zimmer über einem Lebensmittelgeschäft in einem fremden Dorf ab. Zwischen alten Illustrierten, dem Waschbecken an der Wand und einem kleinen Transistorradio, das nur bei geringer Lautstärke eingeschaltet werden durfte, so hatte die Strickmützenfrau es verlangt. Wegen der Nachbarn, hatte sie gesagt, und der Kunden unten im Geschäft. Monika bewegte das Gerät hin und her, sie empfing SWF 3, Pop Shop, es fiepte und rauschte, egal wie sie das Gerät auch drehte. Sie dachte daran, das Haus zu verlassen, hinüberzugehen in das kleine Wäldchen, blieb aber doch, kaute an ihren Fingernägeln und starrte zur Decke hinauf. Sie dachte daran, die Mission früher als geplant zu beenden. Wozu noch warten? Einfach am nächsten Tag schon nach Nörvenich in die Junkerstraße gehen und es hinter sich bringen. Der Gedanke war verlockend. Doch wenigstens eine Nacht von Sonntag auf Montag sollte es sein. In den frühen Morgenstunden. Sie hatte alles geplant, perfekt geplant, wie sie dachte. Im Abstand von vier Wochen sollten die Schweine sterben, immer in der Nacht von Sonntag auf Montag. Immer in der Nacht, in der es damals in Winningen geschah. Grotewohl war vor einer Woche fällig gewesen, nur noch drei weitere Wochen würde sie warten müssen, um ihre Mission zu beenden. Doch in der folgenden Sonntagnacht goss es in Strömen, Monika verwarf den Gedanken, es früher zu beenden, und war froh, in dem ungemütlichen Zimmer zu sein.

13. KAPITEL

So viele Jahre war dieses Büro seine Festung gewesen. Sein Rückzugsort, an dem ihm niemand zu nahe kommen konnte. Hier in der ersten Etage des Verwaltungsgebäudes der Carl Canzler KG war er der Leiter der Lohnbuchhaltung. Mehr als 400 Menschen arbeiteten mittlerweile beim Canzler, der größten und wichtigsten Kupferschmiede weit und breit. Maschinenbauingenieure, Apparatebauer, Kupferschmiede, allesamt hochqualifizierte Fachleute. Die Carl Canzler KG war berühmt für ihre hochwertigen Produkte, und er, Walter Töller, war hier der Herr über die Lohnbuchhaltung. Sein Büro war von ansehnlicher Größe, mit teurem Mobiliar und einigen edlen Tropfen im Sideboard neben der Clubgarnitur. Wer ihn sprechen wollte, musste sich bei seiner Sekretärin, Fräulein Helga, wie er sie nennen durfte, anmelden. Ging er mittags hinüber zur Kantine, dann grüßten ihn die Kollegen respektvoll. »Guten Tag, Herr Töller«, »Lassen Sie es sich schmecken, Herr Töller«. Er war nicht der Kumpeltyp, dem man auf die Schulter schlug und schmutzige Witze erzählte. Er war der Herr Töller aus der Buchhaltung, dem man seine

Bedeutung für das Unternehmen schon von Weitem ansah. Und genau das war Walter Töller sehr recht. So wollte er wahrgenommen werden, hier beim Canzler genauso wie in seinem Wohnort Nörvenich. Das hielt die Menschen davon ab, sich ihm zu sehr zu nähern. Ihn in unangenehme Gespräche zu verwickeln. In den üblichen Tratsch über die schlimmen Zustände im Land, in dem die Jugend vom Haschisch berauscht gegen alles und jeden rebellierte und die Roten in der Regierung saßen. In dem die guten alten Zeiten beschworen und der Lobgesang auf *früher* angestimmt wurde. Weil *früher* alles besser war, sie alle anständig und strebsam waren und ordentliche Haarschnitte trugen. Walter Töller wollte nie über *früher* sprechen. Er wollte nicht an *früher* erinnert werden, darum mied er allzu engen Kontakt zu den Menschen, beim Canzler genauso wie in seiner Freizeit. *Früher* war für ihn die Zeit, in der es geschehen war. Das Unsägliche, bei dem er mitgemacht hatte, obwohl er nicht gewollt hatte.

Jahrelang hatte ihn die Nacht im Winninger Weinkeller um den Schlaf gebracht. Seiner Frau hatte er stets erzählt, er könne nicht schlafen wegen des großen Drucks, der beim Canzler auf ihm laste. Mit Otto und Ernst hatte er sofort gebrochen. Gleich nachdem sie wieder in Nörvenich angekommen waren, hatte er jeden Kontakt zu ihnen beendet. Sie waren fertig miteinander. Die beiden hatten ihn zu etwas getrieben, was ihm bis ans Ende seiner Tage tonnenschwer auf dem Herzen liegen würde. Noch in der Nacht, nachdem er sich im Schwan gründlich gewaschen hatte, bevor er in sein Bett gefallen war, hatte er diesen Ekel verspürt, der ihn seitdem nie mehr verlassen hatte. Ekel und Scham. Und auch Mitleid, und er hatte nicht gewusst, wie er sich von diesem Dreck befreien sollte.

Er hatte sich bemüht, die Erinnerung daran zu verdrängen. Mit aller Kraft hatte er sich dagegen gewehrt, und er war gut darin geworden, das angsterfüllte Gesicht des Mädchens vor seinem geistigen Auge allmählich verblassen zu lassen. Aber sein Seelenfrieden war brüchig, hauchdünn war der Schutzschild, den er vor sich hertrug. Und jetzt war er zerbrochen. Die Erinnerung war so lebendig, so bedrückend geworden, wie sie viele Jahre nicht gewesen war. Otto und Ernst waren tot. Als er von dem Überfall auf Otto in der Zeitung las, da dachte er noch an einen Raubmord. Als dann Ernst vier Wochen später auf die gleiche Weise ums Leben kam, da war ihm ganz anders geworden. Das waren keine Raubmorde, da steckte etwas anderes dahinter. Etwas, das womöglich mit der Nacht damals im Winninger Weinkeller zusammenhing. Er hatte nicht die geringste Ahnung, wer oder was dahinterstecken konnte und warum das alles erst jetzt, so viele Jahre danach, passierte. Lange Zeit hatte er damit gerechnet, belangt zu werden, von dem Mädchen, von ihrer Familie. Schließlich war er sich sicher, dass da nichts mehr kommen würde. Doch jetzt, jetzt war das alles wieder da, und er, Walter Töller, dem niemand eine solche Tat zutrauen würde, er war der Einzige, der noch lebte von diesen vermaledeiten *Chantré Shäkern*. Wäre er doch bloß stark geblieben, damals, wäre er einfach gegangen, dann würde er jetzt nicht diese lähmende Angst verspüren, dass ihm bald, so wie Otto und Ernst auch, eine Kugel in den Kopf geschossen werden könnte. Dass die Polizei zu ihm nach Hause gekommen war, darüber wunderte er sich nicht. Es war klar, dass sie von ihrer früheren Freundschaft erfahren würden. Dass sie jedoch so schnell von Winningen erfahren hatten, darüber wunderte er sich dann doch sehr. Wobei, was wussten dieser Kommissar Glasmacher und sein Kollege schon? Wie konnte ein Mann mit einer derart langen Mähne eigentlich bei der Polizei arbeiten? Würde ihn nicht wundern, wenn der sogar mit Drogen hantierte. Offensichtlich wussten sie noch nicht alles über Winningen, das war gut gewesen, und er hatte darum gebetet, dass es auch so bleiben möge.

Aber dann war er vorgeladen worden, die Polizisten hatten ihn in die Mangel genommen. Unverschämt, wie dieser langhaarige Affe ihn angegangen war. Was sollte er ihnen nur erzählen, falls sie ihn noch einmal auf diese Nacht in Winingen ansprachen? Jetzt, nachdem er eingeknickt war. Er hatte die Kontrolle über sich verloren, hatte viel zu viel preisgegeben. Darüber ärgerte er sich maßlos. Und der Ärger hielt immer noch an, konnte ihn der Gefahr aussetzen, seine sorgsam aufgebaute Deckung zu verlieren. In den letzten Tagen waren seine Erwiderungen auf die freundlichen Grüße und Wünsche der Kollegen beim Canzler noch knapper und bärbeißiger geworden als ohnehin. Das konnte ihn verdächtig machen.

Am Donnerstag, dem 2. August 1973, klopfte es an seiner Bürotür. Das Klopfen verriet ihm nicht, was ihn dahinter erwartete.

»Entschuldigen Sie, Herr Töller, hier wären zwei Herren für Sie.« Fräulein Helga war zurückhaltend korrekt, wie er es von ihr gewohnt war.

Als er Helga zunickte, trat sie zur Seite, und im Türrahmen erschien der langhaarige Polizist. Sein Vorgesetzter folgte dichtauf, die Türe wurde geschlossen, und dann standen sie beide dicht vor seinem Schreibtisch. Der etwas unterkühlt wirkende Kriminalhauptkommissar Emil Glasmacher und sein hochgewachsener, ziemlich forsch auftretende Kollege Michael Matzerath. So unterschiedlich, wie man nur sein konnte, und doch in gleichem Maße gefährlich. Aber welche Gefahr ging eigentlich von ihnen aus? Töller versuchte, die Ruhe zu bewahren. Konnte die Polizei ihn, Walter Töller, eigentlich noch für seine Beteiligung damals belangen? Nach so vielen Jahren? Die Tat war sicher längst schon verjährt, was konnten die Polizisten dann noch von ihm wollen?

»Wir würden gerne noch einmal auf Ihre Vernehmung im Polizeirevier zu sprechen kommen, Herr Töller.« Zum Glück sprach Glasmacher ihn an. »Wir haben mittlerweile neue Erkenntnisse gewonnen, demnach waren Sie zusammen mit Otto Rinkens und Ernst Grotewohl in eine Vergewaltigung verwickelt.«

Töller konnte dem fordernden Blick Glasmachers nicht standhalten, er sah auf die hochglanzpolierte Platte seines Schreibtischs hinab.

»Damals im September 1955, in Winningen in einem Lokal mit Namen Weinkeller. Was haben Sie dazu zu sagen?«

»Was soll ich dazu sagen?«

»Ist es das, worüber Sie bei unserer Vernehmung nicht sprechen konnten?«

»Oder wollten!« Mike Matzerath schlug einen deutlich härteren Ton an als sein Chef.

Doch der übernahm gleich wieder. »Herr Töller, können Sie bestätigen, dass es zu dieser Tat gekommen ist?«

Töller hielt den Kopf gesenkt. Leugnen hatte keinen Zweck, das war ihm klar, aber ansehen konnte er die beiden Männer nicht. Sein Nicken war schwach, aber klar wahrnehmbar.

Kommissar Glasmacher räusperte sich. Wie sehr er solche Kerle verachtete. Töller war für ihn der Dreck, in dem herumzuwühlen ein Bestandteil ihrer Arbeit war. Glasmacher sah zu Matzerath hin, der von seinem Notizbuch abgelassen hatte und dem teigigen Batzen Mensch hinter dem riesigen Hochglanzschreibtisch giftige Blicke zuwarf. Der sah sie nicht, weil er immer noch den Kopf gesenkt hielt.

Glasmacher bedeutete Matzerath, ruhig zu bleiben, und fuhr fort: »Herr Töller, wissen Sie, was mit dem Mädchen damals geschehen ist?«

»Nein.«

»Sagt Ihnen der Name Gisela Langhoff etwas?«

»Nein.«

Es klopfte an der Tür, und Fräulein Helga erschien.

»Jetzt nicht!«, zischte Mike Matzerath, und das korrekte Fräulein verschwand so schnell hinter der Tür wie eine Maus in ihrem Loch.

»Herr Töller, es besteht der dringende Verdacht, dass die Morde an Ihren ehemaligen Freunden Rinkens und Grotewohl mit der Vergewaltigung in Winningen zusammenhängen«, Emil Glasmacher schaute wieder zu

Töller hin, »haben Sie irgendeinen Verdacht, wer dahinterstecken könnte?«

Da hob Töller seinen Kopf, wieder war das teigige
Gesicht dunkelrot angelaufen. Er richtete sich auf und
stammelte: »Heißt das etwa, dass ich ebenfalls …«

»Beantworten Sie bitte meine Frage.«

»Bin ich in Gefahr?«

»Fällt Ihnen da jemand ein? Herr Töller! Denken Sie
nach.«

»Wenn ich in Gefahr bin, dann muss die Polizei mich
schützen.«

An diesem Abend stritten sich die Eheleute Töller in der
Junkerstraße in Nörvenich. Der Streit war heftig, viel heftiger als all die anderen Streitereien, die sie in regelmäßigen
Abständen ausfochten. Sie schrien sich an, Trude riss den
hässlichen Übertopf vom dreibeinigen Blumentisch und
zerschmetterte ihn mitsamt dem traurigen Gummibaum
darin auf dem Parkettboden. Walter hatte ihr gestanden,
was damals in Winningen geschehen war. Er hatte es so
dargestellt, dass sie glauben sollte, er sei dazu gezwungen
worden. Die anderen hätten ihn ausgelacht, hätten ihn he-
rumgestoßen, bis er hatte nachgeben müssen.

»Es war eine Jugendsünde, Trude, ein Moment der
Schwäche. Wir waren doch alle betrunken.«

»Jugendsünde!«, brüllte Trude. Die Splitter des Über-
topfs schleuderten über das Parkett, schwarze Blumen-
erde ergoss sich auf den Perserteppich.

»Du warst 41 Jahre alt, was redest du da von Jugendsünde! Du bist ein Schwein, Walter, das warst du schon
immer!«

Als Walter auf den Knien lag, um die Scherben aufzusammeln, erschien Trude mit gepackten Koffern im
Hausflur. Sie bestellte ein Taxi, die Fahrt sollte nach
Heimbach gehen, wo sie im Haus ihrer Schwester unterkommen würde. Sie verließ Walter nach 23 Ehejahren,
ohne ein weiteres Wort an ihn zu richten. Das Haus in
der Junkerstraße betrat sie nie wieder.

* * *

Sybille Lenz war eine selbstbewusste Frau. Das Lebensmittelgeschäft managte sie ohne die Hilfe ihres Mannes, der entweder bei seiner Arbeit war oder auf dem
Sofa lag und schlief. Das Geschäft war eine richtige In-
stitution im Dorf, und sie stand, mit ihrer Strickmütze
auf dem Kopf, hinter der Theke. Die Leute gaben etwas auf ihre Meinung, das wusste sie, und doch war sie
bodenständig und empathisch geblieben. Ihr Geschäft,
im langen Schatten der Dorfkirche gelegen, war so etwas wie eine offene Beratungsstelle für jedermann zwischen Tütensuppen und dünn geschnittenem Gouda.
Zudem war sie eine gläubige Christin. Nächstenliebe
war für sie nicht bloß ein zigfach dahingeleiertes Gebot,
für sie war die Hilfe für Bedrängte eine Selbstverständ-
lichkeit. Das Mädchen tat ihr leid, so hilflos, wie es vor
ihr gestanden hatte. Darum hatte Sybille ihr Zuflucht
gewährt, für eine gewisse Zeit, Platz genug gab es dafür in ihrem Haus.

Sie hatte gefragt, warum Monika bei ihr bleiben wollte, und sie hatte eine Antwort bekommen. Die Geschichte von der nervenkranken Mutter, mit der es nicht mehr

auszuhalten war. Die dringend Medikamente benötigte und aus bestimmten Gründen nicht bekam. Drei Wochen wollte Monika bleiben. Was in der Zwischenzeit mit ihrer Mutter geschah, das schien ihr gleichgültig zu sein. Welcher Mensch ließ die Mutter alleine zurück, in der Zeit, da sie dringend Hilfe benötigte? Was stimmte da nicht? Lange hatte Sybille über diese und andere Fragen nachgedacht, zwischen all den Tütensuppen und dem Goudakäse in ihrem Geschäft. Schließlich war sie zu dem Schluss gekommen, dass Monika sie angelogen hatte. Sie war nahe dran gewesen, hinaufzugehen und die Lügnerin einfach vor die Türe zu setzen. Rigoros, denn auch dieses Attribut war Sybille Lenz zuzuschreiben. Ihr glasklarer Verstand ließ zunächst gar keine andere Möglichkeit zu. Doch Sybille war eben auch empathisch, ihre Empathie war mindestens genauso stark ausgeprägt wie ihr Selbstbewusstsein. Darum ging sie nun hinauf, in den ersten Stock, wo sie leise Musik hinter der Türe vernahm, klopfte an, und als sie in das Zimmer eingelassen wurde, da legte sie sofort los.

»Ich hab nachgedacht, und ich glaube, du hast mir nicht die Wahrheit gesagt.«

Monika sprang sofort auf vom Bett. Blass und zerbrechlich stand sie vor der Strickmützenfrau, ihr Gesicht verriet ihre Verwunderung. »Welche Wahrheit? Was meinen Sie damit?«

»Die Geschichte von deiner Mutter. Das ist doch Quatsch.«

»Nein, ist es nicht. Meine Mutter ist krank.«

»Dann solltest du ihr helfen, anstatt dich hier zu verstecken.«

»Tu ich ja.«

»Ach was! Wie denn?«

Monika ging hinüber zum Radio und schaltete es ab. Sie musste sich konzentrieren, die Strickmützenfrau war verdammt hartnäckig. Jedoch hatte sie nicht das Gefühl, dass von ihr eine Gefahr für sie ausging. Das war gut. Monika musste die Frau einfach nur zufriedenstellen, das war jetzt das Wichtigste.

»Ich kümmere mich um ihre Probleme. Um unsere Probleme.«

»Indem du hier rumsitzt?«

»Nein, es geht bald weiter, ich muss nur noch ein paar Tage abwarten.«

»Und dann fährst du zurück? Wo wohnt ihr eigentlich?«

»Wenn ich es erledigt habe, bin ich weg, und Sie sehen mich nie wieder.«

Die Strickmützenfrau hatte ihre Arme verschränkt, ihr Auftreten verriet Monika, dass der schwierigste Moment im letzten Akt ihrer Mission gekommen war. Die Luft knisterte zwischen ihnen beiden. Die Frau richtete ihre Brille, verschränkte die Arme wieder vor der Brust und sprach lauter jetzt.

»Ach, hör doch auf mit dem Gerede. Du kümmerst dich um gar nichts! Was willst du denn erledigen, hier in diesem Zimmer?«

»Ich muss eben noch warten, dann mach ich weiter.«

»Womit?« Fast schrie die Frau jetzt.

»Mit … Es ist nicht so einfach. Mann, das müssen Sie mir glauben. Einen Teil hab ich schon erledigt, es fehlt nur noch der verdammte Rest.«

»Meine Güte wie dramatisch! Was soll das? Willst du jemanden umbringen, oder was?«

»Hab ich schon.«

Augenbrauen näherten sich dem Rand der Strickmütze. Pupillen hinter der großen Brille weiteten sich. »Wie? Du hast jemanden umgebracht?«

»Zwei sogar.«

Da schwieg Sybille Lenz. Was war das denn jetzt? Hatte dieses Mädchen gerade gesagt, sie habe zwei Menschen getötet? Plötzlich erschien ihr die Situation so unwirklich wie ein schlechter Traum. Eine ziemliche Weile verging, bis sie ihre Gedanken wieder zu fassen bekam. Das war doch ein Scherz. Das musste ein Scherz sein, ein übler Scherz mit einer alten Frau, die es nicht verdient hatte, dass man üble Scherze mit ihr trieb. Sybilles Miene verfinsterte sich. So durfte man nicht mit ihr umspringen, so nicht!

»Jetzt pass gut auf, Monika. Das machst du nicht mit mir, hörst du? Deine dummen Witzchen kannst du mit jemand anderem machen, hörst du mich? Ich will jetzt von dir hören, was los ist mit dir. Sofort! Und hör auf, solchen Unsinn zu erzählen.«

»Ich erzähle keinen Unsinn.« Monikas sprach leise, ihre Stimme klang weinerlich.

Sybille Lenz starrte sie an. Da tauchte dieses Mädchen bei ihr auf und behauptete, sie habe zwei Menschen umgebracht. Dieses blasse, dünne Mädchen. Mit ihrer fast noch kindlichen Statur war sie doch gar nicht in der Lage, jemandem etwas anzutun. Monika erwiderte den Blick, sie hatte braune Augen, rehbraun sagte man dazu, und Sybille Lenz erkannte in diesen Augen, dass Monika die Wahrheit gesagt hatte. Dann durchfuhr sie die Erkenntnis wie ein Stromschlag. »Rinkens«, sagte sie leise, »und Grotewohl.«

Ohne Mühe holte die Strickmützenfrau alles aus Monika heraus. Alles, das Rosental, Winningen, die Hasardeure, den Hass und die Wut auf alles das. Die beiden Nächte in Nörvenich, die Pistole auf der Stirn, die entsetzten Gesichter. Monika ließ nichts aus, und Sybille Lenz hörte zu. Was sie hörte, ließ sie erschaudern vor Entsetzen, bestätigte aber auch ihre Meinung. Ungerecht ging es zu in der Welt, verdammt ungerecht, und sie war immer bereit gewesen, gegen dieses größte aller Übel in der Welt anzukämpfen. Die Großen nahmen sich alles, machten, was sie wollten, und die Kleinen konnten nichts dagegen tun. Rinkens und auch Grotewohl waren ihr gut bekannt, die Welt war klein, hier auf dem Land, darum wusste sie sehr wohl um die wilde Zeit der *Chantré Shäker*. Sie glaubte dem Mädchen jedes Wort. Mehr noch, das Mädchen berührte eine ganz bestimmte Stelle in ihr. Den toten Winkel eines Weltbildes, in dem so etwas wie christliche Nächstenliebe im hellen Lichte stand.

Die Zeit verging wie in Zeitlupe, niemand sagte etwas. Sybille Lenz dachte an Hannes Wader, dessen Lieder sie mochte, seine Stimme und sein Gitarrenspiel waren der Sound der Aufrechten in ihren Ohren. Sie besaß Schallplatten von ihm, die standen in ihrem Wohnzimmerschrank, und hin und wieder spielte sie eine ab auf ihrem kleinen, grauen Plattenspieler. Hatte Wader nicht die Ensslin bei sich wohnen lassen? Weil sie vermutlich Geschwister im Geiste beim Kampf für die gerechte Sache waren? Die drei *Chantré Shäker*! In diesem Moment fiel ihr Walter Töller ein. Es fehle nur noch der verdammte Rest, hatte Monika gesagt.

»Um Gottes willen«, entfuhr es Sybille Lenz, »das ist ja schrecklich!«

Sie nahm Monika in die Arme, beide spürten sie ihre Wärme. Da war die Strickmützenfrau aus heiterem Himmel in eine Situation geraten, die sie ihr Lebtag nicht mehr vergessen sollte. Was sollte sie tun? Monika fortschicken? Auf die Gefahr hin, dass sie schnurstracks zu Töller lief und ihn tötete? Zugegeben, er hatte es verdient. Daran bestand für sie kein Zweifel. Oder sollte sie Monika hierbehalten? Vielleicht sogar einsperren? Damit sie nicht noch mehr Unheil anrichten konnte? Nüchtern wog sie ab, das Mädchen hatte seinen Kopf auf ihre Schulter gelegt. Dann löste Sybille Lenz sich von ihr, richtete die Brille auf ihrer Nase, sah Monika an. Sie hatte sich entschieden.

»Was du getan hast, ist schrecklich. Du hast dich schwer versündigt, Monika, und eigentlich müsste ich dich aus dem Haus jagen.«

Bei diesen Worten erschrak Monika.

»Sofort! Aber ich habe mich anders entschieden, du kannst bleiben, wie lange, weiß ich noch nicht, aber vorerst bleibst du hier, in diesem Zimmer. Verhalte dich ruhig, zeig dich nicht am Fenster.«

Unten an der Ladentür ging die Schelle. Die Strickmützenfrau wandte sich ab, sie konnte hinuntergehen, es war alles gesagt.

14. KAPITEL

Er hatte wieder viel zu viel Marmelade auf das Brot geschmiert. Kommissar Emil Glasmacher saß am Küchentisch und jonglierte die Scheibe über der aufgeschlagenen Zeitung, gerade eben gelang es ihm, sie in den Mund zu schieben, ohne zu kleckern. Die Marmelade schmeckte süß, der Geschmack von reifen Erdbeeren breitete sich in seinem Mund aus. Da verlangte dieser Kerl, dass sie ihn schützen sollten! Glasmacher hatte immer noch die Worte Walter Töllers im Ohr. Dessen Forderung war wieder so typisch, so dermaßen selbstgerecht, dass er Töller am liebsten geohrfeigt hätte.

Der Kaffee war etwas zu stark geraten an diesem Morgen, Emil Glasmacher tat noch etwas Zucker in seine Tasse, rührte darin herum und schaute ins Leere. Ja, doch, natürlich war Töller gefährdet, die Morde an seinen ehemaligen Freunden standen mit der Vergewaltigung in Winningen im Zusammenhang. Daran hegte Emil Glasmacher keinen Zweifel mehr. Er würde mit Müllejans reden müssen. Aber wer war der Täter? Gisela Langhoff ganz sicher nicht. Ein von ihr beauftragter Killer? Dazu fehlte ihr vermutlich das Geld. Einer ihrer Exmänner? Wieso sollte der plötzlich aktiv werden, nach so langer Zeit?

Jetzt war der Kaffee perfekt, er schlürfte beim Trinken. Früher hatte Rita ihn jedes Mal scharf angesehen, wenn er schlürfend vom Kaffee trank. Wenn sie Besucher erwarteten, am Sonntagnachmittag zum Kaffeetrinken, dann hatte sie ihn mit strengem Blick ermahnt: »Und bitte schlürf nicht, das gehört sich nicht.« Dann hatte sie das gute Geschirr mit dem *Blaue-Blume*-Dekor aus dem Schrank geholt und wuchtige, silberne Ringe über weiße Servietten geschoben.

Dass der Täter jedoch aus Gisela Langhoffs direktem Umfeld kommen musste, auch daran bestand für Glasmacher kaum noch ein Zweifel. Da bliebe dann nur noch die Tochter. Monika, 17 Jahre alt, zurzeit mit unbekanntem Aufenthaltsort verschwunden. Die Personenbeschreibung, die Gisela mit Mühe zusammengebracht hatte, ließ das Bild eines schwächlichen Teenagers vor seinem geistigen Auge entstehen. Vielleicht 1,60 Meter groß, 55 Kilogramm schwer, von schlanker Statur. Nicht gerade ein Mensch, der so gestandenen Kerlen wie Rinkens und Grotewohl Angst einflößen konnte. Oder hatte Monika Helfer? Wer würde einem mittellosen Mädchen zum Gefallen zwei Menschen erschießen? Emil Glasmacher trank den letzten Schluck Kaffee und räumte den Frühstückstisch ab. Sie waren zwar ein gutes Stück weitergekommen, hatten tatsächlich eine heiße Spur, aber ein Scheißfall war dieser Fall immer noch. Es widerstrebte ihm, sich auszumalen, was in Nörvenich über ihre Ermittlungen im Fall Kopfschuss gemunkelt wurde. Da wurden sich die Mäuler zerrissen, das war ihm bewusst, und vermutlich nicht nur dort. Der Fall beschäftigte die ganze Region, und je mehr Zeit verging, umso abenteuerlicher wurden die Spekulationen darüber.

Gerade hatte er den Hausschlüssel vom Haken genommen, als das grüne Endgerät schellte. Ein Kollege von der Polizeiwache meldete sich, ein Herr Lichte habe angerufen, er könne sich wieder an die gesuchten Personen erinnern. Emil Glasmacher verließ seine Wohnung im zweiten Stock in der Holzstraße und dachte daran, Rita anzurufen. Am Abend oder besser, sobald dieser Fall gelöst war.

In der Polizeidienststelle angekommen, wollte er gleich hinübergehen zu Theo Müllejans, dem Ersten Kriminalhauptkommissar der Dienststelle Düren. Im Flur lief ihm jedoch Mike Matzerath über den Weg.

»Morgen Chef«, rief der ihm zu, »der Fernschreiber hat gerade die Vermisstenmeldung Monika Langhoff ausgespuckt, wir müssen sofort mit der Aborowski reden.« Aufgeregt wedelte er mit einem Blatt Papier. »Sie wird uns bestätigen können, ob dass das Mädchen ist, das sie in ihrem Wagen mitgenommen hat.« Glasmacher schaute auf das etwas unscharfe Bild. »Mist«, knurrte er, »wir hätten gleich ein Phantombild anfertigen lassen sollen. Okay, Michael, kümmern Sie sich um die Frau, ich muss rüber zu Müllerjans.«

* * *

»Ich hab dich gehört, heute Nacht«, Sybille Lenz stand hinter der Theke und legte den Käselaib zurück an seinen Platz. Draußen schlurfte der alte Steinhauser davon, wie jede Woche hatte er vier Scheiben Gouda im Geschäft gekauft. Nicht zu dick geschnitten. Monika hatte die Schelle gehört und war hinuntergegangen. »Ich hab gehört, wie du durchs Haus geschlichen bist.«

»Ich muss von hier verschwinden, wär blöd, am helllichten Tag hier rauszumarschieren.«

»Das stimmt, Monika. Noch besser wäre es natürlich, du würdest hierbleiben.« Die Strickmützenfrau schaute Monika an.

Doch Monika war wütend. »Nein, zwei Wochen sind genug. Sie können mich nicht einfach einsperren hier. Das dürfen Sie gar nicht!«

»Ach, Kind, viele Menschen machen Sachen, die man eigentlich nicht machen darf. Das weißt du doch.«

»Blödsinn. Ich muss weg von hier, und Sie verrammeln alle Türen. Aber okay, wenn Ihnen das lieber ist, dann spaziere ich jetzt einfach raus. Ich hol meine Sachen und gehe. Aber dann wird der alte Tattergreis da drüben es als Erstes sehen, und vielleicht noch ein paar andere. Das wollen Sie doch ganz bestimmt nicht, oder?« Monika deutete hinüber zu Steinhauser, der stehen geblieben war und dem Traktor nachsah, der mit einem Hänger voller gepresster Strohballen vorüberfuhr. »Das verstehst du falsch, Monika, ich habe alle Türen verschlossen, um dich zu schützen. Es geht mir nicht um mich«, Sybille Lenz richtete ihre Brille, »ich will dich schützen. Ich will dich vor dir selbst schützen.«

»Blödsinn, Sie verstehen das nicht. Ich MUSS das machen, und es ist mir egal, was Sie darüber denken.«

Monika war im Begriff hinaufzugehen, um tatsächlich ihre Sachen zu holen, doch die Strickmützenfrau rief ihr zu: »Was willst du eigentlich damit erreichen? Kind, was bringt das alles denn jetzt noch?«

»Was das bringt?« Monika kehrte zurück vor die Theke. »Was soll die Frage? Sie verstehen's eben nicht! Und hören Sie auf, mich Kind zu nennen.«

Ihr Blick war so zornig jetzt, dass Sybille Lenz erschrak.

»Sind Sie jetzt etwa meine Mutter? Oder was?«

»Du hast eine Mutter.«

»Ja, verdammt! Hab ich.«

»Die krank ist.«

Monika schluckte, sie schien nachzudenken, dann fauchte sie fort. »Die ist nicht krank, meine Mutter ist kaputt. Verstehen Sie das? Kaputt! Und ich geh auch kaputt, wenn ich es jetzt nicht zu Ende bringe.«

Sybille Lenz beugte sich vor, fasste Monikas dünnes Handgelenk. Ihr Griff war zärtlich. »Nein, Monika, gehst du nicht. Du musst das nicht machen, es nützt niemandem was.«

Doch Monika riss sich los, da konnte die Strickmützenfrau reden, was sie wollte. Es war entschieden, einmal noch würde sie schießen, dann war Ruhe. Danach konnte die Frau machen, was sie wollte, die ganze Welt konnte machen, was sie wollte, wenn es erledigt war. Ihr würde alles recht sein. Das Kind würde sowieso bei fremden Leuten aufwachsen, bei denen es ihm besser gehen würde als bei ihnen im Rosental. Ihre wilde Entschlossenheit spiegelte sich auf ihrem blassen Gesicht, ihre Augen funkelten. Sybille Lenz erkannte, dass sie verloren hatte. Mitleid und Bewunderung für das Mädchen wogen in heftigem Kampf in ihr. Draußen fuhr ein

Wagen vor, eine Frau mit großer, runder Sonnenbrille stieg aus, sie trug eine Einkaufstasche bei sich. Monika verschwand im Türrahmen.

»Heute Nacht«, hörte sie die Strickmützenfrau sagen, »die Tür zum Garten.«

Während der Nacht wälzte Monika sich in unruhigem Halbschlaf in ihrem Bett hin und her. Zu groß war ihre Sorge, erst am Morgen aufzuwachen. Als die Kirchturmuhr endlich eins schlug, stand sie auf, nahm ihre Umhängetasche vom Garderobenbrett an der Wand und schlich so leise, wie es ihr möglich war, die alte Holztreppe hinunter. An der Hintertür, die in den Garten führte, fand sie eine Plastiktüte vor, sie war gefüllt mit Proviant und Getränken. Darunter lag eine zusammengerollte Wolldecke.

Monika schluckte. Was war die Strickmützenfrau doch für ein komischer Mensch. Sogar eine Flasche Coca-Cola befand sich in der Tüte, und eine Rolle Doppelkekse. Im Halbdunkel tastete Monika sich vor, zurück in das Geschäft. Gelangte hinter die Theke, stieß mit dem Fuß gegen einen leeren Karton und fand neben der Registrierkasse einen schmalen Abreißblock. Die Straßenlaterne vor dem Geschäft warf ein fahles Licht auf die Theke, auf dem Block konnte Monika den Werbeaufdruck *Wicküler Pilsener* entziffern. Sie griff den Kugelschreiber, der gleich daneben lag, nahm den Block quer und schrieb in Großbuchstaben DANKE darauf. Monika schlich wieder zur Hintertür, sie war offen, und dann stand sie auch schon draußen auf der Straße.

Die Kühle der Nacht empfing sie unter einem sternenklaren Himmel. Vorsichtig schaute Monika sich um und lief dann los, hinein in die Gasse, die sie hinaus aus dem Dorf führte. Die schon bald zum Feldweg wurde, der sie an Stoppelfeldern vorbei auf das Wäldchen zuführte, wo sie sich in dieser Nacht verkriechen wollte. Oben auf der Landstraße tauchten die Lichter eines Wagens auf, Monika legte sich flach auf den Boden, lauschte, bis der Wagen verschwunden war, und hastete dann weiter. Am Wäldchen angekommen, fand sie nur mit Mühe ihre alte Spur durch die dichten Brennnesseln, im Unterholz verfingen sich dünne Zweige in ihren Haaren, sie tastete sich weiter voran und gelangte zu dem Baumstamm, hinter dem sie schemenhaft ihr altes Nachtlager erkannte. Ihr war kalt, ohne zu zögern schlug sie sich die Decke um, legte sich hin und wartete darauf, dass die Nacht vergehen sollte.

Die Sonne stand schon als blassgelbe Kugel am Himmel, als Monika am nächsten Morgen, dem 9. August 1973, von einem Geräusch geweckt wurde. Es kam von einem Fahrzeug, das sich dem Brasselsmaar näherte. Trockener Kiesel knirschte unter Gummireifen, es war ein PKW, das erkannte Monika am Motorengeräusch. Das Auto fuhr langsam, als ob sein Fahrer auf der Suche wäre nach etwas. Der Wagen kam näher, Monika hob vorsichtig ihren Kopf über den Baumstamm und sah für einen kurzen Moment die grün-weiße Lackierung eines Polizeiwagen durch das Dickicht hindurchschimmern. Sofort warf sie sich wieder flach auf ihr Lager. Die suchen mich, schoss es ihr in den Kopf. Von aufsteigender Panik ergriffen überlegte sie, was zu tun war, falls die Polizisten ihr Versteck betreten würden. Die Pistole steckt in ihrer Umhängetasche, die in Griffweite neben ihr lag. Das Polizeiauto kam näher, war zwar nicht mehr zu erkennen durch das Dickicht, aber es war da, ganz nahe jetzt. Das Knirschen auf dem Feldweg dauerte an, bis es urplötzlich abbrach. Gleich würden sie aussteigen, war sich Monika sicher, gleich würden sie hier auftauchen. Sie drückte sich näher an den Baumstamm, wurde fast eins mit dem modrigen Holz an der Unterseite der umgestürzten Pappel. Sie versuchte, ein paar Zweige über sich zu ziehen, und wagte kaum noch zu atmen. Gleich würden sie die Wagentüren zuschlagen, dann würden sie ihre Waffen zücken, sich durch die Brennnesseln schieben und sich durch das Jungholz zwängen. Monika sah vor ihrem geistigen Auge zwei junge Polizisten neben sich auftauchen, die ihr befahlen, sich zu ergeben, und ihr dann die Hände auf dem Rücken fesselten. Auf dem Feldweg blieb es ruhig, längst waren die Krähen in den Pappeln über ihr aufgeflogen, es schien, als ob die Welt stillstehen würde. Dann quakte ein Frosch im Tümpel neben ihr, und gleich darauf noch ein zweiter, der Ruf einer Krähe drang vom Feld draußen an Monikas Ohr. Es knirschte wieder auf dem Feldweg. Der Wagen fuhr an, schneller jetzt, der Fahrer schaltete in einen höheren Gang, bis dass der Wagen bald schon nicht mehr zu hören war.

Monikas Gesicht war von Schweiß bedeckt, ihr Atem ging flach. Sie wusste nicht, wie lange sie an den Baumstamm gedrängt dagelegen hatte. Endlich regte sie sich, kam auf die Knie, richtete sich auf und lauschte angespannt auf die Geräusche, die die Welt rund um das Wäldchen absondern sollte. Doch sie hörte nichts, nicht das leiseste Knirschen, nicht das entfernteste Motorengeräusch. Bis auf die Frösche, die jetzt wieder quakten, blieb es still ringsum. Sie beruhigte sich ein wenig und bemerkte, dass ihr Versteck verändert aussah. Jetzt, da es hell war, erkannte sie es; ihr Schlafplatz war zerpflückt, am Rand des Tümpels waren Wasserlilien niedergetreten worden. »Scheiße«, entfuhr es ihr leise. Jemand war hier gewesen während ihrer Abwesenheit. Waren es ein Landstreicher oder spielende Kinder? Oder war das die Polizei gewesen, die seither Streife fuhr hier in den Feldern? Blitzschnell raffte sie ihre Sachen zusammen, ließ nichts zurück, durchquerte das Jungholz und sah gleich dahinter die welken Brennnesseln, die von schweren Schuhen zertrampelt flach am Boden lagen. Das war kein Landstreicher, nun war sie sich absolut sicher. Mehrere Leute hatten hier ihre Spuren hinterlassen, hatten sich hier umgesehen. Und plötzlich wusste sie, dass es Polizisten waren! Ihr Versteck war ausspioniert worden, sie musste verschwinden, auch hier konnte sie nicht mehr bleiben.

Sollte sie zurück zur Strickmützenfrau? Oder gar gleich nach Euskirchen? Sie beobachtete die Gegend rund um das Wäldchen, niemand war zu sehen. Nein, zurück konnte sie nicht, ihr Weg ging nach vorne, sie musste weitermachen, es zu Ende bringen. Aufgeben kam nicht infrage, nicht jetzt, so kurz vor dem Ende ihrer Mission. Drüben, hinter dem Dorf, zeichnete sich ein Wald ab am Horizont. Im Wald würde sich sicher ein Versteck finden lassen, das würde ihre Rettung bedeuten, jetzt, da die Polizei hier unten herumschnüffelte.

Monika Langhoff verließ das Wäldchen, erreichte den Feldweg, der staubig und holprig war und ihr nicht die geringste Deckung bot, weshalb sie sich beeilte, weil sie fürchtete, der Polizeiwagen könnte zurückkehren. Hinter ihr die Sonne am Himmel, vor ihr der Wald, der noch verdammt weit weg war. Links von ihr lag die Landstraße, dazwischen ein Stoppelfeld, frisch gegrubbert, es roch nach warmer, aufgebrochener Erde. Monika war alleine hier draußen, ringsum war niemand zu sehen, deshalb verringerte sie ihr Tempo. Ihr war heiß, die Umhängetasche hing schwer an ihrer Schulter. Dann, wie aus dem Nichts, tauchte ein Wagen auf. Noch bevor sie es gehört hatte, sah sie es, das Auto, das drüben auf der Straße fuhr. Das Auto kam rasch näher, es war grün. Monika begann zu laufen, wo sollte sie sich auch verstecken, hier zwischen den abgeernteten Feldern? Sie klemmte sich ihre Umhängetasche unter den Arm und rannte weiter; als das grüne Auto auf ihrer Höhe war, erkannte sie, dass es der Renault war, in den sie zu der Frau gestiegen war. Sie rannte, ohne anzuhalten, bis sie den Waldrand erreicht hatte. Sie hatte sich nicht umgedreht, war nicht stehen geblieben, bis sie in den erstbesten Waldweg eingebogen war. Kalter Schweiß bedeckte ihr Gesicht, sie rang nach Luft. Nachdem sie den Weg ein Stück gegangen war, verließ sie ihn, ging über trockenes Laub, stieg über knorrige Brombeerranken, so tief in den Wald hinein, bis sie meinte, vom Weg aus nicht mehr gesehen zu werden. Im Schatten einer alten Buche sank sie erschöpft nieder, atmete schwer, während sie sich bemühte, das Feuer der Wut in ihr am Brennen zu halten.

* * *

»Finden Sie den Aufwand nicht ein wenig übertrieben?«, nörgelte Theo Müllejans und deutete auf den großformatigen Ausdruck des Fotos von Monika Langhoff. Das Bild war von schlechter Qualität, es wirkte wie eines der Porträts auf den Fahndungsplakaten nach der »Anarchistischen Gewalttäter Baader/Meinhof-Bande«, die beinahe an jedem öffentlichen Trafohäuschen klebten.

»Das ist ganz und gar nicht übertrieben, Herr Müllejans«, Glasmacher war auf diesen Einwand vorbereitet. »Die vermisste Person ist zweifelsfrei von einer Zeugin als diejenige identifiziert worden, die sie zwei Tage vor dem Mord an Otto Rinkens in ihrem Wagen mit nach Nörvenich genommen hat. Außerdem ist sie die Tochter der Gisela Langhoff, die im September 1955 von Rinkens, Grotewohl und Töller gemeinschaftlich vergewaltigt wurde. Es besteht der dringende Verdacht, dass Monika, alleine oder zusammen mit anderen, für die Morde an Rinkens und Grotewohl verantwortlich ist. Wir sind also unbedingt auf Hinweise zu ihrem Aufenthaltsort angewiesen.«

Müllejans zog an seiner Zigarette, der goldene Siegelring an seiner Hand glänzte im Licht der Schreibtischlampe. Mit seiner Linken zupfte er an seiner Nasenspitze herum, Glasmacher fand das albern, aber er wusste, dass es eine Marotte Müllejans war. Jedes Mal, wenn er nachdachte, fummelte er an seiner Nase herum. »Wo wurde das Mädchen zuletzt gesehen?«, wollte Müllejans dann wissen.

»In Euskirchen, in der Wohnung ihrer Mutter.«

»Okay, dann sollten die Dinger auch in Euskirchen ausgehängt werden.«

»Selbstverständlich, da sind die Kollegen schon dran.«

Bald hingen die Suchmeldungen überall. In Euskirchen, in Düren und auch in den Dörfern rundum. In fast allen Amtsstuben, Sparkassenräumen, Geschäften, in den Bussen der Dürener Kreisbahn, auf Trafohäuschen und an den Eingangstüren von Telefonzellen. Sogar auf den Caterpillar, der im Rosental immer noch auf sein nächstes Opfer wartete, hatte jemand eine Suchmeldung gekleistert. Die Schlunzen auf der Mauer zerrissen sich die viel zu stark geschminkten Mäuler, die mürrische Frau an der Kasse im Supermarkt, die von Gisela Langhoff das Geld für Bier und Kaffee entgegennahm, hoffte mit übertriebenem Pathos in der Stimme, dass man das arme Ding doch möglichst bald finden möge.

Doch während Monika das sichere Versteck bei der Strickmützenfrau verlassen hatte, am nächsten Morgen auch aus dem Brasselsmaar wieder geflohen war und sich nun im Nörvenicher Wald versteckt hielt, war die Suche nach ihr erfolglos geblieben. Auch fünf Tage nach der massenhaften Plakatierung hatten sich nur wenige Leute bei der Polizei gemeldet und lediglich berichtet, dass sie die Gesuchte kannten. Manche fügten an, dass die Langhoff schon immer komisch gewesen sei. Doch dann strich sich in Euskirchen der Polizist mit dem messerscharfen Mittelscheitel eine Haarsträhne aus der Stirn. »Nennen Sie bitte zuerst Ihren Namen«, forderte er die Anruferin auf, doch die Jungmädchenstimme am anderen Ende der Leitung sprach einfach weiter. »… wenn Sie was über Monika erfahren wollen, dann gehen Sie mal ins Porto Bello. Da war die oft, hat mit dem Grobi rumgemacht. Der weiß bestimmt was.« Es knackte in der Leitung, der Polizist legte auf, schrieb den Namen der Kneipe auf einen Schmierzettel und wählte die Nummer der ermittelnden Kollegen im Polizeipräsidium Düren.

Am Abend fuhren Emil Glasmacher und Mike Matzerath sehr langsam durch die Wilhelmstraße in Euskirchen. »Hier ist es«, sagte Glasmacher und deutete auf ein schmales Haus, in dem im Erdgeschoss die Leuchtreklame des Porto Bello eingeschaltet war. Hier würden sie vielleicht etwas finden, hatte der Kollege von der Euskirchener Dienststelle gemeint. Sie parkten den Wagen ein Stück weit entfernt. Als sie vor die Kneipe traten, standen dort einige junge Leute, die sie mit finsteren Blicken musterten.

»'n Abend«, flötete Mike Matzerath lässig, »wisst ihr, ob Grobi heute hier ist?«

Ein Mädchen in einer weißen Jeanshose und gelben Plateauschuhen an den Füßen prustete los, der Junge, der sie eng umschlungen hielt, löste sich von ihr und stellte sich Matzerath in den Weg. Er kaute Kaugummi mit offenem Mund, sein Grinsen war breit und unverschämt. »Was wollen Sie denn von Grobi?« Sauber gescheitelte Haare, die gerade eben seine Ohren bedeckten, ein dünner, grüner Pullover von Lacoste.

»Wir müssen mit ihm reden«, antwortete Matzerath.

»Was kann die Polizei nur von unserem Kellner wollen?« Seine Begleiter umringten ihn und grinsten jetzt genauso blöd.

Da hatten sie es wohl mit dem Obermacker der Truppe zu tun, Matzerath warf seine Kippe auf den Boden und trat sie aus. »Das sagen wir ihm, wenn wir ihn gefunden haben.«

»Er ist drinnen«, der Obermacker trat einen Schritt zurück, »aber nicht verhaften, hören Sie, den brauchen wir nämlich noch.«

Drinnen war nicht viel los, ein Tisch war besetzt, drei Kerle hockten an der Theke und hielten sich an ihren Gläsern fest. Es war kurz nach acht, zu früh für Remmidemmi in der Disco. Trotzdem hallte laute Musik aus riesigen Lautsprechern, buntes Licht huschte über die verlassene Tanzfläche. Es roch nach schalem Bier. Das Porto empfing die Polizisten aus Düren in der entspannten Erwartungshaltung, die man in allen Amüsierbetrieben findet, die sich auf den ersten Ansturm der Feierwütigen vorbereiten.

Emil Glasmacher deutete auf einen schlaksigen Jungen, der hinter der Theke stand. »Das muss er sein.«

Der Junge sah lustig aus, zerzauste Haare, große Augen.

»Grobi, das passt«, erkannte Mike Matzerath. Sie nahmen ihn beiseite und erklärten ihm, warum sie mit ihm reden mussten.

Thomas Steiniger verhielt sich äußerst kooperativ. Klar, die Monika, mit der sei er zusammen gewesen, sei aber schon eine Weile her. Wo sie sich jetzt aufhalte, wisse er nicht. Grobi erzählte, dass Monika eine Pistole gekauft habe, in Lüttich. Mehr könne er dazu nicht sagen, er habe sie kurz darauf verlassen.

15. KAPITEL

Walter Töller dachte darüber nach, zum Arzt zu gehen. Seit Trude ihn verlassen hatte, kam der Schlaf nur noch zu ihm, wenn er eine von den Tabletten nahm, die er in ihrem Nachttisch gefunden hatte. Am Morgen dann fühlte er sich krank, unausgeschlafen, schlaff. Die höllischen Kopfschmerzen hielten jeweils bis nach der Mittagspause an, danach fühlte er nur noch den Druck in der Brust, der ihm seit Tagen das Atmen erschwerte. Das Essen in der Kantine beim Canzler wollte ihm plötzlich nicht mehr schmecken, abends trank er Bier und immer öfter auch Schnaps und Weinbrand. Alles, was das Barfach in der Schrankwand hergab. Währenddessen lief der Fernseher, und er bekam nichts mit von dem, was Robert Lembke mit einem Sparschwein in der Hand in die Kamera brabbelte.

Dass er jetzt noch, so viele Jahre nach dieser dummen Sache damals in Winningen, in eine derart beschissene Lage geraten konnte, das hatte er für völlig ausgeschlossen gehalten. Sein Leben war völlig aus den Fugen geraten. Otto und Ernst waren tot, Trude war weg, die Kollegen beim Canzler munkelten schon hinter seinem

Rücken. Ihnen blieb nicht verborgen, dass der Herr Töller irgendwie komisch war in letzter Zeit. Er brauchte Ruhe. Er war den Anforderungen nicht mehr gewachsen. Das Haus war ihm fremd geworden, die Firma war nicht mehr das Wichtigste in seinem Leben. Das Wichtigste war, dass das alles bald aufhören sollte.

Sollte er den Wohnort dieser Gisela erfragen? Er würde zu ihr gehen, sich entschuldigen und ihr Geld geben. Das würde ihm guttun, vielleicht konnte er danach wieder zu seinem normalen Leben zurückkehren. Er würde ihr mehr Geld geben, wenn sie diesen verrückten Killer abzieht, oder was auch immer hinter den Morden an Otto und Ernst stecken sollte. Aber vielleicht hatte Gisela auch gar nichts damit zu tun?

Der Arzt musste ihn krankschreiben, drei Wochen, vier Wochen, egal, am besten so lange wie möglich. Vielleicht konnte er eine Kur antreten, möglichst weit weg, und wenn er zurückkam, dann wäre die ganze Scheiße hoffentlich erledigt.

Am Morgen des 9. August 1973, gut zwei Wochen nachdem sein ehemaliger Freund Grotewohl erschossen worden war, saß Walter Töller in seinem Büro in der ersten Etage des Verwaltungsgebäudes der Carl Canzler KG, als das Telefon klingelte. Er zögerte, die Kopfschmerzen hatten einen Grad erreicht, der ihn in den Wahnsinn zu treiben drohte. Nach dem siebten Schellen nahm er ab.

»Ich habe Herrn Glasmacher von der Kripo Düren für Sie in der Leitung«, hörte er Fräulein Helga sagen. Ihre Stimme klang wie immer, Fräulein Helga tat ihre Arbeit wie eh und je, korrekt, loyal, neutral. Wenn die blöde

Kuh ihn doch nur einmal warnen würde. Ein klitzekleiner Hinweis auf das, was da auf ihn zukam. Ein einziges Wort darüber, was dieser Glasmacher schon wieder von ihm wollte.

»Ist gut«, sagte Walter Töller und hörte das vertraute Knacken in der Leitung.

»Herr Töller? Hier spricht Kriminalhauptkommissar Emil Glasmacher, ich habe gute Nachrichten für Sie.«

Gott sei Dank, dachte Walter Töller, sie haben den Mörder gefasst.

»Der Antrag, Ihnen Polizeischutz zu gewähren, ist genehmigt worden. Ab heute Abend werden zwei Kollegen ständig für Ihre Sicherheit sorgen. Sie erwarten Sie in Nörvenich, ab wann sind Sie denn zu Hause?«

Polizeischutz? Antrag? Töller verstand nicht sofort, was Emil Glasmacher ihm sagen wollte. Die Zeit des Nicht-Verstehens überbrückte er mit einem langgezogenen Räuspern, dann sagte er: »Bedeutet das, dass ich mich darauf einstellen muss, ständig von einem Kindermädchen begleitet zu werden?«

»Zwei, Herr Töller, es kümmern sich zwei Beamte um Ihre Sicherheit. Das ist es doch, was Sie wollten?«

»Ich will, dass Sie die Mörder festnehmen!«

»Das wollen wir auch, das dürfen Sie mir glauben. Bis es jedoch so weit ist, betrachten wir Sie als gefährdete Person. Wann, sagten Sie, werden Sie heute Ihr Zuhause erreichen?«

»Um 17:30 Uhr«, antwortete Töller, »pünktlich.«

Morgen früh würde er zum Arzt gehen, das stand für ihn in diesem Moment fest. Nicht auszudenken, was die Kollegen sagen würden, wenn er mit zwei Aufpassern von der Polizei in der Firma auftauchte. Da würde er sich lieber in seinem Haus verkriechen, während die Polizisten draußen Wache schieben sollten. Oder war geplant, dass die sich mit ihm im Haus aufhalten sollten? Er griff zum Telefon, diese Frage wollte er von Glasmacher noch beantwortet haben. Sein Finger steckte schon in der Wählscheibe, doch er legte wieder auf. Viel zu viel Gerede um ihn, plötzlich fand er die Frage überflüssig, das ließe sich auch direkt mit den Aufpassern klären. Heute Abend, und wenn es gar nicht zu vermeiden war, dann sollten sie eben ins Haus kommen. Vorausgesetzt, sie waren bereit, ihre Schuhe auszuziehen.

Als er zur vereinbarten Zeit vor seinem Haus in der Junkerstraße eintraf, sah er den geparkten Wagen auf der gegenüberliegenden Straßenseite stehen. Ein brauner Ford Taunus mit Dürener Kennzeichen. Darin saßen zwei Männer, die Walter Töller noch nie gesehen hatte. Sie nickten ihm zu, keiner machte Anstalten auszusteigen. Am späten Abend, als Töller noch einmal durch das vergitterte Fenster im Erdgeschoss hinaus auf die Straße sah, stand der Wagen unverändert dort. Einer der Männer schien zu schlafen, der andere zog an einer Zigarette, das Seitenfenster war einen Spaltbreit geöffnet, dünner Zigarettenrauch zog hinauf in den graublauen Nachthimmel.

Zur gleichen Zeit stand Thomas Steiniger im Porto Bello von dichtem Zigarettenrauch umhüllt hinter der Theke und bereitete drei Asbach-Cola und zwei Limo zu. Seit er den Polizisten aus Düren von der Pistole erzählt hatte, fühlte er sich besser. So wie die geschaut hatten, hatten sie davon noch nichts gewusst, jetzt hoffte er, dass sie die Suche nach Monika forcieren würden. Und er hoffte, dass sie Monika bald fänden, damit sie nicht noch einen Menschen erschießen konnte. Unglaublich! Dass die sich das getraut hatte. Die Geschichte, die sie ihm erzählt hatte, ließ ihn seitdem nicht mehr los. Das war wirklich eine krasse Sache, aber erlaubte das Monika, Menschen zu töten? Er war hin- und hergerissen, eine Antwort auf diese Frage hatte er bis jetzt noch nicht gefunden. Was er jedoch wusste, ganz sicher wusste, dass war, dass er Monika liebte. Er hätte sie nicht rauswerfen dürfen. Niemals, er hätte zu ihr stehen müssen. Sie abhalten müssen von ihrem irren Plan. Wem nutzte das?

Oft hatte er über sie beide nachgedacht. War das Vorsehung, dass Monika plötzlich im Porto aufgetaucht war und er sich sofort in sie verliebt hatte? Sie waren füreinander bestimmt, irgendeine fremde Macht hatte sie zusammengebracht. Das glaubte er. Für ihn waren sie beide so etwas wie Sonny and Cher. *I got you Babe*, Grobi mochte diesen alten Song, Sonny and Cher aus Euskirchen. Und nun war seine Cher verschwunden, vermutlich gerade im Begriff, einen weiteren Menschen zu töten. Einfach abzuknallen. Unglaublich! Dass die sich das traute. Er würde sie wohl nicht wiedersehen, denn ihr drohte der Knast, auf so etwas gab es bestimmt lebenslänglich. Und er liebte sie, immer noch.

Er stellte die Getränke auf das Tablett und balancierte es hinüber zu Tisch sieben. Drei Jungs und zwei Mädchen erwarteten ihn.

»Na, Grobi, hat die Polizei dich nach der Tussi aus dem Rosental gefragt?« Das Mädchen hatte die Beine übereinandergeschlagen, der gelbe Plateauschuh wippte provokant.

»Und wenn schon, was geht's dich an?«

»Ich frag doch nur, musst nicht gleich eingeschnappt sein.«

»Ja, haben sie, das weiß doch jeder hier, ist kein Geheimnis.« Grobi stellte die Getränke ab und notierte die Preise auf einen Bierdeckel.

»Ich kapier nicht, wie du dich mit so einer abgeben kannst. Ich meine, die passt doch gar nicht zu dir. Und schon gar nicht hierher.«

»Wieso?«

»Na, die kommt aus dem Rosental. Hey, da geht man ins Village oder bleibt zu Hause.«

Die Plateauschuhträgerin war hässlich und dumm noch dazu. So zu reden, traute sie sich nur, weil sie hier mit ihrer Clique zusammen war. Doch Grobi war egal, was sie sagte, sollte sie eben rumstänkern. Er hatte keine Lust auf Streit mit der Truppe, seine Finger trommelten auf die Unterseite des leeren Tabletts, als er sagt: »Warum das denn? Du bist doch auch hier.« Dann wendete er sich ab und ging. Hinter seinem Rücken hörte er die Stimme des Obermackers, während er daran dachte, Monikas Mutter im Rosental zu besuchen.

Schon nach dem zweiten Mal Schellen nahm Mike Matzerath den Hörer ab. Mittlerweile kamen ständig Hinweise zur Vermisstensache Monika Langhoff rein. Gestern war sich ein Anrufer sicher, sie im Bus nach Düren gesehen zu haben. »Die saß da, gleich beim Ausstieg. Ich musste ja in Distelrath raus, stehe jetzt hier in der

Telefonzelle, aber die Gesuchte ist sitzen geblieben. Die war richtig nervös, verstehen Sie? Der Bus ist bestimmt schon am Kaiserplatz angekommen, beeilen Sie sich, sonst ist die weg.«

Zwei Kollegen waren sofort hingeeilt, der Bus hatte noch am Kaiserplatz gestanden, leer. Am Steuer saß der klapperdürre Fahrer, er packte gerade eine Thermoskanne in seine alte Aktentasche, als die Kollegen den Bus betraten. Sie zeigten ihm das Foto der Gesuchten. »Sie soll hinten, beim Ausstieg, gesessen haben.«

Der Klapperdürre wischte sich die Hände an den Hosenbeinen ab, nahm das Foto und sagte nach einem kurzen Blick darauf: »Ach die, nee, das war nicht die Gesuchte. Die hatte schwarze Haare, pechschwarze, und älter war sie auch, bestimmt zehn Jahre.«

»Lichte hier«, meldete sich der Anrufer, »mir ist da was aufgefallen.«

Den Wirt vom Winninger Weinkeller hatte Mike Matzerath tatsächlich schon fast vergessen. »Herr Lichte, schön, dass Sie noch mal anrufen.«

»Tut mir leid, dass ich mich jetzt erst wieder melde, ging leider nicht früher, aber dafür hab ich was für Sie.«

Sofort war Matzerath im Thema, das Notizbuch, der Stift, alles am Start. »Schießen Sie los.«

»Also, als Sie bei mir im Weinkeller waren, da hatte ich ja leider wenig Zeit.«

»Ich weiß, Sie hatten zu tun.«

»Genau, aber als ich später etwas zur Ruhe gekommen war, da hab ich nachgedacht, und dabei fiel mir das Foto wieder ein.«

»Welches Foto?«

»Na, das mit dem Rudolf Schock drauf. Der war bei uns im Weinkeller, damals, als wir so Angst vor dem Hochwasser hatten.«

»Rudolf Schock? Hochwasser? Ich verstehe Sie nicht, Herr Lichte.«

»Wir hatten gerade neue Kühlschränke angeschafft. Die waren nicht billig, darum hatten wir Sorge, dass das Wasser wieder zu hoch steigen würde. Ist es aber nicht. Schwein gehabt. Das Wasser ist in dem Jahr noch nicht mal bis über die Straße gekommen.«

»Was für ein Glück.« Ungeduldig kritzelte Matzerath in dem Notizbuch herum.

»Und in dem Jahr, also 1955, war das Weinfest wieder sehr gut besucht und viel zu wenig Personal verfügbar. Da waren wir für jede helfende Hand dankbar. Die Gisela schaffte ja im Schwan, aber aushilfsweise auch bei uns im Keller. Sie war eigentlich viel zu schüchtern für so was, aber was wollte man machen.«

»Gut, Gisela war also tatsächlich im Weinkeller. Aber was hat das nun mit dem Schock zu tun?«

»Der war auch da, hat wohl in Koblenz einen Auftritt gehabt und ist danach zu uns nach Winningen gekommen. Mit ein paar Leuten im Schlepptau, die haben dann alle an der Theke gestanden, und da ist dieses Foto gemacht worden. Es hängt noch hier am Vitrinenschrank, neben der Autogrammkarte vom Peter Alexander. Auf dem Foto ist der Schock zu sehen, mit zwei Mädchen im Arm, und eine davon ist Gisela Langhoff. Das ist mir erst wieder eingefallen, als ich über das Jahr 1955 nachgedacht habe. Da konnte ich mich wieder erinnern, dass es das Jahr war, in dem das Hochwasser unsere neuen Kühlschränke verschont hat und in dem der Schock hier war. Auf der Rückseite des Fotos sind die Namen notiert, da steht auch Giselas Namen drauf.«

Matzerath verstand, das war der klare Beweis. »Können Sie sich jetzt vielleicht auch noch an die drei Männer erinnern?«

»Genau, die drei Kerle. Zwei von denen sind tatsächlich auch noch auf dem Foto zu sehen. Zwar etwas unscharf und ziemlich weit hinten stehend, aber die waren auch hier an diesem Abend. Einer hieß Otto, da bin ich mir sicher. Die hielten sich zuerst oben an der Theke auf. Ziemlich läppisch waren die, haben gesoffen, als gäbe es kein Morgen, und sich an fast jede Frau rangemacht. Später sind die dann runter, in den Tiefkeller, haben sich an einen frei gewordenen Ecktisch verzogen. Damals hat die Hanni, die oben an der Theke gearbeitet hat, zu mir gesagt hat, wie froh sie war, die drei Casanovas losgeworden zu sein. Unten hat dann später die Gisela bedient.«

»Können Sie sich an etwas Auffälliges erinnern? Unten, im Tiefkeller? Gab es Streit? Vielleicht mit der Gisela?«

»Daran habe ich keine Erinnerung mehr. Wenn da was war, dann hab ich es wohl nicht mitbekommen. War ja brechend voll, der Keller, da kriegt man leider nicht immer alles mit.«

»Wann haben die drei Herren den Weinkeller denn verlassen? Gingen Sie alleine fort? Oder in Begleitung?«

»Fehlanzeige, so was weiß ich leider nicht mehr. Wie gesagt, damals war die Hölle los. Und das jeden Tag, was glauben Sie denn?«

»Was ich glaube?« Matzerath schmunzelte, »ich glaube Sie haben uns sehr geholfen, Herr Lichte. Vielen Dank dafür, und wenn Ihnen noch etwas einfällt, dann lassen Sie es uns bitte wissen.«

Mike Matzerath wusste um die Brisanz des Falls für seinen Chef. Würden sie den Fall Kopfschuss nicht bald aufklären können oder, woran er gar nicht zu denken wagte, am Ende sogar gar nicht auflösen, dann wäre das die zweite Niederlage für Glasmacher in Nörvenich. Zwei Fälle im selben Kaff, in denen er den Täter nicht ermittelt hatte! Dann konnte Glasmacher einpacken. Vorzeitiger Ruhestand oder so etwas Ähnliches. Aber, und jetzt blies Matzerath genüsslich den Rauch seiner Zigarette gegen die Decke, sie waren ja auf einem guten Weg. Auf einem verdammt guten! Er hob sein linkes Bein auf den Schreibtisch, legte den Kopf in den Nacken und zog an der Zigarette.

»Na, Michael«, die Stimme seines Chef hatte wieder diesen besonderen Klang, »haben wir es uns gemütlich gemacht?«

Matzerath nahm den Fuß vom Tisch, richtete sich auf, drückte die Kippe im vollen Aschenbecher aus. Das alles tat er ohne Eile, Glasmacher hüstelte gekünstelt, demonstrativ wedelte er mit der Hand vor seinem Gesicht herum.

»Chef«, hob Matzerath an, »ich hab was, das wird Sie freuen!«

Dann berichtete er vom Anruf Hans-Werner Lichtes und lächelte seinen Chef an. »Die drei waren in dem gleichen Schuppen damals, und Monika ist im Besitz einer Waffe, das passt doch alles super zusammen.«

Emil Glasmacher war nicht anzusehen, ob er genauso dachte. Vermutlich fand er das ebenfalls super, aber anstatt in Matzeraths Euphorie einzustimmen, sagte er: »Ich habe den Kollegen in Nörvenich gesagt, dass wir sie ablösen werden.«

»Klar, machen wir. Wann denn?«

»Morgen Abend und am Samstagabend auch.«

Während die Ermittler im Fall Kopfschuss also tatsächlich auf einem verdammt guten Weg zu sein schienen, während sich Willibert Rey und Roswitha aus dem Vorgarten in der Grünstraße schon wieder anderen Themen zuwandten, indem sie sich über Präsident Bokassa aus Afrika lustig machten, der ausstaffiert wie ein Christbaum die Bundesrepublik besuchte, nur um Entwicklungshilfegelder abzustauben, während Frau Körfer im Haus gegenüber Kaffee aus einer blau gemusterten Tasse trank und dabei die Hand ihrer Freundin Elfriede Rinkens hielt, während Sybille Lenz in ihrem Lebensmittelgeschäft dünne Scheiben vom Goudakäse schnitt und dabei täglich an Monika dachte, während Thomas Steiniger Gisela Langhoff am verkratzten Tisch im Rosental gegenübersaß und ihr Mut zusprach, während Gerti Aborowski ungeduldig auf die Wanduhr in ihrem kleinen Büro blickte, weil sie den Feierabend und damit das Wochenende herbeisehnte, während Männer und Frauen an der Suchmeldung für ein junges Mädchen vorübereilten, die an Trafohäuschen und Bushaltestellen klebte, während all das geschah, saß die Gesuchte im Wald von Nörvenich unter einer Buche und trank den letzten Schluck aus einer Flasche Coca-Cola. Es war Freitagmittag, die Sonne stand hoch am Himmel, vor ihr krabbelte ein schwarz glänzender Käfer im trockenen Laub. Sie hatte doch geplant noch zwei Wochen zu warten. Alle vier Wochen einer, immer in der Nacht von Sonntag auf Montag. Dann wäre ihre Mission beendet. Doch ihre Kraft ließ nach. Der Hass reichte kaum noch aus, ihre Entschlossenheit zu bewahren. Nacheinander hatte sie in kurzer Zeit drei Plätze verloren, an denen sie sich verstecken konnte, und nun hockte sie hier in diesem Wald, ohne Vorräte und ohne Geduld. Dazu musste sie befürchten, jederzeit von einem Streifenwagen entdeckt zu werden. Es konnte auch so gut werden, für sie selbst und für ihre Mutter. Auch wenn sie es früher zu Ende brachte, ganz egal, es würde gut werden. Alles würde besser sein als das schäbige Leben, dass sie bis jetzt geführt hatten. Die Stelle, die ihr Leben lang geschmerzt hatte, ohne dass sie exakt bestimmen konnte, wo sich diese Stelle tief in ihr drin befand, diese Stelle würde dann nicht mehr wehtun. Das wusste Monika. Es war alles genau geplant, doch nun war der Punkt gekommen, an dem sie von diesem Plan abweichen musste. So, wie sich die Sache in den letzten Tagen entwickelt hatte, blieb ihr keine Zeit mehr. Es fühlte sich anders an, nicht mehr so sicher wie zuvor. In der Nacht war es kühl geworden, die heißen Hundstage waren vorbei, und sie hatte die Decke von der Strickmützenfrau in dem Wäldchen zurückgelassen. Nein, ihr Gefühl sagte ihr, dass sie handeln musste, sofort. Erst wollte sie es in der kommenden Sonntagnacht zu Ende bringen, eine Woche früher als geplant, doch selbst die zwei Tage bis dahin erschienen ihr noch zu lang.

Monika griff in ihre Umhängetasche, kramte die Česká hervor und fasste an den Schalldämpfer. Er saß sicher und fest. Sie legte an und zielte auf den Stamm einer zehn Meter entfernt stehenden Buche. »Bumm«, flüsterte sie, »bumm«, und es wäre vorbei. Heute Abend, wenn es dunkel geworden war, wollte sie zur Junkerstraße gehen, Töller würde genauso blöd glotzend wie die anderen vor ihr stehen und bis zur letzten Sekunde nicht begreifen, dass sein Scheißleben in der nächsten Sekunde zu Ende war. Mit geübten Fingern entnahm sie der Pistole das Magazin, sah die Patronen darin golden schimmern und setzte es wieder ein. Sie war vorbereitet. Sie biss in den letzten Doppelkeks aus der Rolle, danach hatte sie nichts mehr zu essen bei sich.

Zäh wie alt gewordenes Rübenkraut verstrich die Zeit. Monika war nervös, ging zwischen den Bäumen hin und her, unten im Dorf läutete eine Kirchenglocke, die Zeiger ihrer Armbanduhr standen auf sechs Uhr. Zwei Stunden später hatte sie den Entschluss gefasst, noch früher als geplant ihr Versteck zu verlassen. Töller war der Letzte auf ihrer Liste, die Umstände machten es erforderlich, dass sie nicht länger wartete. Als sie, von innerer Unruhe getrieben, langen Brombeerranken ausweichend und dichtes Farn durchwatend, aufbrach, da war es noch nicht einmal neun Uhr. Drüben, zwischen krummen Eichenstämmen, stand die untergehende Sonne tief, Monika erreichte den Waldweg und hörte die Stimme einer Frau.

»Hierhin, Biene, hier bei Fuß.« Von rechts kam ein brauner Mischling auf sie zugelaufen, umkreiste sie, duckte sich und sprang dann an ihr hoch. »Entschuldigen Sie«, die Frau war Mitte vierzig, rothaarig, dazu trug sie eine grüne Cordhose und ein blaues T-Shirt. Sie kam herangeeilt. »Entschuldigen Sie, ich hab Sie gar nicht gesehen. Die tut Ihnen nichts, Biene ist noch jung und verspielt.«

Monika wollte schon weitergehen, die Frau nahm Biene an die Leine, hielt sie kurz und sagte: »Auch noch so spät im Wald unterwegs? Ich bin immer um diese Zeit hier, früher schaffe ich es einfach nicht, aber so ein junges Tier braucht unbedingt seinen Auslauf.«

»Ja, ist okay«, antworte Monika.

Die Frau ging einfach neben ihr her, sprach immer weiter, von der guten Luft hier im Wald und von den drei Rehen, die sie drüben beim Heidefeld gesehen hatte, während Monika ihre Umhängetasche an sich presste, in der sie das harte Metall der Pistole spürte. Am Ende des Weges, dort, wo es hinunterging zur Burgstraße, dort hockte Biene sich an einen Holunderbusch, die Frau zog sie bald weiter, schloss wieder auf zu Monika und lachte sie an. »Komisch«, ihr Lachen wirkte sympathisch, »ich hab dich noch nie hier gesehen, bist du zugezogen?«

»Ja«, log Monika, »vor zwei Wochen erst.« Sie ging schneller jetzt, hoffte, dass die freundliche Frau bald eine andere Richtung einschlagen würde, und tatsächlich, unten an der Straße angekommen, zog Biene sie nach links zum Kreuzberg hin.

»Ich muss hier lang«, lachte die Frau, »schönen Abend noch.«

Monika atmete auf. Sie überquerte den Bach, eilte vorbei an der Burg, überquerte den Marktplatz und war froh, keinem weiteren Menschen zu begegnen. Ein weißes Auto fuhr auf der Straße an ihr vorüber, die Dämmerung war so weit fortgeschritten, dass der Fahrer die Beleuchtung eingeschaltet hatte.

In der Junkerstraße hatte Emil Glasmacher sich auf den Beifahrersitz gesetzt, Mike Matzerath saß am Steuer und stocherte in einer Portion Pommes Frites mit viel Mayo herum. »Die sind gut«, stellte er fest und schob sich eine weitere Fritte in den Mund.

Glasmacher räkelte sich in seinen Sitz, die Kollegen waren heilfroh, als sie abgelöst wurden, jetzt waren der Chef und sein Assistent dran. Zwei endlose Nächte lang. Monika passierte ein weiteres Haus, ein Fenster war geöffnet, laute Stimmen aus dem Fernseher drangen hinaus auf die Straße. Nörvenich war zur Ruhe gekommen, seine Bewohner hatten sich in ihre Häuser zurückgezogen, im Dorf breitete sich allmählich schläfrige Ruhe aus.

In der Junkerstraße angekommen, sah sie Töllers Haus, hinter dem Fenster zur Straße hin brannte kein Licht. Als Monika das Haus mit der Hausnummer 64 erreicht hatte, bemerkte sie den braunen Taunus, der schräg gegenüber zwischen zwei Straßenlaternen abgestellt war. Vielleicht war das Töllers Wagen, dachte sie, beim Haus befand sich keine Garage. Neugierig betrachtete sie im Vorübergehen die Haustüre, vergittert, genauso wie das Fenster, hinter dem es dunkel blieb. Hoffentlich war er zu Hause, schoss es ihr durch den Kopf. Langsam ging sie weiter, dicht an der Backsteinmauer entlang, die war hoch, aber nicht zu hoch, um sie überwinden zu können.

»Da!« Blitzschnell sank Mike Matzerath auf seinem Sitz nach unten. »Das könnte sie sein.«

Sofort tat Emil Glasmacher es ihm nach. »Klar, das ist sie!«

Nur noch ihre Köpfe ragten jetzt ein Stück über das Armaturenbrett hinaus. Die Personenbeschreibung ließ keinen Zweifel zu, dieses blasse, zerbrechlich wirkende Mädchen mit den langen, blonden Haaren war die Gesuchte. Dass die Falle so schnell zuschnappen würde, damit hatten sie nicht gerechnet. Sie reckten ihre Hälse und sahen, wie Monika Langhoff sich unauffällig umsah.

Am Ende der Mauer schloss sich das Nachbarhaus an, Monika ging daran vorüber, in der Hoffnung, dahinter vielleicht eine Möglichkeit zu finden, auf Töllers Grundstück zu gelangen. Ein sich anschließendes Nebengebäude lag etwas nach hinten versetzt, dann folgte eine Garage mit einem windschiefen Holztor darin. Nein, hier gab es keine Möglichkeit für sie, auf Töllers Grundstück zu gelangen. Es blieb ihr nur die Mauer.

Die beiden Polizisten sahen, wie Monika kehrtmachte, sie schaute nicht zu dem braunen Taunus hin, ihre Aufmerksamkeit galt jetzt nur noch der Backsteinmauer. Monika reckte ihre Arme, mehr als ein Dreiviertelmeter fehlte, um den oberen Rand der Mauer zu berühren. Sie befühlte die Mauer, die Backsteine waren sauber verfugt.

Im Taunus balancierte Mike Matzerath das Schälchen mit den Pommes auf den Boden. »Die will drüberklettern, Chef, sehen Sie das auch?«

Glasmacher nickte kaum merklich, dabei duckte er sich noch ein wenig mehr, denn das Mädchen war jetzt ein paar Schritte von der Mauer zurückgegangen, schaute sich zu beiden Seiten um und schob sich ihre Umhängetasche auf den Rücken. Dann rannte sie los, geradewegs auf die Mauer zu, sprang hoch und schaffte es gerade eben, sich am oberen Rand festzuhalten. Während Monikas Füße nach einem Halt an der Mauer suchten, fühlte sie etwas Weiches unter ihren Fingern. Moos? Oder war die Mauerspitze mit Flechten überzogen? Sie drohte abzurutschen.

»Jetzt!«, kommandierte Emil Glasmacher und sprang im gleichen Augenblick aus dem Wagen. Mit wenigen Schritten war er bei dem Mädchen, das jetzt den Halt verlor und zu Boden stürzte. »Scheiße!«, rief Monika, als sie bemerkte, wie nah der Mann ihr schon gekommen war. Blitzschnell kam sie auf die Knie, griff in ihre Umhängetasche und fingerte nach der Pistole. Dann stand der Mann vor ihr, ein großer, schlaksiger Mann, der beschwichtigend seine Hände ausstreckte. »Ruhig«, hörte sie ihn sagen, »steh langsam auf jetzt. Es ist vorbei, Monika.«

Monika gehorchte, umständlich kam sie auf die Füße, die rechte Hand immer noch in der Umhängetasche.

»Nimm sie raus«, befahl der Mann, »zeig mir deine leere Hand!« Monikas Hand hatte die Pistole gegriffen, ihr Finger lag schon auf dem Abzug, sie zögerte keine Sekunde länger, riss die Česká hoch und drückte im selben Augenblick ab. Es blieb still, kein Schuss, kein Bumms, der Abzug war blockiert, die Waffe war noch gesichert. Erschrocken sah Monika, wie der Mann vor ihr zur Seite sprang, im gleichen Moment spürte sie einen Schlag wie mit dem Vorschlaghammer auf ihr Handgelenk niedergehen. Ein Mann mit blonder Mähne war aufgetaucht und hatte mit Wucht zugeschlagen. Die Česká knallte auf das Trottoir, und der Blonde trat nach ihr, stürzte sich gleichzeitig auf sie und rang sie zu Boden. Mike Matzerath fixierte das Mädchen bäuchlings auf dem Trottoir, es roch nicht gut. Das Mädchen blieb ruhig liegen, es schrie nicht, wehrte sich nicht. Mühelos gelang es Matzerath, ihm Handschellen anzulegen, beide atmeten stoßweise. Dann half er ihm auf die Beine.

Emil Glasmacher trat auf Monika zu, er hatte die Pistole aufgehoben, hielt sie am ausgestreckten Arm mit dem Lauf nach unten und sagte mit lauter Stimme: »Monika Langhoff, ich verhafte Sie wegen des Mordes an Otto Rinkens sowie an Ernst Grotewohl.«

16. KAPITEL

Das Klappern der Schreibmaschine drang durch die geöffnete Bürotür bis hinaus auf den Flur. Theo Müllejans, der erste Kriminalhauptkommissar der Polizeidienststelle Düren, war auf dem Weg zu Glasmacher und Matzerath. Eine persönliche Gratulation war angebracht.

Die Reinigungskraft hörte auf zu wischen, schob ihren Wagen aus dem Weg. »Guten Abend, Herr Müllejans«, grüßte sie freundlich, und Müllejans grüßte ebenso freundlich zurück.

»Da sind Sie ja, Kollege Glasmacher, Kollege Matzerath, ich gratuliere zum erfolgreichen Abschluss des Falls.« Mit ausgebreiteten Armen stand Müllejans kerzengerade in der offenen Bürotür. Die Deckenlampen waren ausgeschaltet, Glasmacher sowie auch Matzerath saßen im Schein ihrer Schreibtischlampen. In dieser Haltung, seine Rückseite war hell beschienen vom Flurlicht, sah Müllejans aus wie der Startenor bei seinem ersten Erscheinen auf der Opernbühne. Matzerath tippte den Einsatzbericht, müde sah er auf. Glasmacher telefonierte, legte aber auf, als er Müllejans erkannte.

»Vielen Dank«, sagte er in dessen Richtung, »Michael schreibt gerade den Bericht, Sie können ihn dann gleich mitnehmen.«

Müllejans trat neben Glasmacher an den Schreibtisch, er schien bester Laune zu sein. »Also wirklich. Gute Arbeit, meine Herren, sehr gute Arbeit!« Er ließ sich sogar dazu hinreißen, Glasmacher auf die Schulter zu klopfen. »Da hatten Sie wieder mal den richtigen Riecher, Glasmacher, ganz und gar erstaunlich, aber: Gelernt ist eben gelernt. Und: Auf die Kripo Düren ist eben immer Verlass.«

Mike Matzerath hatte aufgehört zu schreiben, breit grinsend schaute er zu seinem Chef hinüber, dem diese ganze Lobhudelei unangenehm war. Das konnte Matzerath deutlich erkennen.

Ungeduldig, wie er war, wollte Müllejans sofort eine Kurzversion des Einsatzes hören. »Den Bericht lese ich dann morgen«, sagte er und setzte sich vor Glasmachers Schreibtisch auf den Besucherstuhl.

Der Chef überließ es seinem Assistenten, eine Zusammenfassung vorzutragen. Müllejans hörte aufmerksam zu, stellte keine Fragen, schien sehr angetan vom dem, was er da hörte. »Phänomenal! Bravo!« Am Ende des Vortrags war Müllejans' Begeisterung kaum noch zu steigern. Dann stand er auf und schaute auf die Uhr. Es war spät geworden, er war schon im Begriff, das Büro zu verlassen, als er noch einmal innehielt und sagte: »Eine letzte Frage hätte ich noch. Die Waffe, trug das Mädchen die Waffe bei sich?«

»Ja, eine alte Česká.«

»Ach, tatsächlich. Und hat sie sie gegen sie gerichtet?«

»Nein, dazu ist sie nicht gekommen.«

»Gut«, sagte Müllejans, »das ist gut.« Dann verschwand er hinter der Bürotür im hell erleuchteten Flur.

Mike Matzerath fuhr fort mit seinem Bericht, Emil Glasmacher hatte die Hände im Nacken verschränkt und schaute, begleitet vom rhythmischen Klang der Schreibmaschinentastatur, durch die Fenster hinaus in den Dürener Nachthimmel.

MORDSERIE GESTOPPT titelte die Boulevardpresse in fetten Schlagzeilen. Im Innenteil widmeten die Blätter der Story mehrere Seiten, die zum größten Teil mit Fotos bedruckt waren. Das Haus Nummer 64 in der Junkerstraße, das unscharfe Portraitfoto der Monika L., ihr Wohnhaus im Rosental. Dazu ein bisschen Text, in dem der Leser in komprimierter Form fast alles über das Leben der Familie L. aus Euskirchen erfuhr.

Mit Gisela hatten die Journalisten nicht gesprochen, sie hatte ihnen nicht geöffnet. Auch Walter Töller war abgetaucht, als Quelle diente ihnen nur die äußert kurz gehaltene Pressekonferenz der Kripo in Düren und die vielen Spekulanten auf den Straßen von Nörvenich und Euskirchen. Immerhin hatte die Polizei etwas zum Motiv gesagt: Es war Rache. Monika L. hatte das Unrecht, das an ihrer Mutter verübt worden war, rächen wollen. *DER RACHEENGEL VON NÖRVENICH*. Eine Schlagzeile ganz nach dem Geschmack der Leser dieser Blätter. Als dann noch durchsickerte, dass Monika schwanger war, da gab es kein Halten mehr. Windige Redakteure in ungeputzten Schuhen schwärmten aus, befragten wahllos Nachbarn, Passanten, Menschen, die weder Monika noch sonst irgendjemanden kannten, der mit dem Fall in Verbindung gebracht werden konnte. Schließlich hatte sie einen Namen. Niemand konnte mit Sicherheit sagen, dass er der Vater des Kindes war, allein die Tatsache, dass er eine Zeit lang mit Monika gegangen war, reichte aus, um das Haus der Steinigers zu belagern. Die Familie verbrachte fünf Tage hinter heruntergelassenen Rollläden, dann endlich zog die Bagage der Schmierfinken wieder ab.

Es war die Zeit der Lautsprecher gekommen. Der Allesbesserwisser. Diejenigen, die von Anfang an gewusst hatten, dass es genau so kommen würde, weil die Menschen schlecht und die Welt verrückt geworden war, die hielten die Suppe am Kochen. Genüsslich rührten sie herum in dem Brei aus Lügen und Halbwahrheiten. Mäuler standen nicht still, und Finger zeigten wie Speerspitzen auf andere.

»Also wirklich«, Willibert Rey benötigte in diesen Tagen fast doppelt so viel Zeit wie an anderen Tagen, um die Post auszutragen, »dass die mir nicht aufgefallen ist hier im Dorf, das kann ich immer noch nicht begreifen.« Und nie ließ er unerwähnt, dass er es war, der den Polizisten den Hinweis auf Töller gegeben hatte. »Ich habe gehört, das hätte die Körfer denen gesteckt«, erwiderte Pitter Müllenmeister, worauf Rey den Kopf in den Nacken warf und Rinkens Werkstatt verließ.

Bereits am Montag, dem 26. November 1973, pünktlich um neun Uhr, eröffnete der Vorsitzende Richter Hubertus Weidler am Landgericht Bonn den Prozess gegen die Angeklagte Monika Langhoff. Weidler war ein hagerer, alter Mann mit wachen Augen und schlohweißem

Haar. Gerne und lange sprach er am Ende eines jeden Verfahrens über die Güte und Weisheit des Herrn und Schöpfers, der den Menschen die Gabe zum Verzeihen gegeben habe. Den Verurteilten riet er, in sich zu gehen und auf die Stimme der Vernunft zu hören. Über sich selbst und besonders über seine Vergangenheit sprach er nie. Das Amtsgericht war in einem imposanten Gebäude in der Wilhelmstraße untergebracht. Es war vom Bonner Bahnhof bequem zu Fuß zu erreichen, was den vielen Zuschauern, die aus Nörvenich und Euskirchen angereist waren, sehr gelegen kam. Die Besucher aus der Provinz staunten über die beeindruckende Präsenz des Prachtbaus aus dem 19. Jahrhundert und drängten sich in dem hinteren Teil des Gerichtssaals zusammen, in dem kein einziger Sitzplatz frei blieb.

Vor der schweren, todernsten Kulisse aus dunklem Holz an den Wänden und auf dem Boden, aus hohen Decken mit tief herabhängenden, kugelförmigen Lampen, aus riesigen Sprossenfenstern mit Messinggriffen und schweren Vorhängen davor, vor all der Größe und Macht, die der Saal aus jeder Fuge verströmte, erschien Monika Langhoff noch kleiner und zerbrechlicher, als sie ohnehin wirkte. Wie sie so dasaß, zwischen all den gelehrten Juristen, erschien sie Emil Glasmacher noch blasser und dünner, als er sie vom Tag ihrer Festnahme in Erinnerung hatte. Die Fragen Hubertus Wendlers beantwortete sie mit dünner Stimme, worauf Wendler sie freundlich bat, lauter zu sprechen. Nur selten flüsterte Monika mit ihrer Verteidigerin, die ein herrisches Auftreten demonstrierte, große Perlenohrstecker und eine angsteinflößende, toupierte Löwenmähne trug.

Der Staatsanwalt las die Anklageschrift vor, und Monika bekannte sich schuldig. Zeugen wurden gehört, und der Löwenmähnigen gelang es nicht, sie zu erschüttern. Eine ziemlich junge Gutachterin bescheinigte Monika volle Schuldfähigkeit. Am vierten Verhandlungstag wollte Wendler von Monika wissen, ob sie ihre Taten bereue.

»Nein«, antworte Monika, und diesmal war ihre Stimme fester und lauter als zuvor. Ob sie verstehe, wie viel Leid sie den Familienangehörigen der Opfer mit ihren Taten zugefügt habe, wollte Wendler wissen.

Die Antwort war: »Ja.«

Die Höchststrafe für dieses Verbrechen lag bei zehn Jahren. Alle Faktoren sprachen gegen Monika. Hubertus Wendler sah sich um im Saal. Er spürte die gespannte Aufmerksamkeit auf den Besucherrängen, sah das tränennasse Gesicht Gisela Langhoffs und verurteilte Monika zu neun Jahren Jugendhaft.

An einem bitterkalten Sonntag, es war der 10. März 1974, wurde Christian Langhoff abends um 20:17 Uhr im Städtischen Krankenhaus in Remscheid geboren. Seine Mutter war seit gut drei Monaten in der dortigen Jugendhaftanstalt untergebracht, die Geburt verlief ohne Komplikationen. Zuerst wollte Monika das Kind Thomas nennen, täglich dachte sie an Grobi, den sie immer noch liebte, der ihr bereits mehrere Briefe geschrieben hatte und auf dessen angekündigten Besuch hier in Remscheid sie sehnlichst wartete. Dann aber hatte sie sich doch für Christian entschieden, so wie ihr Großvater geheißen hatte, den sie trotz allem sehr gemocht hatte. Das Kind war kerngesund, die Krankenschwestern liebkosten und küssten es unentwegt, und Monika spürte noch ihre Spucke an seinen Wangen, wenn Schwester Martha es ihr in den Arm legte und sie es an sich drückte. Christian würde bei seiner Großmutter in Euskirchen aufwachsen, so war es entschieden worden. Eine Adoption war für Monika nicht infrage gekommen, und so wie die Dinge sich entwickelt hatten, war das Jugendgericht bald übereingekommen, dem Antrag der Familie Langhoff stattzugeben.

Bald nach dem Ende des Prozesses gegen Monika war Gisela zum Wohnungsamt der Stadt Euskirchen gegangen. Dort hatte sie, in ihren besten Kleidern und mit gewaschenem und frisiertem Haar, höflich um eine Neubauwohnung nachgefragt, und sie war bass erstaunt gewesen, wie schnell ihrer Bitte stattgegeben wurde. Im Alter von 39 Jahren zog Gisela Langhoff nun zum zweiten Mal fort vom Rosental, und in dem Maße, in dem sie beim ersten Mal traurig gewesen war, so war sie jetzt glücklich. Glücklich und erleichtert, endlich aus der Alfred-Nobel-Straße fortzukommen. Allerdings gehörte ein Großteil dieses Erfolges Thomas Steiniger. Er war derjenige, der Gisela gedrängt hatte, ihr Leben zu verändern. Raus aus dem Rosental, weg vom Alkohol, rein in eine bezahlte Arbeit. »Sie können das schaffen, Frau Langhoff!« Seine Zuversicht war derart grenzenlos, dass Giselas Lethargie schließlich dahinschmolz wie der schmutzige Schnee in der Frühlingssonne draußen auf den Bauschutthaufen, die rund um den Caterpillar lagen. »Meine Mutter hilft Ihnen gerne; wenn Sie wollen, bringe ich sie bei meinem nächsten Besuch einmal mit.«

»Nein, bloß das nicht!«, hatte Gisela protestiert, »so wie es hier aussieht.«

»Dann räumen wir eben auf.« Grobi war aufgestanden und hatte gleich begonnen, Ordnung zu schaffen. Als Erstes landeten fünf leere und zwei volle Bierflaschen in Giselas Mülltonne. Die neue Wohnung lag am westlichen Rand der Stadt. Neubau, 55 Quadratmeter groß, mit Zentralheizung und Bad. Grobi half beim Umzug, und seine Eltern kamen und brachten Kuchen mit. Im Nachbarhaus lebte Familie Jablonski, die ehemaligen Rosentaler grüßten sich freundlich auf der Straße und plauschten miteinander. Ihr altes Wohnhaus war für den Caterpillar genauso wenig eine Herausforderung wie all die anderen Häuser, die er hier schon plattgemacht hatte. Auch die bröckelige Mauer drüben war verschwunden, die Mädchen hockten jetzt in Knautschlackjacken gekleidet auf schmuddeligen Bänken in der Fußgängerzone und ließen sich Kartoffelchips kauend von langhaarigen Halbstarken ansprechen. Nur Arko war noch da, wie eh und je verbellte er den dicken Baggerfahrer und die wenigen Bewohner des Rosentals, die den Absprung bisher noch nicht geschafft hatten.

»Bis morgen dann, um die gleiche Zeit bei mir.« Elfriede Rinkens hielt sich am Geländer fest, als sie die drei Stufen hinab zum Plattenweg stieg. Wie beinahe an jedem Nachmittag hatte sie mit Frau Körfer Kaffee getrunken. Immer um halb vier, immer abwechselnd mal auf der einen Seite und dann auf der anderen Seite der Grünstraße. Und wie so häufig in letzter Zeit tranken sie zum Kaffee auch ein Gläschen Kirschlikör. Am Anfang blieb es tatsächlich nur bei einem Gläschen, mittlerweile schenkten sie auch schon mal nach. Oder auch zweimal. Über den Mord an Otto sprachen sie nicht mehr. Elfriede hatte über Tage die Berichte in der Zeitung gelesen, hatte geschluckt und das Blatt stumm beiseitegelegt. Es gab Tage, da ging sie nicht ans Telefon, Willibert Rey warf die Post jetzt in den Briefkasten, Elfriede hatte sich geweigert, an jedem Tag aufs Neue mit ihm über die Sache zu reden. Ottos Taten und der Mord an ihm waren zu »der Sache« geworden, über die sie nur allzu gerne den Mantel des Schweigens ausgebreitet hatte.

Ein wenig schwankend stakste Elfriede über die Grünstraße, Roswitha kniete in ihrem Vorgarten und harkte den Boden um die ersten Krokusse auf. Sie hatten schon blaue und gelbe Blüten getrieben. Roswitha sah zur Rinkens hinüber. »Wie in Schikajo«, murmelte sie vor sich hin, »am helllichten Tag besoffen.«

Christa Grotewohl rief hin und wieder die Kinder an. Klaus hatte wie immer gerade ganz wenig Zeit für sie, und ihre Hippietochter war meistens nicht zu erreichen. So waren ihre Anrufe mit der Zeit weniger geworden. Schließlich hatte sie ganz darauf verzichtet, es gab Wichtigeres zu tun, sie musste ihre Firma leiten.

Es war wieder Frühsommer geworden, das Brasselsmaar stand im frischen Grün der ersten Blätter inmitten der Felder draußen vorm Dorf. Es war zu so etwas wie einer Pilgerstätte geworden. Leute kamen von überall her angefahren, um das Versteck der eiskalten Serienmörderin zu sehen. So, als könnten sie hier etwas vom Kick erleben, den sie beim Anschauen der gruseligen Edgar-Wallace-Krimis im Fernsehen verspürten, so angespannt trampelten sie hinein bis zum Tümpel in der Mitte des Maares. Traten junge Pflanzen platt, knickten Zweige im Unterholz ab, bis jemand kam, das Maar mit rot-weißem Flatterband umspannte und ein Betreten-Verboten-Schild aufstellte.

Gerti Aborowski aus der unteren Grünstraße gehörte zu denen, die zum Prozess gegen Monika nach Bonn gefahren waren. Dazu hatte sie einen Teil ihres Jahresurlaubs geopfert, was ihr nicht das Geringste ausmachte. Fast erkannte sie Monika nicht mehr, als die den Gerichtssaal betrat. Blasser noch, als sie sie in Erinnerung hatte, mit einem kleinen Babybauch, der kaum mehr Umfang als ein gewöhnlicher Fußball besaß. Einmal trafen sich ihre Blicke, zufällig, oder sah Monika sie gezielt an? Hatte sie Gerti etwa erkannt? Mit großer Anteilnahme lauschte Gerti der löwenmähnigen Verteidigerin, als die Monikas Geschichte vortrug. Wie schrecklich das alles war! Und wie stark dieses blasse Mädchen doch war. Als sie die Frage des Richters, ob sie ihre Taten bereue, mit einem klaren »Nein« beantwortete, ging ein leises Raunen durch die Zuschauerreihen. Und ein weiteres folgte, als sie die Frage, ob ihr bewusst sei, wie viel Leid sie den Angehörigen der Opfer zugefügt habe, mit »Ja« beantwortete.

Gerti Aborowski fand diese Antworten stark. Welche mentale Kraft Monika doch damit bewies. Welch starke Resilienz sie besaß. Wahnsinn! Und sie hatte das arme Ding angebrüllt. Wegen ein bisschen Kotze in ihrem Auto. Neun Jahre Jugendstrafe! Konnte ein so junger Mensch, wie Monika es war, sich überhaupt vorstellen, was das bedeutete? Ohne Regung sah Monika den alten Richter an, als der das Urteil verlas. Neun Jahre, dann würde sie 26 sein, das Kind wäre bereits eingeschult worden. Vermutlich aufgewachsen im Waisenhaus, ohne dass es jemals von einer liebenden Person in die Arme genommen worden war. Wie traurig das alles war, dachte Gerti und schniefte in ihr Taschentuch.

Walter Töller hatte sie noch nie leiden können. Dieser blasierte Gockel, der sie auf der Straße so herablassend grüßte und seine Blicke dabei schamlos dahin richtete, wo sie nichts zu suchen hatten. Ein lüsterner, alter Sack, genau wie Grotewohl einer war. Und jetzt ging Monika für neun Jahre ins Gefängnis.

Der Prozess, die ganze Geschichte, beschäftigte Gerti. An jedem Tag dachte sie daran, wenn sie am Brasselmaar vorüberfuhr. Wenn sie an ihrem Arbeitsplatz war und auch wenn sie abends zu Hause vor dem Fernseher saß.

Am Samstag wusch sie zum ersten Mal in diesem Jahr wieder ihren Wagen. Sie hatte ihn am Straßenrand vor ihrem Haus geparkt, das Radio lief, aufgeregte Sportreporter berichteten aus den Fußballstadien der Nation. In Dortmund stand es 1:2, Schalke führte. Auch jetzt musste sie wieder an Monika denken, die Fußmatten in ihrem grünen R 16 waren noch dieselben wie vor fast einem Jahr. Als sie ins Haus ging, um frisches Putzwasser zu holen, sah sie oben am Ende der Straße Frau Rinkens stehen, sie sprach mit Roswitha, die eine Heckenschere in der Hand hielt und wild gestikulierte. Nachbarschaftsplausch am Gartenzaun, völlig normal an einem Samstagnachmittag. Schräg gegenüber zog Kurt Offergeld sehr liebevoll ein Fensterleder über den Lack seines Wagens.

»So«, rief er lachend zu Gerti herüber, »jetzt ist er wieder sauber, der Sonntag kann kommen.« Kurt winkte ihr freundlich zu und ging dann ins Haus.

Völlig normal. Vielleicht würde er morgen wieder in die Eifel fahren, ein Ausflug nach Erkensruhr oder zum Kloster Mariawald hinauf. Offergelds liebten die Eifel, sie hatten sogar schon einmal zwei Wochen Urlaub in Gemünd gemacht. Völlig normal, das war nichts Besonderes, jeder durfte seine Zeit nach seinem Gusto verbringen.

Gerti rollte den Gartenschlauch auf und dachte an Monika.

Der Montag war ein trüber Regentag. Kein einziges Mal schaffte die Sonne es, die dunkelgraue Wolkendecke zu durchbrechen. Unkonzentriert erledigte Gerti ihre Aufgaben, der Einstieg in eine neue Arbeitswoche hätte kaum trister sein können. In Nörvenich schaute Walter Töller durch das vergitterte Fenster auf die Straße hinaus. Er hatte sich krankschreiben lassen, sein Hausarzt war gut, eine solide Leistung an seinem fordernden Arbeitsplatz war von Herrn Töller zurzeit nicht zu erwarten. Töller hatte sich angewöhnt, spazieren zu gehen, am späten Nachmittag, nachdem er ein wenig auf dem Sofa geruht hatte. Jetzt ließ der Regen nach, da konnte er es wagen, für eine kleine Runde hinauf in den Wald zu gehen. Wie sehr er doch den Duft des regennassen, frischen Laubs mochte. Ab und zu fiel ein Tropfen von einem Baum auf ihn herab, einmal mitten in sein Gesicht, er sog das Regenwasser ein und schmeckte die reine Frische der Natur.

Drüben, im Norden, drückte der Himmel auch am Nachmittag immer noch schwer und pechschwarz auf die Erde. Es hatte aufgehört zu regnen, doch der nächste Schauer kündigte sich bereits an. Gerti war auf dem Heimweg, der Wagen vor ihr spritzte Regenwasser von der Straße gegen die Windschutzscheibe ihres R 16. Sie schaltete den Scheibenwischer ein. Zu ihrer Rechten tauchte das lindgrüne Brasselsmaar vor einem tiefschwarzen Himmel auf. Wie schön das aussah, Gerti genoss den Anblick – und dachte an Monika. Als sie unten am Kreuzberg links abbiegen wollte, sah sie ihn. Walter Töller kam aus dem Wald, vermutlich hatte er einen Spaziergang gemacht, gerade lagen die letzten Bäume hinter ihm.

Ohne dass ihr Gehirn ihr einen ausdrücklichen Befehl dazu gab, änderte sie abrupt die Richtung und fuhr nach rechts auf den asphaltierten Weg, der hinauf in den Wald führte. Niemand war hinter, niemand vor ihr, sie waren allein, sie und Töller. Der hatte sie noch gar nicht wahrgenommen, als Gerti schon beschleunigte. 50, 60 Stundenkilometer zeigte die Tachonadel an, der Motor heulte auf, und da hob Töller den Blick. Gerti sah noch seinen entsetzten Gesichtsausdruck, sah, dass er zu keiner Reaktion fähig war. Im letzten Moment trat sie auf die Bremse, der Wagen rutschte auf der regennassen Fahrbahn, dann knallte Töller auch schon mit voller Wucht gegen die Windschutzscheibe. Wie eine Puppe flog er neben dem Wagen ins Gras, wo er liegen blieb wie ein weggeworfener Haufen Altkleider. Gerti drehte das Fenster herunter und sah zu ihm hin. Aus Ohr und Nase floss Blut, die Windschutzscheibe war gebrochen. Regungslos blieb Gerti im Wagen sitzen, ebenso regungslos, wie Walter Töller vor ihr still im nassen Gras dalag. Sie wusste nicht, wie viel Zeit vergangen war, bis endlich jemand kam und schrie, dass er nach der Polizei rufen werde.

Emil Glasmacher und Mike Matzerath verhörten Fräulein Aborowski in ihrem Büro in der ersten Etage der Polizeidienststelle in Düren. Die Kollegen hatten sie am Vorabend ins Krankenhaus bringen lassen, dort war sie untersucht und zur Kontrolle über Nacht dabehalten worden. Nun saß sie Emil Glasmacher gegenüber. Sein Schreibtisch war aufgeräumt, die Vorhänge zurückgezogen. Draußen hingen letzte Fetzen von Regenwolken am Himmel, Glasmacher sah zu ihnen hinüber und hörte zu, was Fräulein Aborowski zu sagen hatte. Nach kurzer Zeit kamen sie zu dem Schluss, dass es ein Unfall war. Ein tragischer Unfall mit Todesfolge. Ausgelöst durch ein Eichhörnchen, das völlig überraschend vor Gerti Aborowskis Auto gesprungen war. Sie war ausgewichen, hatte den Mann zu spät gesehen, hatte noch versucht zu bremsen, aber ihr Wagen war auf regennasser Fahrbahn nicht mehr zu kontrollieren gewesen.

Mike Matzerath tippte den Bericht. »Tragisch«, sagte er und strich sich über seinen Schnurrbart.

Am Abend fuhr sich Emil Glasmacher mit der Hand durchs Haar, dann nahm er den Hörer des grünen Endgeräts auf der Kommode im Flur in die Hand. Die Kollegen von der Post hatten es bis zu diesem Tag noch nicht geschafft, das bestellte graue Tastenmodell zu installieren, er würde sich wohl noch einmal bei denen melden müssen. Langsam wählte er Ritas Nummer. Es knackste, dann tutete es in der Leitung.

»Ja, bitte?« Ihre Stimme klang geschäftig.

»Ich bin es«, sagte Emil Glasmacher. Beide schwiegen, er fühlte seinen Pulsschlag in der Hörermuschel.

»Was willst du?« Emil Glasmacher wusste nicht, was er sagen sollte.

»Emil, bitte, ruf nicht wieder an.«

ENDE

Herbert Pelzer

**ES WIRD JEMAND
STERBEN**

Taschenbuch, 280 Seiten
ISBN 978-3-95441-561-8
13,00 EURO

**Als das Böse ins Dorf kam ...
Sie glaubten, es würde alles wieder gut.**

Ein namenloses Dorf am Rande der Eifel. Zehn Jahre nachdem
die deutsche Wehrmacht kapituliert hat, sind fast alle Kriegs-
spuren beseitigt, und man ist bereit für den wirtschaftlichen
Aufschwung. Die Dorfbewohner schauen voller Zuversicht
nach vorn. Doch im heißen Sommer des Jahres 1955 wird
die scheinbare Idylle ohne jede Vorwarnung von einer Reihe
schrecklicher Vorfälle getrübt. Menschen verschwinden spurlos,
finden bei vermeintlichen Unfällen den Tod oder werden mit
eingeschlagenem Schädel aufgefunden. Die Verunsicherung
unter der Bevölkerung wächst. Wer steckt hinter dem Bösen, das
so plötzlich über das Dorf gekommen ist?

Mit Verdächtigungen ist man schnell bei der Hand: Der Dorf-
trottel könnte es sein, oder der verkommene Sonderling vom
Dorfrand, der seine Frau schlägt. Und was weiß die sonderbare
Alte, die sich sicher ist, dass kein Irdischer für die mysteriösen
Untaten verantwortlich ist?

Als die Serie von Todesfällen nicht abreißt, wird schließlich
Kommissar Kaul aus der Kreisstadt Düren ins Dorf geschickt. Er
ist jung und ehrgeizig, und er blickt schnell hinter die biederen
Fassaden. Doch wird es ihm auch gelingen, Licht in das Dunkel
zu bringen?

KRIMINALROMAN

KBV

Herbert Pelzer

NIEMAND

Taschenbuch, 352 Seiten
ISBN 978-3-95441-608-0
14,00 EURO

Langsam kriechen die Schatten der Vergangenheit heran

Als an einem Wintertag ein ausgesetzter Säugling auf den verschneiten Feldern am Nordrand der Eifel gefunden wird, tauft man den Jungen auf den Namen Martin Niemand – sein Schicksal scheint vorherbestimmt. Doch dank seines unbändigen Willens und der fürsorglichen Zuwendung einiger Dörfler gelingt es ihm, zu einem erfolgreichen Mann heranzuwachsen und eine Familie zu gründen. Dann fallen die Bomben, und das Glück findet ein jähes Ende.

Als Martins Sohn Kaspar Jahre später aus der amerikanischen Kriegsgefangenschaft zurückkehrt, steht er fassungslos vor den Trümmern seines Elternhauses, und obwohl auch er sich bemüht, sein Leben zum Guten zu wenden, gerät es zu einer Achterbahnfahrt: Er betätigt sich als Schwarzmarkthändler, schuftet in der Brikettfabrik und verfällt als Brauereiarbeiter dem Alkohol.

Eine Leiche, die eines Tages vor seinem Wohnhaus gefunden wird, weckt grausame Erinnerungen. Es ist nicht der erste geheimnisvolle Tote im Umfeld seiner Familie. Kaspar sieht keinen anderen Ausweg, als im zwielichtigen Milieu der Dürener Nordstadt unterzutauchen …

»Ein Dutzend Tote und eine rabenschwarze Stimmung.«
(Aachener Zeitung zu »Es wird jemand sterben«)

KRIMINALROMAN

KBV

Andrea Revers

**LASS DIE VERGANGEN-
HEIT RUHEN**

Taschenbuch, 304 Seiten
ISBN 978-3-95441-662-2
14,00 EURO

**Die Eifeler Miss Marple
und ein jahrzehntealter Fall**

Ein alter Kollege klopft eines Nachts an die Haustür der
pensionierten Kriminalkommissarin Frederike Suttner, um
sie zu warnen: Der Prostituiertenmörder, den sie vor dreißig
Jahren ins Gefängnis gebracht hat, ist wieder auf freiem Fuß.
Er hat Rache geschworen, und er weiß, wo sie wohnt. Der
Fall ruft bei Frederike bittere Erinnerungen wach, denn bei
Thomas Wilhahns Verhaftung hatte sie dafür gesorgt, dass er
übel zusammengeschlagen wurde. Das hat zwar ihre Karriere
beschädigt, doch sie hatte damals ihre Gründe.

Tatsächlich taucht Wilhahn schon bald in der Eifel auf, und
plötzlich ist Frederikes Nichte Angela spurlos verschwunden.
Selbstverständlich hat Frederike sofort ihren alten Wider-
sacher im Verdacht, doch so einfach ist die Sache nicht.
Wilhahn versteht es perfekt, Menschen zu manipulieren und
zu instrumentalisieren. Es dauert eine Weile, bis Frederike
erkennt: Er nimmt Rache, doch er wird sich nicht die Finger
schmutzig machen.

KRIMINALROMAN

Stefan Barz

DIE SCHREIE AM RANDE DER STADT

Taschenbuch, 280 Seiten
ISBN 978-3-95441-585-4
12,00 EURO

Wenn die Erinnerungen geweckt werden ...

Im Frühling des Jahres 1993 findet der Journalist Martin Tesche bei der Auflösung der Wohnung seines verstorbenen Vaters Johannes ein sechzig Jahre altes Tagebuch. Martin ist erschüttert: Sein Vater verrät darin unmissverständlich, an einem Mord beteiligt gewesen zu sein.

Martin begibt sich auf Spurensuche und reist an Johannes Tesches früheren Wohnort Wuppertal. Dort macht er Gerda Steinjans ausfindig, deren Name ihm in den Aufzeichnungen mehrfach begegnet ist.

Die alte Frau kann sich noch gut an seinen Vater erinnern. Und auch an die Freunde Georg, Henri und Friedrich, an die Wandervogel-Gruppe, in der sie damals ihre jugendliche Freiheitsliebe auslebten und sich an der Natur berauschten ...

Aber mit den Erinnerungen kehren auch die Schreie wieder zurück, die von der Putzwollfabrik im Ortsteil Kemna zu ihnen herüberdrangen, einer Anlage, in der den Gerüchten nach ein Konzentrationslager eingerichtet worden war. Und der Nebel des Vergessens, der sich über die Mordtat gelegt hat, lichtet sich langsam ...

KRIMINALROMAN

KBV